승리 기념 파티
wrap-up party

만능 비서 카드
빅토리아
Victoria
나츠메를 따르는 비서 카드.
주인을 지나치게 좋아한다.

과묵한 소년
나츠메
Natsume
아키토, 멜리사와 3인조 팀의 일원.
독설가.

아름답고 경쟁심이 강한

멜리사
Melissa

아키토의 팀원.
알고 보니 여러모로 특이하다.

금전 특화 비서 카드

캐롤
Carol

아키토가 뽑은 운명의 비서 카드.
돈을 사랑한다.

신참 카드 마스터

타카츠키 아키토
Akito Takatsuki

전직 탄광 노동자.
배틀 카드 마니아.

샤워기에서 따뜻한 물이 나와 실오라기 하나
걸치지 않은 매끈한 피부를 어루만졌다.

"흐흐─음……."

[어둠에 강림한 어둠을 물리치는 백은의 어둠을 베어내는 나이트]

알파 로미오
Alfa Romeo

아키토의 첫 배틀 카드.
개성이 강해 다루기 힘들어하지만……

──그곳에 나이트가 서 있었다.

AKITO SEEMS TO DRAW A CARD

CONTENTS

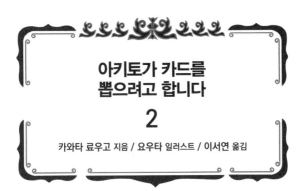

아키토가 카드를
뽑으려고 합니다
2

카와타 료우고 지음 / 요우타 일러스트 / 이서연 옮김

컬러, 본문 일러스트 · **요우타**

콜로세움에 흙먼지가 일었다.

메마른 입에서 뜨겁고 거친 숨이 나오고, 심장이 빠르게 펌프질을 반복했다.

시합장을 둘러싼 관객석에서 열광하는 소리가 울리며 열기가 쫙 퍼졌다.

눈앞에는 세 사람과 세 장의 적이 서 있다.

옆에는 함께 싸우는 두 사람의 동료와 세 장의 카드가 있다.

그날…… 타카츠키 아키토는 콜로세움에서 큰 승부에 임하고 있었다.

"……로미오! 온다!"

"알고 있어!"

아키토가 외치자 그 파트너인 배틀 카드가 대답했다.

온몸을 갑옷으로 감싸고 방패와 검을 든 기사 같은 남자.

아키토의 무기이자 파트너인 [어둠에 강림한 어둠을 물리치는 백은의 어둠을 베어내는 나이트]로, 그 이름은 알파 로미오라 한다.

[어둠에 강림한 어둠을 물리치는 백은의 어둠을 베어내는 나이트]

AP: 3800 DP: 4000 유일무이한 나이트 남성 아키토가 조종하는 대로 로미오가 힘차게 땅을 박치고 점프하듯이 뛰었다.

아키토의 손에 쥐어진 한 장의 카드. '배틀 카드'라 불리는 종류의 카드인 로미오는 카드에서 나와 주인의 의사대로 움직이는 존재다.

주인인 아키토와 사고를 연결시켜 로미오가 경쾌한 움직임으로 시합장을 가로질렀다.

그러나 그 움직임에 맞춰 20미터 이상 떨어진 위치에 대기하고 있던 적 카드가 맹렬한 속도로 총탄을 쏘았다.

그것도 한두 방이 아니다. 그 기계 카드의, 인간으로 말하면 양손에 해당하는 위치에 장착된 거대한 발칸포가 우렁차게 회전하며 마치 연속된 불꽃처럼 무수한 총탄을 계속 쏘아댄다.

또한 속도도 빨라 순식간에 로미오를 향해 날아갔다.

인간의 눈으로는 결코 포착하지 못하는 속도의 총격이다. 웬만한 표적은 곧바로 벌집이 되어 쓰러졌을 것이다. 그러나 포착하지 못할 터인 탄도를 아키토는 똑똑히 보았다.

다만 자신의 눈이 아니다. 파트너인 로미오의 눈을 통해서다.

인간을 훨씬 뛰어넘은 신체 능력을 지닌 배틀 카드에게 총탄을 눈으로 확인하기란 그리 어렵지 않다. 아니, 오히려 로미오는 발사되기 전에 적의 포가 향하는 위치로 탄도를 예측하여 이미 회피하고 있었다.

인간과 동떨어진 압도적인 전투 능력이다. 배틀 카드를 통하면 그것이 가능해진다.

"흡……!"

몇 개의 총탄이 로미오의 옆을 스치며 뒤로 날아갔다.

로미오는 그대로 민첩하게 움직여 적의 표적에서 벗어나며 완전히 피하지 못한 것은 왼손에 든 원형 방패로 막아냈다. 상대의 AP는 로미오의 DP를 크게 웃돌므로 잠깐 막았을 뿐인데도 로미오의 자세가 약간 흐트러졌으나, 그럼에도 바로 가다듬고 다시 회피하였다.

"우오오오, 좋아, 가라!"

"왜 그렇게 끈질긴 거야, 어서 죽으라고!"

시합장을 둘러싼 관객석에서 환호와 욕설이 모두 들렸다. 아키토의 팀에 건 사람, 그 대전 상대에게 건 사람이다. 각자 적과 아군으로 나뉘어 바라는 결말에 도달하는 순간을 애타게 기대하고 있다.

이곳은 여신이 만든 장치 '데우스 엑스 마키나'로, 그 안에 존재하는 가상의 전투 영역 '콜로세움'이다.

이 세계에서 가장 공평한 격투장에서 카드를 자유자재로 조종하여 싸움을 펼치는 '투사'의 한 사람으로서 타카츠키 아키토는 이날도 격렬한 승부를 펼치고 있었다.

'……역시 이 녀석들 까다로워……!'

눈앞에는 세 장의 전투 병기가 있다. 금속 장갑으로 뒤덮인 네모난 몸과 한 쌍의 역관절 다리. 양손에 해당하는 부분에 초속 100킬로미터가 넘는 탄환을 쏘아대는 발칸포가 달린, 신장 8미터의 거대함을 자랑하는 양산형 카드.

[멕 암즈 C-14 레이지]다.

[멕 암즈 C-14 레이지]
AP: 5300 DP: 3800

그 몸에서 더욱 작은 상자 같은 메인 카메라가 튀어나와 있는데 그것으로 포착한 목표를 향해 AP: 5300의 화력을 퍼붓는 무서운 파괴 병기다.

상대는 그 우수한 양산형 카드 세 장으로 편성된 팀이다. 그들이 오늘 아키토 팀의 대전 상대였다.

그리고 그 세 장이 지금 놀라운 연계를 선보이며 아키토 팀 세 사람의 카드를 계속 몰아붙이고 있다.

"큭…… 안 돼, 공격할 수가 없어……. 당신들이 어떻게 좀 해봐요!"

옆에 선 동료 중 한 사람, 카드의 사용자인 '마스터' 중 한 사람이자 콜로세움의 여성 투사이기도 한 멜리사 로우가 초조한 목소리로 말했다.

아름다운 얼굴과 균형 잡힌 몸매, 그리고 그 외모로부터 상상할 수 없을 만큼 격렬한 싸움 방식을 취하여 인기가 많지만, 과연 이 상황에는 고전하고 있었다.

"……초조해하지 마. 반격할 기회는 반드시 올 거야."

반대편에 선 다른 동료 마스터인 나츠메가 평소와 같은 초연한 태도로 대답했다. 이런 상황에도 어딘가 나른한 듯한 가녀린 미소년이다.

그러나 그 눈은 이 상황을 타개할 순간을 노리고 매처럼 날카롭게 전투 영역 전체를 지켜보고 있다.

지금 아키토의 팀은 콜로세움에서 규칙 중 하나인 '3ON3' 시합에 임하고 있었다.

3ON3란 그 이름대로 세 명의 마스터가 팀을 이루어 겨루는 팀 배틀이다.

서로 마스터 한 사람당 배틀 카드를 한 장만 불러 카드끼리 싸우도록 한다.

어느 한쪽의 배틀 카드가 전멸하든가 기권을 선언하면 거기서 시합이 종료된다. 승자는 서로의 팀이 건 돈을 모두 얻고, 또한 관객들이 베팅한 경우 그 배당금도 받게 된다.

이 시합의 판돈은 양쪽을 합쳐 6백만GP에 달한다. 고액 시합이라 할 만하다.

그 절반인 3백만은 자신들이 낸 금액이므로 그렇게 많은 이득을 보는 것은 아니지만, 그것과 별개로 이번엔 관객들이 베팅까지 하여 이기면 시합 수수료 3퍼센트를 제외하더라도 한 사람당 1백만GP는 가볍게 넘는 상금을 받을 수 있다.

1백만GP는 서민의 시선으로 말하자면 꽤 큰 금액이며 일반적인 노동으로 벌려면 몇 달은 일해야 한다. 겨우 수십 분의 싸움으로 그만큼 벌 수 있다면 당연히 좋지만, 반대로 진다면 상당히 타격을 받는다.

즉 이 시합은 아키토 팀에게 어떻게든 이기고 싶은 시합이라는 뜻이다. 그러나 그만한 베팅이 성립하는 상대이므로 당연히 저쪽도 강하다.

현재 아키토 팀이 상대하는 팀은 그 이름도 '청항의 사냥개'라고 하여 세 개의 양산형을 써서 무섭도록 호흡이 딱딱 맞는 연계를 선보였다.

시합 시작과 동시에 흩어져 발칸포로 끊임없이 총격을 가하며 이쪽이 앞으로 나서려고 하면 그 순간 화력을 집중시켜 물러나지 않을 수 없도록 만들었다.

겨냥도 정확하고 공격 하나하나가 서로의 틈을 보완해 주어 아키토 팀은 그에 대처하는 동안 어느새 방어하느라 급급해지고 말았다.

상대는 원거리가 특기인 카드이므로 근거리에서 싸워야 한다는 것은 누구나 알지만, 상대가 만들어 내는 상황이 그것을 허락하지 않았다.

그 결과 아키토 팀은 점차 궁지에 몰리며 이득도 없는 소모전을 하게 되었다.

《어이쿠! '절대자 멜리사와 유쾌한 동료들' 팀이 밀리고 있네요! '청황의 사냥개' 팀의 맹공에 대처하지 못하는가!》

흥분한 어조의 중계방송이 콜로세움에 울려 퍼졌다. 어느 쪽이 유리한지는 일목요연하다.

이대로 가면 진다……. 아키토의 이마에 식은땀이 흘렀다.

또한 여담이지만 그들의 팀명은 동료인 멜리사가 제안한 것이다.

"으아아, 뭐 하는 거예요, 마스터! 이번엔 거액의 상금이 걸려 있다고요! 돈, 돈, 많은 돈이 걸려 있다고요! 죽을 각오로 싸워야지!"

기계로 증폭된 중계방송에도 지지 않을 만한 크기의 호통이 관객석에서 날아왔다.

아키토의 비서 카드, 캐롤 올드리치의 목소리다. 그녀가 쳐든 손에는 아키토 팀에 돈을 건 구매표를 몇 장이나 쥐여 있다.

"틀렸어, 견제가 너무 강해서 치고 나갈 수가 없어……! 아키토, 뭔가 대책이 없어요?"

"나한테 물어도 이렇게 공격을 퍼부어 대서야……!"

멜리사가 비명과 같은 소리를 질렀으나, 아키토로서도 딱히 방법이 없었다.

적이 리로드하는 동안 반격하고 싶지만 적 팀은 각자 발칸포의 리로드 타이밍을 어긋나게 하여 공격이 항상 끊이지 않도록 총격을 퍼붓고 있었다.

"……다소 힘들더라도 공격할 수밖에 없지 않나. 둘 다 상대의 시선을 조금이라도 좋으니 끌어줘. 그 사이에 나의 카드로 뛰어들 테니까."

동요한 두 사람을 곁눈질하며 나츠메가 침착한 목소리로 말했다.

"좋아…… 해볼게!"

"어쩔 수 없네요, 이번엔 공을 그쪽에 넘기겠어요!"

아무래도 나츠메에게 무언가 생각이 있는 듯하여 그 제안을 받아들인 아키토와 멜리사가 동시에 움직였다.

"간다, 로미오!"

말과 함께 아키토가 자신의 목숨이라고도 할 수 있는 카드를 보관하기 위한 장치 '카드 홀더'에서 카드를 뽑았다. 크고 두꺼운 책같이 보이는 홀더에서 해방된 카드는 아키토의 손에서 빛을 발하더니 곧 해방하는 말에 따라 능력을 발휘했다.

"로미오, 메인 스킬…… 〈아큐네이온의 대방패〉!"

"우오오오오!"

빛을 발한 스킬 카드가 부서지고, 그 힘이 아키토의 무기인 알파 로미오에게 주입되었다. 순간 로미오의 손에 든 방패가 강렬한 빛을 내뿜고는 이어서 그 스킬 효과로 주위의 적이 가하는 총격을 모두 끌어들였다.

로미오가 자랑하는 메인 스킬, 〈아큐네이온의 대방패〉가 발동된 것이다.

[어둠에 강림한 어둠을 물리치는 백은의 어둠을 베어내는 나이트] 메인 스킬: 〈아큐네이온의 대방패〉
일정 시간 동안 자신의 DP를 두 배로 하고, 주변 적의 공격을 자신의 방패로 끌어들인다. 이 효과가 발동되는 동안 대미지를 받은 경우, 이 카드가 파괴되는 일은 없으나 축적된 대미지가 이 카드의 체력을 웃도는 경우, 효과가 종료된 뒤 카드가 파괴된다. 또한 사용 후에 이 스킬을 다시 사용하려면 약간의 쿨 타임이 필요하다.

순간 무수하게 날아들던 총격이 각도를 바꾸어 로미오의 방패로 집중되었다.
몇십은 될 공격이 비처럼 쏟아져 그 충격에 저절로 나가 떨어질 뻔했다. 그러나 로미오는 몸을 앞으로 기울여 확실히 막아내면서 심지어 스킬의 효과로 배가된 DP를 이용해 조금씩 전진하기 시작했다.
한 걸음, 또 한 걸음 나아가지만 이 스킬은 강력한 반면 효과 시간이 매우 짧다. 몇 걸음 나가지도 못한 사이 방패의 빛이 약해지며 그 효과가 끊어질 뻔했으나, 그 직전에 멜리사가 자신의 카드에 명령을 내렸다.
"지금이야, 마스라오! 적의 시야를 차단해요!"

"네!"

주인이 명령한 대로 마스라오가 점프했다. [무장진철갑 마스라오]. 아키토의 팀원인 멜리사가 소유한 배틀 카드다.

[무장진철갑 마스라오]

AP: 4600 DP: 5000 개조인간 남성

"하앗!"

얼굴 절반과 양팔이 기계화된 개조인간 마스라오가 허공을 날아 그대로 로미오의 전방에 착지했다. 그 기세를 몰아 바닥을 주먹으로 쳐 기합을 넣으면서 팔에서 자신의 힘의 원천인 체내 증기를 분출시켰다.

증기가 엄청난 기세로 흙과 모래에 뒤섞여 시합장에 거대한 흙먼지를 일으켰다.

그것으로 청항의 사냥개 팀은 아키토 팀의 모습을 순간 놓치고 말았다.

"쳇, 고전적인 수법을……! 상관없어, 일단 쏴! 적에게 시간을 주지 마라!"

청항의 사냥개 팀 리더가 외치자 시키는 대로 세 레이지가 여기저기 탄환을 쏘아댔다.

그러나 목표를 제대로 설정하지 못했기에 대부분 허무하게 흙먼지 속을 통과할 뿐이고, 겨우 명중할 뻔한 것도 로미오나 마스라오의 방어를 뚫지 못했다.

연계와 정확한 겨냥을 특기로 삼은 팀의 전술이 무너졌다.

"지금이야⋯⋯. 안젤리카, 서둘러."

"네⋯⋯!"

그 순간 나츠메의 지시에 따라 로미오와 마스라오의 뒤에서 대기하고 있던 작은 그림자가 흙먼지 속에서 뛰쳐나왔다. 고딕 롤리타 스타일의 옷을 입은 소녀의 모습을 한 그것이 놀랄 만큼 점프력을 발휘하여 한 레이지 위로 훌쩍 착지했다.

"야아앗⋯⋯!"

그대로 날카로운 손톱이 튀어나온 오른손을 힘차게 휘둘렀다. 그것은 소녀의 모습으로부터는 상상할 수 없을 만큼 파괴력을 발휘하여 레이지의 장갑을 쉽게 찢어버렸다.

"젠장, 떨쳐내! 접근전은 불리해!"

상대 마스터 한 사람이 외치며 레이지에게 몸을 흔들게 하여 떨어뜨리려고 하였지만, 안젤리카라 불린 소녀는 필사적으로 매달려 공격을 거듭했다.

손톱이 다시 장갑을 가르고, 또 이번엔 발칸포의 포신을 잘라냈다.

"제길, 이 녀석⋯⋯!"

나머지 두 마스터의 판단에 순간 망설임이 생겼다. 마스라오와 로미오 쪽으로 총격을 계속해야 할지, 아니면 난입

한 이 카드를 처리해야 할지.

"좋아, 적의 진형이 흐트러졌어……. 진격해요, 마스라오!"

"맡기십시오!"

그리고 그 기회를 놓치지 않고 마스라오가 돌격했다. 그 모습을 발견한 적 마스터가 서둘러 자신의 레이지로 총격을 가했지만, 마스라오는 독특한 낮은 자세로 질주하며 그것을 피했고 또한 피하지 못한 것은 눈앞으로 양팔을 교차시켜 강철팔로 막아 순식간에 거리를 좁혔다.

총으로는 더이상 막아내지 못할 것이라 판단한 적 마스터는 레이지의 뒤에 장착된 가시가 달린 서브 팔을 기동시켰다. 그리고 그대로 팔을 힘차게 휘둘러 마스라오를 후려치려고 하였지만, 사실 이 움직임이야말로 멜리사와 마스라오가 노린 것이었다.

그 순간 익숙한 동작으로 멜리사가 스킬 카드를 썼다.

"마스라오, 메인 스킬!"

"〈증기식 · 강렬역습격 갑〉!"

마스라오의 메인 스킬, 상대의 공격에 카운터를 발동시켜 흉악한 성능을 발휘하는 그 스킬이 터졌다. 체내 증기의 힘으로 탄환처럼 날아간 마스라오의 오른쪽 기계팔이 레이지의 서브 팔과 충돌했다. AP나 덩치로는 레이지가 압도함에도 불구하고 마스라오의 주먹은 쉽게 그 팔을 부쉈고, 커다란 소리를 내며 팔이 산산조각 깨졌다.

그대로 자세가 크게 무너진 레이지를 향해 흐르는 듯한 동작으로 달려들어,

"하압!"

기합을 넣으며 손날로 몸을 때렸다. 강렬한 일격에 레이지의 장갑이 부서지며 내용물이 흩어졌지만 공격은 멈추지 않아 결국 코어까지 도달했다.

곧 레이지는 내부부터 폭발을 일으켜 산산조각이 났고, 그와 연동하여 상대팀의 한 사람이 손에 든 카드가 날카로운 소리를 내며 날아갔다.

'부서진' 것이다. 허용량을 넘어선 공격을 받은 카드가 파괴되어 잃게 되는 것을 그렇게 말한다.

훌륭하게 적 카드를 한 방에 격파해 낸 멜리사가 씩 웃으며 동료들에게 말을 걸었다.

"좋아……! 이대로 끝나자고요, 여러분!"

"그래, 알겠어, 멜리사!"

"오케이."

그에 응한 아키토가 로미오를 달리게 하였고, 멜리사와 나츠메 두 동료도 각자 추가 공격을 시작했다. 아까까지 불리했던 전장이 지금은 세 사람의 절묘한 연계로 일방적인 사냥터로 변해 있었다.

"큭…… 기다려, 서렌더다! 기권할 테니 이제 그만해!"

《거기까지! 서렌더하였기에 승자, 멜리사 이하 생략 팀!》

그 순간 상대팀 한 사람이 기권을 선언하여 바로 중계석에서 승패를 알렸다.

한 장이 부서지고, 유리한 원거리전에서 불리한 근거리전으로 상황이 바뀌고 말았다. 특기인 연계도 두 장으로는 충분히 발휘하지 못한다. 더는 승산이 없다고 판단한 모양이다. 물론 정확한 판단이라 할 수 있다.

이 이상 싸워 무의미하게 카드를 잃는 것은 어리석다.

"……좋아!"

아키토가 주먹을 쥐고 환호하자, 관객석에서도 함성이 터져 아키토를 비롯한 세 사람은 조금 상기된 얼굴로 모여 승리를 축하했다.

"해냈군요! 큰 승부에서 승리를 거머쥐다니, 이건 대단한 일이에요! 수고했어요, 둘 다!"

드물게 흥분한 얼굴로 멜리사가 말했다.

"네, 상대의 연계에 밀려 이도 저도 못 할 때는 어떻게 되나 싶었는데. 과연 나츠메야. 전선을 뚫고 나가는 게 능숙하네."

이쪽도 생글거리는 얼굴로 아키토가 동료의 솜씨를 칭찬했다.

"……뭐, 너희가 잘 도와줬으니까."

나츠메만 평소처럼 냉정한 대답을 하였으나, 입가에는 슬쩍 미소가 걸려 있었다. 팀을 짠 지 한 달. 아직 완전히 익숙해지지 않은 팀이기는 하지만 세 사람 사이에는 확실히 동료로서 연대감이 생겨나고 있었다.

"안젤리카, 너도 잘해줬어. 좋은 움직임이었어."

"앗…… 네, 마스터…… 도움이 되었다면, 저기…… 다행이네요."

나츠메가 자신의 카드를 돌아보며 격려하였다. 그 말에 안젤리카라 불린 카드는 눈을 내리깔고 대답했다.

검은색이 가미된 갈색 머리에 고딕 롤리타를 연상하게 하는 검은 옷. 푸른 오른쪽 눈과 안대에 가려진 왼쪽 눈. [붉은 눈의 흡혈 소녀]라는 이름의 흡혈귀 속성을 지닌 나츠메가 소지한 카드 중 하나이다.

[붉은 눈의 흡혈 소녀]

AP: 4500 DP: 3800 흡혈귀 여성

"…………."

반면 아키토는 나츠메의 옆에서 [붉은 눈의 흡혈 소녀]를 가만히 응시하고 있었다.

순수하게 괜찮은 카드라고 생각한다. 아까의 폭발적인 도약을 해낸 각력에 상대의 장갑을 손쉽게 갈라낸 손톱 공격. 또한 흡혈귀계 카드는 꽤 강렬한 것이 많다고 한다.

아키토는 눈에 들어온 카드라면 모두 갖고 싶은 병이 있지만, 이 카드에는 특히 흥미가 일었다.

조작하는 느낌이 어떨까. 어디까지 쓸 수 있을까. 아키토는 아직 로미오밖에 써본 적이 없는데 남성과 여성 카드는 조작 감각도 역시 다를까.

한 번이라도 좋으니 써보고 싶다. 나츠메가 안 쓰게 된다면 구입하겠다고 나서고 싶을 정도로.

"앗……."

그러나 그런 아키토의 시선을 눈치챈 안젤리카는 조금 볼을 붉히고 눈을 피하고 말았다. 나츠메가 말하기를 수줍음이 많다고 한다.

……그럴 것이다. 그러니 결코 나의 시선이 기분 나쁠 리 없다. 응, 틀림없다. 조금 서글프기는 하지만 아키토는 그렇게 자신을 달랬다.

"아무튼 오늘은 완전히 대승리를 거뒀네요! 곧장 가게로 가서 실컷 마시죠! 따라와요, 남자들!"

"…………."

"…………."

멜리사가 기분 좋게 말하자 아키토와 나츠메는 우울한 표정을 지었다. 멜리사와의 술자리는 긴 데다가 술주정도 심해서 솔직히 괴롭다.

물론 동료와 승리를 축하하기가 싫은 것은 아니지만, 아키토로서는 시합이 끝나면 바로 연습장에 틀어박혀 시합을 다시 떠올리며 카드 조작 기술을 단련하고 싶기도 하다.

좋았던 부분을 되새기고, 실수한 부분을 반성한다. 그렇게 새로운 움직임을 생각하고 시험하면서 자신의 기술을 쌓아 나가는 것이다. 카드와 연습을 좋아하는 아키토에게는 그것이야말로 매우 행복한 시간이다.

문득 옆에 있는 나츠메와 눈이 마주쳤다. 그는 바로 눈을 피하고 말았지만 아마 저쪽도 같은 생각을 하고 있다는 것은 상상하기 어렵지 않다.

조금씩 알게 되었는데 나츠메는 아키토와 비슷할 만큼 꾸준히 연습하고, 놀랄 만큼 진지하게 임하고 있다. 이 냉철해 보이는 동료가.

서서히 그들을 이해하고, 그 기술을 접하면서 자기 자신이 성장하는 것을 느꼈다. 물론 다른 두 사람도 이러는 사이 다양하게 얻는 것이 있을 것이다.

아키토는 귀중한 경험을 하고 있다고 느꼈다.

언제까지고 그들과 이렇게 함께 싸우고 싶다고 생각할 만큼.

──물론 그렇게 될 리가 없다는 사실도 알고 있었지만.

1

"그나저나 지난 시합은 정말 잘하셨어요! 설마 그런 강호
를 상대로 거기서 이길 줄은 몰랐거든요! 여러분, 정말 수
고하셨습니다!"

비서 카드 캐롤 올드리치. 가녀린 몸에 은색의 아름다운
머리를 땋아 내리고, 어딘가 고양이를 연상케 하는 소녀와
같은 외모다.

하늘하늘한 남색 상의에 다소 짧아 팔랑팔랑 흔들리는 치
마를 입고, 그 아래로 스타킹에 감싸인 아름다운 다리가 쭉
뻗어 있다. 키는 150센티미터쯤이라 작고, 활달한 성격이지
만 가슴은 지극히 판판하다.

비서 카드란 한번 콜만 하면 계속 나온 상태로 일 년간 마
스터를 여러모로 보좌해 주는 존재다. 그런 비서 카드인 캐
롤이 바로 타카츠키 아키토의 파트너로 처음 뽑은 행운의
카드였다.

"후후, 당연하지요. 대전 상대는 꽤 괜찮은 기량이었습니
다만, 역시 원거리에 너무 치우쳤어요. 결국 콜로세움에서
이기고 싶다면 근접을 단련해야죠."

거실 중앙에 놓인 목제 테이블 주위에 있는 소파 하나에

앉은 멜리사가 다리를 꼰 채 자신 있게 말했다.

어깨 길이로 다듬은 갈색 머리에 푸른 눈, 투명한 하얀 피부를 가진 당당한 여성이다. 흰색을 기본으로 한 시크한 옷을 입었고, 치마 길이도 길어 몸의 라인을 감추고 있지만 그럼에도 풍만한 가슴이 몸 가운데에서 크게 자기주장을 펼치고 있다.

"그렇게 단언할 수는 없잖아. 저번엔 어떻게든 무리해서 돌파해냈으니 다행이지만, 혹시 상대가 좀 더 냉정했다면 나의 [붉은 눈의 흡혈 소녀]가 나간 순간 공중에서 벌집이 되었을지도 몰라. 이번엔 운과 타이밍이 좋았을 뿐이야."

맞은편에 앉은 소년이 자기 몫의 음료수를 맛있지도 않은 듯 입에 대며 대답했다.

나츠메―― 또 한 명의 팀원이다. 그것이 성인지 이름인지도 밝히지 않고, 검은색 옷에 아름다운 검은 머리를 지닌 미소년이다. 나이는 아마 십 대 중반. 그런 젊은 나이에도 아키토며 멜리사와 동등하게 싸우는 냉철하고 든든한 동료다.

"……또 당신은 금방 그렇게 찬물을 끼얹고……. 그 운과 타이밍을 이끌어 내는 것도 실력의 하나예요. 조금이라도 승리를 기뻐하면 어때요?"

"기뻐하고 있어. 하지만 반성할 점도 있다는 말이야. 그런 모 아니면 도 같은 승부를 벌이기 전에 좀 더 능숙하게 시합을 펼쳤다면 더 여유롭게 이겼겠지. 점수를 매긴다면 백점 만점에 45점 정도인 시합이었어."

"말이라도 좀……!"

조금 짜증이 난 얼굴로 멜리사가 일어나 무언가 반박하려는 순간 나츠메의 옆에 앉은, 한쪽 눈을 머리카락으로 가린 여성이 끼어들었다.

"진정하세요, 멜리사 님. 그렇게 화내지 마시고 관대하게 넘어가주세요. 저희 마스터 나츠메 님은 한창 사춘기인지라 자꾸만 이런 말투가 튀어나가고 말거든요. 하지만 사실은 나쁘게 생각하시지 않아요. 이건 일종의 츤데레랍니다."

"……누가 츤데레야, 빅토리아."

그 미녀, 이십 대 초반으로 보이는 외모에 여성용 정장을 입은 빅토리아라는 여성의 말에 나츠메가 씁쓸하게 지적했다.

"어머, 사실이잖아요? 원래는 다정한데 무심코 마음에도 없는 말을 하시니까요. 전에도……."

"시끄러워, 닥쳐."

평소엔 무표정한 나츠메도 이 여성을 상대로는 감정적인 일면을 보였다. 그 모습에 맥이 빠졌는지 일어났던 멜리사가 허탈한 얼굴로 다시 소파에 앉았다.

그런 그들의 대화를 흐뭇하게 바라보던 아키토가 끼어들었다.

"뭐, 아무튼 이겼으니 다행이야. 게다가 부족한 점을 확실하게 깨달은 것도 큰 성과고. 좋은 시합이었어, 응. 그러니 연습해서 그 부분을 다시 다 같이 보완하자. 정말 기대되네!"

타카츠키 아키토. 이 팀을 만드는 발단이 된 신인 마스터. 검은 머리에 검은 눈, 근육질 몸에 조금 키가 큰 남자다.

그럭저럭 괜찮다고 말하지 못할 것도 없는 외모이기는 하지만 눈초리가 다소 날카롭고 또한 표정의 변화를 좀처럼 알기 힘들어 남에게 조금 무서운 인상을 준다.

몇 달 전까지는 광산 노동자로 즐겁지도 않은 인생을 보내고 있었으나, 가챠로 비서 카드인 캐롤을 뽑은 뒤 직장을 그만두고 카드로 싸워 자신의 인생을 펼쳐 나가는 마스터로서 새로운 인생을 걷기 시작했다. 그 시작으로는 이미 크게 나쁘지 않은 결과를 내어 순조로운 것까지는 아니지만 확실히 자신이 바라던 길을 나아가고 있다.

그리고 그들이 이렇게 모인 장소는 데우스 내부에 공동으로 빌린 팀용 방이다. 지정된 팀원만 자유롭게 드나들 수 있으며 도청과 도촬의 위험도 없는 안전한 공간이다.

방의 구조는 자유롭게 설정할 수 있으며 창문으로 보이는 바깥 풍경은 멜리사의 결정으로 남국풍의 상쾌한 바람이 들어오는 해변으로 설정되어 있다. 아쉽게도 모두 가짜 풍경이므로 실제로 해변에 갈 수는 없지만.

그런 아키토의 말에 멜리사가 질색하여 인상을 구겼다.

"그걸 진지하게 말하는 점이 참 대단하단 말이야……. 아키토, 당신 정말 연습을 좋아하는군요……."

그렇다. 아키토는 팀원인 두 사람이 질색할 만큼 카드를 좋아하고 또한 이상할 만큼 연습을 좋아하는 마스터였다. 카드에 관한 것이라면 몇 시간, 몇십 시간이라도 크게 환영일 정도라 그에 휘둘리는 팀원으로서는 너무 버거울 따름이다.

"어, 아니, 연습이라고 해야 할까, 카드를 다룰 수 있는 게 좋을 뿐이지만. 하지만 멜리사가 바쁘거나 피곤하면 딱히 억지로 같이 하지 않아도……."

"……누가 피곤하다는 겁니까. 새파란 신입인 당신보다 제가 더 먼저 지칠 리가 없잖아요."

배려하는 아키토의 말에 멜리사가 고개를 휙 돌리며 대답했다. 멜리사는 굉장히 경쟁심이 강한 성격이다.

그런 두 사람을 무표정하게 바라보던 나츠메가 끼어들었다.

"팀으로서 연습하는 것도 좋지만, 난 개인 연습할 시간도 더 있었으면 좋겠어. 어때? 팀도 안정되었으니 슬슬 모이는 시간과 팀 연습 시간을 좀 더 줄이는 게?"

"앗……."

그 말에 아키토가 조금 놀란 소리를 냈다. 그런 아키토에게 시선을 보내며 나츠메가 말을 이었다.

"원래는 주에 몇 번쯤 하자는 거였지만, 요즘엔 거의 매일 모이고 있고 그러면서 매일같이 팀으로 연습하고 있잖아.

그리고 이렇게 된 이유는 명백해…… 한 번 지고 나서 누구 씨가 분통을 터뜨리며 연습이 부족하다, 부족하다 난리를 친 탓이지?"

"윽."

딴청을 피우며 고개를 돌린 멜리사가 발에 밟힌 고양이 같은 소리를 냈다.

그 모습을 힐끗 보며 캐롤이 동의했다.

"그러네요……. 원래 누구 씨가 한 번 지면 끝이라고 말을 꺼냈으면서 막상 지니 벌컥 화를 내며 '지금 건 연습이 부족했던 탓이에요, 이건 무효라고요, 무효!'라고 하더니 그 뒤로 쭉 이 상태였죠……."

"시…… 시끄러워요! 진짜 연습이 부족했으니 어쩔 수 없잖아요?!"

모두의 말을 씁쓸한 얼굴로 듣던 멜리사가 결국 참지 못하고 일어나 소리쳤다. 그렇다. 한 번 패배하여 해산할 예정이었던 아키토의 팀은 이미 시합에서 몇 번이나 판정패를 받은 상태였다.

본래는 거기서 끝날 터였으나 그것도 멜리사의 한마디에 없었던 일이 되었고, 그 뒤로도 몇 번이나 판정패를 받고 나서도 마치 아무 일도 없었던 것처럼 그들은 팀을 계속하고 있었다.

그러나 그 부분은 모두 알면서도 모른 척하던 터부였다.

이야기의 흐름이 이상해지고 있고, 무엇보다 멜리사를 화나게 하면 성가시다고 판단한 아키토가 비호에 나섰다.

"에이, 그래도 지금은 연승을 거두고 있잖아. 저번 시합도 대승을 거뒀고. 이겨야 할 시합은 제대로 이겼고, 전체적으로 보면 손해보다 번 게 훨씬 많아. 전부 멜리사 덕분이야. 응. 과연 멜리사야, 선견지명이 있어! 대단해!"

그러자 아키토의 말에 기분이 좋아진 멜리사가 얼굴 앞으로 양손을 마주 잡고 눈을 빛내며 웃었다.

"잘 알고 있군요, 아키토! 그래요, 전 사실 아무래도 좋았지만 불쌍한 당신들을 버리자니 동정심이 일어서 일부러 이렇게 팀을 남긴 거예요. 그러니 당신들은 저에게 감사해야 해요. 네, 그렇고말고요!"

"예, 예……."

갑자기 우쭐해진 멜리사에게 나츠메가 어처구니가 없다는 목소리로 대답했다.

아무튼 멜리사는 지는 것을 싫어한다. 연습 중에도 한 번이라도 당하면 도로 갚아줄 때까지 끝내지 않고, 팀이 아깝게 지면 두 번 다시 지지 않도록 연습을 요구했다.

그것은 결과적으로 팀을 크게 성장시켰으나, 처음에 했던 말과 너무 달라 놀라지 않을 수 없다. 처음의 차가워 보이는 인상은 어디로 갔는지 지금은 가장 팀의 승리에 집착하고 있다. 정말 경쟁심이 강한 성격이다.

모두의 뜨뜻미지근한 시선을 받으며 멜리사는 코웃음을 치더니 다시 소파에 풀썩 앉아 말을 이었다.

"그보다 말이죠, 지난 시합이 그저 그랬다고 말한 사람은 당신이잖아요. 그런데 연습을 없애려고 하다니 무슨 생각이죠?"

"없애려는 게 아니라 줄이려는 거야. 물론 그 부분은 연습해서 개선해야지. 하지만 팀에만 얽매여 있을 수는 없잖아. ……안 그래, 아키토? 나도, 너도."

"어……. 으, 응……."

나츠메의 말에 아키토는 어색하게 대답했다.

멜리사가 눈썹을 찌릿 올리고는 나츠메의 무표정한 얼굴을 가만히 응시했다. 팀 방에 잠시 침묵이 흘렀으나 곧 멜리사가 먼저 입을 열었다.

"……뭐, 그렇겠죠. 당신들은 CVC를 목표로 하고 있으니까요. 팀 연습은 어디까지나 팀으로 움직이기 위한 연습. 개인으로 싸우게 될 CVC를 생각하면 그리 시간을 할애하고 싶지 않겠죠."

CVC란 컴퍼니 VS 컴퍼니의 약자로, 이 세계의 패권을 걸고 기업을 경영하는 마스터끼리 겨루는 시스템을 말한다.

여신과 인간이 도입한 그 시스템은 이기면 영토와 부를 손에 넣을 수 있는 반면, 지면 많은 것을 잃는, 말하자면 전쟁의 대용품과 같은 시스템이다.

과거에 인간들은 오래도록 이어지는 싸움에 질려 카드에 의한 전쟁을 문명화하고 세분화하여 그 피해를 최소한으로 억누르려고 했다. 그리하여 지금은 세계의 패권은 그 CVC에 참가한 일부 기업들이 카드 배틀을 하여 서로 **빼앗는** 구조가 되었다.

쉽게 말하면 규칙이 명확한 전국시대이며 CVC란 누구나 참가할 수 있는 전쟁이라는 것이다.

나아가 아키토 팀이 참전하고 있는 콜로세움이란 CVC 참가를 목표로 삼은 자들을 위해 준비된 넓은 연습장이다. 아키토의 큰 목적은 CVC에 참가하는 것이고, 콜로세움에서 싸우는 것은 그 연습을 위해서다.

그리고 팀원인 나츠메도 역시 아키토와 마찬가지로 CVC를 목표로 하는 마스터 중 한 사람이다.

세 사람 중 두 사람은 위를 노리고 있다. 그 사실에 소외감을 느꼈는지 다소 가시가 돋친 말을 하는 멜리사에게 아키토는 조금 곤란한 표정으로 대답했다.

"아니, 멜리사, 그런 식으로 말하지 않아도……."

"사실이잖아요. 뭐, 상관없어요. 우리가 팀을 짠 이유는 돈 때문이니까요. ……하지만 얼이 빠져서 아무 생각도 없는 듯한 바보 아키토는 차치하고, 현실주의자인 나츠메 당신까지 CVC 같은 머리가 이상한 인간들의 모임에 참가하고 싶어 할 줄은 몰랐어요. 게다가 설마 수식어 없는 비서 카드까지 데리고 있다니⋯⋯!"

아키토에게 대꾸한 뒤, 멜리사는 싸늘한 눈으로 나츠메와 그 옆에 앉은 빅토리아를 바라보며 말을 이었다. 그 시선을 빅토리아는 생글생글 웃으며 받아냈고, 나츠메는 슬쩍 눈길을 피했다.

그렇다. 나츠메의 옆에 앉은 이 여성은 캐롤과 같은 비서 카드이다.

[비서 카드 NO.12] 빅토리아라는 이름이다.

"⋯⋯뭐야, 수식어가 없다니? 캐롤처럼 금전 특화와 뭐가 달라?"

그때 아키토가 끼어들었다. 빅토리아가 비서 카드인 것은 이미 소개를 받아 알고 있었으나, 수식어 어쩌고는 처음 듣는 이야기다.

그런 소박한 물음에 무슨 까닭인지 캐롤이 벌컥 화를 냈다.

"그걸 지금 묻는다고요⋯⋯?! 뭐 아무렴 어때요! 아무튼 비서 카드는 비서 카드잖아요⋯⋯!"

"어머나, 몰랐군요. 비서 카드에는 여러 가지 종류가 있는데 가장 유능한 건 무슨 특화라고 쓰여 있지 않은 그냥 비서 카드라고요. 올 라운더라 무엇이든 잘하고, 특화형은 그보다 떨어진다고 하더군요."

"멜리사 씨, 그렇게 말하기예요?!"

얼버무리려고 하는지 필사적으로 무언가를 말하기 시작

한 캐롤을 가로막고 멜리사가 말하자, 캐롤이 비명과 같은 소리를 질렀다.

빅토리아는 그 모습을 생글생글 웃으며 듣다가 볼에 손을 대고 대답했다.

"어머, 그건 흔히 하기 쉬운 착각이에요. 저와 같은 일반 비서는 확실히 무엇이든 어려움 없이 해냅니다만, 특화형 인 분들만큼 특정 분야에서 특출한 능력을 발휘하지 못하는 경우도 많거든요. 게다가 굳이 말하자면 특화형인 분은 어딘가 중대한 약점을 갖고 있는 경우가 있으므로 그 때문이 아닐까요. 사실 캐롤의 경우에는……."

빅토리아가 캐롤을 슥 훑어보자 캐롤은 겁먹은 얼굴로 자신의 가슴을 얼른 가렸다.

중대한 약점을 외모에서 찾자면 가슴일 것이다. 빅토리아의 가슴은 멜리사에게도 지지 않을 만큼 커서 무척이나 풍만하지만, 캐롤은 굴곡이라고는 없을 정도다.

"……아마 주인에 대한 충성심 아닐까요. 다소 자유분방한 모양이군요. 뭐, 저는 그런 면도 귀여워서 좋다고 생각합니다만."

"내, 내버려 두세요! 비서 카드에 우열을 매기다니 옳지 않다고 생각합니다, 저는! 격차 사회는 반대예요!"

캐롤이 비명처럼 대꾸했다. 과연, 이것만으로도 어느 쪽이 우수한지 그럭저럭 보였다. 비서 카드 두 사람의 대화를 들으며 아키토는 그런 생각을 했다.

또한 충성심이 어쩌고 하는 말에도 크게 납득이 갔다.

초연한 태도로 주인을 따르는 빅토리아와 달리 캐롤은 아무래도 진중함이 부족하다. 덤으로 말하자면 돈에 너무 집착하는 것도 문제고, 식탐을 부리느라 주인의 간식을 멋대로 먹어버리는 것도 좋지 않다.

나아가 잠을 자지 않아도 괜찮다고 말했음에도 쿨쿨 자고, 같이 쇼핑을 가면 마스터, 저거 갖고 싶어요, 이거 갖고 싶어요 하며 시끄럽다. 문제투성이다.

그런 불만 섞인 시선을 느낀 캐롤이 아키토를 강하게 노려보았다.

"뭡니까, 마스터? 저에게 뭐 하고 싶은 말이라도?!"

"아니, 그냥."

아키토가 슬쩍 시선을 피하며 대답했다. 아무래도 빅토리아가 여러모로 더 우수한 것을 신경 쓰는 모양이다. 지낸 시간은 짧지만 빅토리아는 정말 빈틈이 없고 의지가 된다. 마스터인 나츠메를 진심으로 따르며 물심양면으로 돕고 있다.

빅토리아는 그야말로 이상적인 비서이며 확실히 그에 비하면 캐롤은 문제점이 많은 카드이다.

그러나.

'……뭐, 나의 파트너로는 이 녀석이 좋지만.'

캐롤의 주눅 들지 않는 성격이며 명랑한 분위기는 자신과

분명 잘 맞는다. 아키토는 여신이 인도하는 가챠를 통해 최상의 파트너를 얻었다고 생각했다. 분명, 아마도.

아키토가 그런 생각을 하는 동안에도 다른 사람들은 대화를 이어나갔다.

"그런데 수식어가 없는 비서는 비싸던데 설마 산 건 아니겠죠? 나츠메, 빅토리아를 어떻게 손에 넣었어요?"

멜리사가 모두가 알고 싶어 할 질문을 했다.

그러나 나츠메는 다시 시선을 휙 돌리고는 평소와 같은 냉정한 어조로 대답했다.

"나에게도 여러 가지 사정이 있어."

나츠메는 팀을 짠 지 보름쯤 지난 뒤에야 두 사람에게 자신의 비서 카드를 소개해 주었다. 그것만이 아니라 나츠메는 연습에서도 항상 몇 장의 배틀 카드를 나누어 썼는데, 근거리가 특기인 카드나 원거리가 특기인 카드 등 다채롭게 활용했다.

그런 모습을 보았고, 또한 비서 카드를 소유하고 있으니 당연하다고 생각하면서도 확인하기 위해 아키토가 문자 'CVC에 올라가기 위해 다양한 카드의 사용법과 대책을 공부하고 있어'라고 자신이 CVC를 목표로 삼았음을 가르쳐 주었다.

나츠메가 아마 자신의 정보를 남에게 알리고 싶지 않아 감추고 있었을 비서 카드 및 다른 카드를 보여주었다는 것은 두 사람을 동료로서 신뢰한다는 증거와 같아 기쁘기는 했다. 그러나 나츠메의 과거며 CVC에 도전하는 동기 등은 아무리 물어도 지금처럼 얼버무리며 가르쳐주지 않았다.

"흥…… 뭐, 당신에게도 사정이 있을 테지만, 돈을 버는 것이라면 콜로세움에서도 충분할 텐데요. 두 사람은 CVC라는 것을 동경할지도 모릅니다만, 거긴 정말 무법천지예요. 돈의 망자들이 서로 죽이고, 빼앗으려 들고, 배신해 대는 이 세상에서 가장 추악한 전장이라고요. 그런 곳에 뛰어들려고 하다니 어리석다는 말밖에 할 말이 없군요."

멜리사가 턱을 괴고 고개를 돌린 채 독설을 내뱉었다.

그 말에 뭐라고 대답해야 좋을지 몰라 아키토는 그냥 쓴웃음을 지었다.

CVC를 목표로 한 나츠메와는 대조적으로 멜리사는 놀랄 만큼 CVC라는 것을 싫어하는 듯했다.

이렇게 기회가 있을 때마다 좋지 않은 곳이라 주장하며 두 사람을 막으려고 다양한 충고를 해준다. 혹시 전에 무슨 일이 있었을지도 모른다. 그러나 멜리사도 멜리사대로 과거에 무슨 일이 있었는지 물어도 절대 대답해 주지 않았다.

이렇게 동료로 함께 싸우고 있지만, 아직 서로 비밀이 많다. 이 세 사람에게는.

반면 인간끼리의 그런 대화를 아무 감흥도 없이 주스를 마시며 듣던 캐롤이 문득 끼어들었다.

"아니, 콜로세움에서 번다고 해도 억 단위의 돈을 벌려면 몇 년이나 걸릴지 모르잖아요. 역시 집중력이 중요한 카드 배틀은 나이를 먹을수록 조작이 둔해지는 사람도 많으니까요. 그야 젊고 활력이 있는 동안 평생 먹고 살 돈을 벌고 싶은 게 인간의 마음 아니겠어요."

그러며 빨대로 쪼로록 주스를 다 마시더니 뻔뻔하게도 자신의 마스터인 아키토 몫의 주스에까지 손을 뻗으며 말을 이었다.

"그 점에서 CVC라면 몇 년 살아남는다면 낮은 랭크라도 억은 충분히 버는 수준이니까요. 심지어 경우에 따라서는 월수입이 억까지 가는 일도 있고요. 아시겠어요? 월수입이 억! 월수입이 억이라고요! 매일 현금 욕조에 들어가도 남을 정도라고요."

"넌 잠시 가만히 있어, 캐로."

아키토가 돈 이야기에 들떠 대화와 별 상관도 없는 이야기를 떠들어대는 캐롤의 머리를 쭉 밀어냈다. 꾸웹 소리를 내는 캐롤에게는 눈길도 주지 않고 아키토는 말을 이었다.

"확실히 CVC는 몇 개의 계급으로 나뉘어 있고, 위로 올라가면 몇 년 만에 수십억은 벌 수 있을지도 모른다고 하던데. ……수십억인가. 딱히 실감이 안 나는 금액이야."

"뭐, 그건 그렇겠죠. 인간의 평균적인 생애 소득은 나라에 따라 따르지만 선진국이라도 2억이나 3억이 고작이니까요. 개인이 수십억 자산가라고 하면 어느 나라에서든 괜찮은 편…… 부유층이라고 해도 되고요."

아키토가 무심코 중얼거린 말에 멜리사가 대답했다.

생애 소득이란 개인이 평생 노동 등으로 버는 금액을 말한다. 즉, 이 세상에서 대다수인 고용되어 임금을 받는 처지인 노동자들은 월급이 15만에서 20만GP부터 시작하여 정년퇴직할 때까지 대충 합하여 그 정도의 급료를 받는다는 거다.

물론 이것이 개발도상국이라면 그 십 분의 일 이하로 떨어진다.

거기서 할 말은 다 했다는 듯 침묵하던 나츠메가 고개를 들고 대화에 참여했다.

"부유층이라. 여신이 만들고 지금까지 공통화폐가 된 GP, 그 절반 이상은 인류의 몇 퍼센트에 불과한 부유층이 차지하고 있어. 생각할 수 있는 건 경영자라든가, 지주라든가, 예술가, 그리고 귀족제나 왕정의 후예로 기득권이 허락된 인간, 그리고……."

그때 돈 이야기에는 가만히 있을 수 없다는 듯 다시 캐롤이 끼어들었다.

"그리고 바로 CVC 플레이어죠. 출신이 좋지 않고, 공부도 못하는 사람이 억만장자가 될 수 있는 몇 없는 수단 중 하나가 바로 CVC 플레이어니까요. 뭐, 중간에 지면 돈을 버는 것도, 자칫하면 목숨까지 모두 빼앗기고 말지만요."

그러며 벌떡 일어나더니 양팔을 벌리고 말을 이었다.

"하지만 꿈은 있다고요! 여신님 덕분에 이 세계에는 인간의 힘으로는 실현이 불가능한 일이라도 이룰 수 있는 카드들이 있으니까요! 그래요, 이 세상에는 서민의 손에는 결코 들어오지 않는 대단한 카드가 산처럼 존재해요! 예를 들어 불치병도 바로 고치는 회복 카드에 젊음을 유지하는 미용 카드, 자신만의 작은 세계를 가질 수 있는 카드에 세계 어디라도 자유자재로 날아갈 수 있는 카드! 인간이 그리는 꿈 대부분은 카드가 이루어 준다고요! 그리고 돈만 있으면 물건을 살 수도 있고요…… 대단해요! 돈, 대단해! 자, 여러분도 함께! 돈은 대단해! 아하하하하, 캐롤, 돈이 정말 좋아!"

그리고 한참을 마음대로 외치더니 황홀한 표정으로 웃으며 그 자리에서 신나게 빙글빙글 돌기 시작했다. 그 머릿속에는 많은 돈이 춤추고 있을 것이다.

같은 비서 카드인 빅토리아는 그 모습을 흐뭇하게 지켜보고 있다.

……정말 같은 부류의 카드인지 의심스러울 만큼 그녀들은 성격이 전혀 달랐다. 우리 캐롤은 왜 이렇게 돈만 좋아할까.

아키토는 속으로 한숨을 쉬면서 동료인 두 사람을 바라보자, 그쪽은 그쪽대로 무언가 생각에 잠긴 표정이었다. 지금 캐롤이 한 말에 느끼는 바가 있었을까. 멜리사는 아마 미용 쪽이 아닐까. 그럼 나츠메는?

과연 지금 이야기 어디가 이 과묵한 동료의 마음에 와 닿았을까.

그것은 지금 아키토로서는 모르는 일이었다.

그렇게 잠시 침묵이 흐른 뒤 멜리사가 먼저 입을 열었다.

"흥, 뭐, 돈이 대단하다는 건 저도 잘 알아요. 저도 물론 돈은 좋아하고요, 또 돈은 배신하지 않으니까요. ……그럼 아키토, 당신도 부자가 되고 싶어 CVC를 목표로 삼은 건가요?"

"어? 아니, 아닌데."

멜리사의 말에 아키토는 바로 대답했다. 멜리사는 조금 놀란 얼굴로 되물었다.

"아니라고요? 돈이 목적이 아니라면 뭐가 목적이죠? 설마 명예나 지위?"

"아니야. 그런 건 별로 관심이 없어. 그냥 흔하디흔한 이유야."

캐롤이 꽤나 마시고 만 자신의 주스에 입을 대며 아키토는 가만히 대답했다.

"SR이나 UR 같은 그런 고랭크 카드를 써보고 싶어서 그래. 그런 건 콜로세움에선 쓸 수 없고 사더라도 너무 비싸니까 CVC에서 위로 올라가지 않으면 좀처럼 손에 넣을 수 없잖아? 난 평범하니까 이유도 평범해."

그 설명을 들은 멜리사와 나츠메 두 사람은 잠시 굳어 있다가 이구동성으로 말했다.

"".......그건 조금도 평범한 이유가 아니야.""

"아앗."

어이가 없다는 표정의 두 사람에게 아키토가 놀란 얼굴로 대답했다.

"아니, 아니…… 평범하지 않아? CVC는 카드로 싸우기 위한 장소잖아? 그럼 그 카드들을 목적으로 참가하는 건 평범하잖아. ……평범한 거 맞지?"

그렇게 말하며 고개를 돌려 자신의 비서 카드에게 물었다. 그러자 그 귀여운 파트너는 싱긋 미소를 짓고는,

"평범할 리가 없잖아요. 그거, 이제 다른 사람 앞에서는 말하지 않는 게 좋아요. 머리가 이상하다고 생각할 테니까."

라며 무섭도록 차가운 말을 되돌려주었다.

"……왜, 이상하잖아?! 보통 카드를 좋아해서 하는 거 아니야, CVC라는 건?!"

"좋아하는 마음만으로 수천만이나 수억을 걸고 서로 죽이는 데 참가하는 사람이 그렇게 있겠어요?! 당신은 바보입니까!"

일어나서 불평하는 아키토에게 멜리사가 지적했다.

그 뒤를 잇듯이 나츠메가 냉혹한 목소리로 말했다.

"몇 번이고 바보라고 생각했는데 진짜 바보였구나."

"나츠메, 너까지?!"

차가운 눈으로 자신을 바라보며 말하는 나츠메를 마주보며 아키토가 불만을 표했다. 이게 무슨 일인가, 그만은 이해해 줄 거라 생각했는데……!

"카드라면 여기 콜로세움에서도 얼마든지 접할 수 있을 텐데 일부러 CVC에 갈 필요가 있나요? 여기서 원하는 만큼 쓰면 되잖아요."

"그야 콜로세움에서는 R등급 카드밖에 접할 수 없잖아! 아니, 그야 R카드도 훌륭하지만! 그래도 SR이나 UR도 써 보고 싶잖아! 그래, 나는 쓰고 싶은 거야, 전설로 남을 법한 고랭크 카드들을! 너희도 그렇지?!"

흥분한 모습으로 아키토가 모두를 설득하려고 일어나 양 팔을 벌리고 말하기 시작했다.

"예를 들면 세계에서 제일 유명한 카드라 일컬어지는 [검의 소녀]가 있어! 그녀의 일격은 바다를 가리고 대군을 쓰러뜨린다고 해! [거룡왕 아이언크라드]는 빌딩을 한 번에 삼킬 만큼 거대하고 포악하다고 하고, [공군 공주 아에리아], [공군 공주 웬리]는 인간 크기의 걸어다니는 군대라고 해! 그 외에도 [초닌 무라사메]며 [우주해적 베어볼프], [기동요새 발할라], [OP21-S-C 프라이멀 파이어] 같은 엄청난 배틀 카드가 산처럼 쌓여 있잖아! 그것들을 자신의 손으로 써보고 싶다고 생각하지 않는다고?!"

"뭐, 그래요……. 쓸 수 있다면 한 번쯤 써보고 싶기는 해요. 네……."

열변을 토하는 아키토에게 멜리사가 불쌍하다는 눈으로 대답했다.

그 얼굴에는 또 시작되었다는, 다소 질린 기색이 어려 있었다.

그렇다. 아키토는 카드에 대해 말하는 것도 아주 좋아하여, 기회만 있으면 이렇게 좋아하는 카드 이야기를 끊임없이 떠들기 시작하곤 했다.

그 이유는 아키토의 주위에 지금까지 카드 이야기를 함께 할 사람이 없었기 때문이다. 그러나 이곳에 와서 함께 카드를 쓰고 그것에 꿈을 맡기는 대등한 상대가 처음으로 생겼다.

그것이 기뻐서 자꾸만 이렇게 말하게 된다.

그리고 이렇게 카드 이야기를 줄줄 떠들다 결국 두 사람이 질리고 만다. 그것이 지금 이 팀에서 아키토의 위치였다.

이제 듣기 질렸다는 듯 멜리사가 시선을 피하고, 나츠메 쪽은 얽히는 것을 피하려는 듯 테이블에 놓인 과자로 손을 뻗어 와작와작 먹기 시작했다.

두 사람의 그런 모습을 보며 아키토는 어깨를 축 늘어뜨리고 생각했다.

'……우와아, 둘 다 관심이 없구나…….'

아무래도 두 사람은 아키토만큼 카드 자체에는 관심이 없는 모양이다.

이게 그렇게 이상한 일인가? 좋아하는 카드들을 직접 갖고 싶다고 생각하는 것은.

전설급 카드, 영웅이라 여겨지는 카드. 세계에는 아직 자신이 모르는 배틀 카드가 매우 많다. 그리고 그들은 아마 이 순간에도 누군가의 손에 존재하며, 여기 같은 세계에서 같은 공기를 마시고 있다.

그것을 보고 싶고, 조작해 보고 싶고, 그리고 친구가 되고 싶다고 생각하는 자신은 그만큼 상식과 동떨어져 있을까.

'……마스터들은 보통 카드를 좋아하는 사람이라 생각했는데…….'

그러나 콜로세움에서는 카드를 그저 도구로 보는 사람이 많은 듯했다. 적어도 카드를 쓰고 싶기에 위로 가려는 사람은 거의 없는 것처럼 보였다.

'기대했던 것과 달라…….'

소파에 풀썩 앉아 어깨를 축 늘어뜨린 아키토. 너무나 상심한 모습이 불쌍해졌는지 나츠메가 말을 걸었다.

"……뭐, 그런 것도 있을지도 모르지. 좋아하는 마음만으로 무언가를 해내고 인생을 걸 수 있는 그런 거. 그런 것도 딱히 나쁘다고 생각하지는 않아."

"오오, 나츠메……."

아키토가 환하게 웃으며 나츠메를 보았다. 함께 위를 노리는 동지다. 이해하지 못할 리가 없다. 정말 그렇다. 동경도 위를 노리는 데 충분한 동기가 된다.

"저도 멋지다고 생각해요. 꿈을 꾸는 남성은 멋지잖아요. 저의 마스터인 나츠메 님이 저의 취향에 완벽히 들어맞는 미소년이 아니었다면 저도 모시고 싶을 정도인걸요."

주인에 이어 생글생글 웃으며 가만히 대화를 듣고 있던 빅토리아가 입을 열었다.

무언가 불온한 말을 한 기분이 들지만 긍정해준 것 같아 기쁘다.

그러나 그런 아키토에게 멜리사가 다시 찬물을 끼얹었다.

"뭐, SR까지라면 그나마 이해가 가지만요……. 당신, 알고 있나요? UR등급까지 가면 그건 거의 국가를 수호하는 수준이라고요. 마음만 먹는다고 되는 게 아니라 얼마나 위로 올라가야 하는지 알아요?"

냉정한 말에 아키토는 말문이 막혔다.

그 모습을 보며 멜리사가 공격을 거듭했다.

"당신이 지금 이름을 댄 [검의 소녀]도 한 국가를 대표하는 수준의 카드이고, [기동요새 발할라]도 그 이름대로 엄청나게 거대한 크기의 하늘을 나는 군사요새 아닙니까. [OP21-S-C 프라이멀 파이어]는 공중전에서 1백 기를 격추한 전설을 남긴 최강급 로봇이고, 그것들을 소유한 것은 아마 국가를 장악하고 있는 마스터들이라고요. ……당신 설마 여기서 나라를 다스리는 왕까지 올라갈 생각인가요?"

"……괘, 괜찮잖아, 꿈을 꾸는 것 정도는……."

냉정하게 지적을 계속하는 멜리사에게 저항하듯이 아키토가 나약한 목소리로 말했다.

UR등급은 배틀 카드 중 최고 등급으로 모두 AP나 DP가 2만이 넘는 데다 상한선은 알려지지 않았다.

수치가 5만이나 6만이 되는 것이 있을지도 모르고, 혹시 개중에 가장 약한 UR이라면 아키토가 손에 넣을 가능성이 있을지도 모른다.

그러나 지금 이름이 열거된 최고급 UR이라면 그야말로 세계의 패권을 걸고 싸우는 마스터나 차지할 수 있을 것이다.

그것을 노동자 출신에 콜로세움에서 이제야 싸움을 시작한 초심자가 손에 넣고 싶다고 입에 올리는 행위는 상당히 주제넘은 일이라 말할 수밖에 없다.

"뭐, 꿈을 꾸는 것은 자기 마음이지만……. 콜로세움에서 나갈 생각이 없는 저조차 이기지 못하는 당신이 말하니 설득력이 전혀 없군요."

"크윽!"

말이 투명한 화살이 되어 날아 와 박히는 바람에 아키토는 가슴을 부여잡고 휘청거렸다.

그렇다. 팀을 짠 지 한 달 하고 조금 더 된 현재, 아키토는 여전히 이 '카운터 여제'라는 이명을 지닌 투사 멜리사 로우에게 한 번도 이기지 못했다. 배틀 카드를 방어 중시인 로미오밖에 소유하고 있지 않은 것도 큰 이유였지만 무엇보다 경력이 차이가 나기 때문이다.

팀을 짜고 알게 되었는데 멜리사는 벌써 일 년도 넘게 콜로세움에서 돈을 벌고 있고, 아무래도 그 전부터 배틀 카드에는 익숙한 듯했다. 그에 비해 아키토는 두 사람의 기술을 흉내 내며 그제야 자신의 싸움법을 정립하는 단계였다.

"흥, 아직 저의 발끝에도 미치지 못하는 주제에 SR이니 UR을 쓰니 어쩌니⋯⋯. 지금은 그런 말을 할 때가 아니라고요. 콜로세움의 정점 정도는 군림하고 나서 말하는 게 어때요?"

"크으윽⋯⋯!"

멜리사의 신랄한 말에 아키토는 아무 말도 대꾸하지 못하고 빠득빠득 이를 갈았다.

분하지만 사실이다. 적어도 이 여자나 콜로세움의 강호를 상대로 이기지 못해서야 CVC에서 위로 올라간다니 도저히, 도저히.

그런 두 사람의 모습을 신기하게 바라보던 나츠메가 뒤늦게 입을 열었다.

"뭐, 확실히 아키토는 노력하고 있긴 하지만, 아직 CVC

에 가기엔 시간이 걸릴지도 몰라. 하지만 시작한 지 두 달 언저리에 여기까지 해냈으니 대단하다고 생각해. 내가 그쯤 되었을 때에는 패배도 많고 힘들었거든. 자신감을 가져도 돼."

"나츠메……!"

그 말에 기뻐하는 표정을 지은 아키토가 나츠메를 반짝거리는 눈으로 바라보았다. 그 모습을 따분하다는 눈길로 보던 멜리사가 다시 말을 이었다.

"……그래서? 당신들 CVC에 올라가기 위해 노력하고 있다는 건데 구체적으로 얼마쯤 벌면 좋을지 생각하곤 있나요?"

"앗."

그 물음에 아키토가 얼빠진 소리를 냈다.

그러고 보니 CVC를 위해 돈을 벌겠다는 목표는 있었지만 구체적인 금액은 정해두지 않았다.

도움을 요청하듯이 자신의 비서 카드 캐롤에게 시선을 보내자, 캐롤은 조금 생각한 뒤에 대답했다.

"글쎄요, 마스터가 어느 나라에서 도전할지 등 조건에 따라 다릅니다만, 선진국이라면 CVC에서 가장 낮은 F급이라도 SR카드를 중심으로 덱을 짤 필요가 있을 거예요. 그리고 SR 배틀 카드의 가격은 물건에 따라 큰 차이가 납니다만, 최소한 1천만 전후는 들어요. 그걸 두세 장 준비한다고 생각하면 다른 지출도 포함하여 음…… 3천만에서 5천만 GP는 생각해 두는 편이 좋겠네요."

"그렇게나?!"

아키토가 놀라 외쳤다. 아키토는 이미 콜로세움에서 백만 GP 단위의 상금을 벌었으나, 원래 저금과 합하더라도 그 금액의 절반도 모으지 못했다.

CVC에는 A부터 F까지 단계가 있고, 위로 갈수록 지배영역이 확대된다.

그 중 최하층인 F의 지배영역은 한 마을 정도이며 거기서 거둘 수 있는 세금도 대수롭지 않다. 그런데 거기에 도전하는 것만으로도 그렇게 많은 돈이 필요하다니……!

놀란 아키토에게 곁눈질을 하며 나츠메가 말을 이었다.

"하지만 F급은 수익이 적으니까. 거기서 버텨도 소용없으니 바로 E급으로 올라갈 필요가 생길지도 몰라. 캐롤, 네가 지금 말한 그 금액은 그걸 예상하고 책정한 거지?"

"네, 맞아요. F급에서는 대단한 수입도 기대할 수 없거든요. 그래도 카드를 최소한으로 갖추고 오로지 F급에서 버티며 버는 방법이 없는 것도 아니지만요. E급으로 올라가면 범위가 도시 단위로 확대되고 수익이 크게 올라가요. 일반적인 마스터가 머물려고 하는 그 E급에서 몇 년 노력하면 억 단위의 저금도 모을 수 있고요."

캐롤이 싱긋 웃으며 나츠메에게 대답했다.

나츠메는 이미 그 부분을 철저히 조사한 단계까지 나아간 모양이다.

"맞아요, 그보다 더 위인 D급이 되면 규모가 너무 커져서 책임 문제 등 여러모로 신경 쓸 것도 많으니 E급에 머물려 고 하는 마스터님이 많아요. 지역에 따라 다릅니다만, E급 에 몇 년 열심히 버티다 그 후에 은퇴하면 억 단위의 목돈이 남으니까요. 그다음 물가가 싼 나라로 가거나, 자산운용을 하여 불로소득을 얻어 유유자적 살고 싶다는 것이 많은 마 스터님의 꿈이지요. 그러나 그만큼 E급은 격렬한 싸움이 벌 어지는 격전지가 되었습니다만."

그런 캐롤에게 웃는 얼굴을 보이며 빅토리아가 보충했다.

자세한 설명을 해주는 둘을 감탄한 얼굴로 보며 아키토가 중얼거렸다.

"과연 비서 카드야, 잘 아네⋯⋯. 나는 아직 거기까지 생 각하지 않았어."

"뭐, 마스터는 아직 병아리니 한 번에 사정을 전달하는 것 도 좋지 않을 듯해서요. 하지만 확실히 슬슬 목표 금액을 설 정할 때일지도 모르겠네요."

캐롤이 테이블에 놓인 과자를 집으며 말했다.

3천만. 최소 3천만인가. 꽤 큰 금액이다. 그만큼 콜로세 움에서 벌려면 시간이 얼마나 필요할까. 나츠메의 말대로 아직 CVC는 멀 듯하다.

그런 아키토에게 빅토리아가 조금 걱정스럽게 말을 걸었다.

"그것만이 아니에요, 아키토 님. SR등급의 배틀 카드는 양산형은 차치하고 유니크는 간단히 손에 들어오지 않아요. 홀더의 카드 트레이드에도 좀처럼 물건이 안 들어오죠? SR 배틀 카드는 CVC의 D급 이상의 가챠가 아니면 거의 배출되지 않거든요. 그리고 그 수준의 가챠를 돌릴 마스터님은 좋은 카드가 들어오면 아는 사람에게 넘기기 쉽죠. 손에 넣기 위한 인맥이 없으면 돈이 있어도 좋은 카드를 손에 넣는 데 고생할 거예요."

"……인맥. ……인맥은, 어떻게 만드는데?"

"한심해. 당신, 그런 것도 생각 안 한 거예요?"

아키토가 대답하자 그 말을 들은 멜리사가 진심으로 한심하다는 얼굴로 말했다.

"가장 좋은 건 '클랜'에 들어가는 거예요. 클랜에 들어가 윗단계에 있는 마스터에게 보호와 카드 제공을 받을 수 있으면 안정적이겠죠. CVC에 데뷔한 사람이 가장 먼저 목표로 삼는 건 대부분 클랜에 참가하는 거예요."

클랜. 아키토가 모르는 단어가 나왔다.

도움을 요청하듯이 캐롤을 보자, 캐롤이 살짝 고개를 끄덕이고 설명을 시작했다.

"클랜이란 마스터끼리 모이는 조직을 말해요. 팀이나 파

벌이라 부르는 사람도 있습니다만, 아무튼 상하 관계로 비호를 받거나 상호 협력하는 조직을 그렇게 불러요. 그리고 그 클랜 멤버끼리 서로 손에 넣은 카드를 교환하고 정보를 공유하거나 경우에 따라서는 거슬리는 다른 세력의 마스터를 같이 공격하기도 해요. 그러니 높은 단계에 속한 마스터가 운영하는 클랜에 들어갈 수 있으면 여러모로 유리하죠."

"과연, 그건 편리하겠네……! 그럼 일단 어딘가 클랜에 들어갈 것을 목표로 삼으면 되나?"

아키토가 감탄한 얼굴로 대답하자 캐롤이 아키토의 옆에 털썩 앉아 그의 얼굴을 올려다보며 살짝 인상을 찡그리고 대답했다.

"꼭 그렇지만은 않아요. 그런 조직에 들어가면 일명 상납금이란 걸 내야 하거든요. 그러면 벌이는 줄어들고, 뭐라고 해야 할까…… 위의 명령 때문에 자기는 손해만 보면서 싸우게 될 가능성도 있어요. 부하처럼 부린다고나 할까요. 좋은 일만 있는 것은 아니에요."

"……그렇구나."

아키토가 진지한 얼굴로 다시 대답했다. 조직에 들어가면 카드나 정보를 얻어 유리해진다. 그러나 그것은 공짜가 아니다. 오히려 그 탓에 파멸을 불러올 가능성도 있다.

그때 멜리사가 자신의 턱에 손을 대고 입을 열었다.

"그래도 기본적으로 클랜에 들어가야 한다고 생각해요.

혼자 해나가기에는 CVC는 너무 위험하니까요. D급 마스터 수준이 운영하는 클랜에 들어가면 여기저기 견제도 할 수 있고요. 그리고 그런 조직은 항상 실력이 좋은 신입을 찾고 있으니 콜로세움에서 활약하면 혹시 제안이 올지도 몰라요. ……뭐, 어지간한 실력자여야겠지만요. 그런 제안을 받을 수 있는 사람은."

그렇다. 클랜을 운영하는 사람이라면 실력이 좋은 신입을 원할 때 콜로세움에 와서 살펴보면 된다. 즉, 콜로세움이란 수련장임과 동시에 자신의 실력을 어필하는 장소이기도 하다.

콜로세움에 그런 측면도 있을 줄이야. 정말 카드와 팀에 빠져 있느라 자신은 거기까지 생각하지 않았다며 아키토는 속으로 조금 반성했다.

"그것만이 아니라 SR카드의 조작은 R카드보다 난이도가 높아. R카드를 충분히 조종하는 수준이 아니면 파워가 더 강한 SR카드에 휘둘리게 돼. 위로 올라가더라도 일단 R로 확실히 연습을 쌓은 뒤라야 해."

손에 든 차를 마시며 나츠메가 말했다. 과연, 그런 문제도 있는가. SR과 R은 출력이 다르다. 잘 쓰려면 더욱 연습이 필요할 것이다.

아무래도 나츠메는 이미 실제로 CVC에 도전할 단계까지 온 모양이다.

앞서나가고 있다고 느꼈다.

그나저나 이런 이야기는 정말 즐겁다. 목표를 향해 실제로 필요한 여러 가지를 나누는 시간. 꿈이 커진다고나 할까, 마음이 부풀어가는 것을 느꼈다.

언젠가 자신도 해내겠다는 마음이 커졌다. 그래, 언젠가, 그리 멀지 않은 미래에 자신도 자랑스러운 SR카드를 들고 CVC에 도전할 것이다.

그러나 즐거워하는 아키토의 얼굴이 마음에 들지 않는지 멜리사가 다시 끼어들었다.

"흥, 하지만 나츠메, 아까부터 안다는 듯 말하고 있는데 당신도 아키토에게 말할 처지인가요? 당신도 나에게 지고 있잖아요. 그런 꼴로 CVC에 가려고 하다니 본인이야말로 위험한 것 아닌가요?"

"……뭐라고?"

그 말에 나츠메가 숙이고 있던 고개를 들었다.

두 사람이 서로 노려보며 방에 긴장감이 흘렀다.

"재미있는 말을 하네. 분명 전적은 비슷했을 텐데?"

"어머, 그랬던가요. 몇 번인가 판정이 애매한 적이 있었는걸요. 그대로 계속했으면 제가 이겼겠죠, 틀림없이."

"그건 어떨까. 그렇게 말하자면 내가 승리를 양보한 승부도 몇 번인가 있는데. ……네가 불쌍했으니까."

"……뭐라고요……!"

구구구구궁, 방에 분노가 차올랐다.

그 모습을 땀을 줄줄 흘리며 바라보던 캐롤이 속으로 중얼거렸다.

'또 시작됐네……. 서로 승부 이야기가 나오면 금세 뜨거워진다니까……!'

사실 나츠메와 멜리사 두 사람은 팀원이기는 하지만 너무 상성이 맞지 않아 일만 있으면 어느 쪽이 위인지 이렇게 말싸움을 벌였다.

그리고 둘 다 자신이 상대보다 강하다고 생각하고, 또 그런 생각을 감추려고도 하지 않았다.

나아가 이렇게 되면 늘 이런 흐름이…….

"에이, 둘 다 진정해. 그렇게 흥분하지 말고. 게다가 말다툼을 벌여도 어쩔 수 없잖아. 우리는 마스터니까. 아, 그러면……."

그런 두 사람 사이로 아키토가 생글생글 웃으며 끼어들었다. 그리고 처음부터 무엇을 말할지 정해 두었으면서 마침 떠오른 척을 하고 말하는 것이다.

"지금부터 트레이닝 에어리어로 가서 우열을 가리는 게 어때? 물론 나도 포함해서. 거기서 누가 강한지 확실히 판가름을 내자고."

"바라던 바예요!"

"좋아."

두 사람은 승낙하고는 각자 자신의 홀더를 꺼내더니 그

자리에서 푸슝 소리를 내고 사라지고 말았다. 홀더를 조작하여 이 팀의 방에서 공동으로 빌린 훈련용 구역으로 이동한 것이다.

그것을 지켜본 다음, 계획대로 되었다는 얼굴로 아키토도 바로 그 뒤를 이었다.

그렇게 방에는 두 비서 카드만 남겨졌다.

항상 이렇다. 대화가 어느새 말다툼이 되고, 어느 쪽이 위냐는 말이 나오고, 그대로 연습을 하러 간다. 오늘은 조금 쉬자든가, 조금 연습을 줄이자고 말하며 결국 매일같이 이렇게 되고 만다.

사이가 좋은 건지, 나쁜 건지.

"어머나, 어머나, 나츠메 님은 정말 평소에는 냉철함을 유지하시면서 멜리사 님과는 금세 감정적이 된다니까…….
후후, 귀엽기도 해라……."

빅토리아가 황홀한 얼굴로 중얼거렸다. 여러모로 유능하다고 하는데 빅토리아는 어딘가 수상쩍다. 자기 주인을 너무 사랑한다.

마치 동생을 예뻐하는 누나 같다.

그 말을 듣지 못한 척을 하며 테이블에 남겨진 과자를 먹으며 캐롤이 중얼거렸다.

"정말 저 사람들 타입은 전혀 다르면서 성격은 비슷하다니까. 지기 싫어하면서 꿈은 크고. 마스터도 좋은 동료를 찾았어, 진짜."

"네, 맞아요."

빅토리아가 싱긋 미소를 지으며 대답했다.

그렇다. 정말 괜찮은 동료를 찾았다. 저 세 사람은.

2

"우오옷!"

트레이닝 에어리어에 로미오가 기합을 넣는 소리가 울렸다. 그 목소리와 함께 로미오는 손에 든 검을 쳐들어 날카롭게 휘둘렀다.

그러나 대전 상대인 마스라오가 손쉽게 작은 동작으로 피하고는 오히려 치고 들어와 로미오의 무방비한 옆구리에 일격을 날렸다.

"받아라!"

철 덩어리를 억지로 박은 듯한 기계 팔에서 강력한 힘이 방출되어 로미오가 자랑하는 갑옷에 거대한 주먹 자국을 냈다.

너무 큰 충격에 로미오의 몸이 버티지 못하고 살짝 허공을 날았다.

"큭…… 이놈!"

고통이 밀려와 얼굴이 일그러졌다. 그러나 로미오는 정확히 착지하고 바로 돌격했다.

"음…….."

마스라오가 놀란 소리를 냈다. 지금 일격, 완벽히 들어갔다고 생각한 그것이 살짝 빗나간 모양이다. 그렇지 않으면 이렇게 빨리 반격으로 전환할 수 있을 리가 없다.

마스라오는 놀라면서도 요격하기 위해 주먹을 뻗었으나 로미오가 든 방패에 막혔다. 날카로운 소리가 울리며 방패에서 강렬한 충격이 전해지는 바람에 조금 밀려났으나 로미오는 주저하지 않고 바로 공격하였다.

"좋아, 잘했어, 로미오! 승부는 지금부터야……! 멈추지 말고 가자!"

"그래!"

아키토가 소리 내어 격려하자 로미오가 대답했다.

이들이 팀용 방에서 연습용 구역으로 이동한 지 몇 시간. 지금은 아키토가 로미오를, 멜리사가 마스라오를 꺼내 일대일로 모의전을 펼치고 있었다.

'쳇……. 예전이라면 지금 걸로 승부가 났을 텐데. 성장했어. 이 녀석도, 이 녀석의 마스터도……!'

로미오가 날리는 날카로운 공격을 좌우로 피하며 마스라오는 속으로 혀를 찼다. 그러나 아직 멀었다. 아직 이 정도로는…….

"거기다!"

"으앗……!"

그렇게 생각한 순간, 급격히 궤도를 바꾼 로미오의 칼끝이 마스라오의 팔을 베었다. 깊은 상처는 아니지만 확실히 피했다고 생각한 일격을 맞는 바람에 동요가 일었다. 그 사이에도 로미오의 연속 공격은 멈출 줄을 모르고 움직임이 둔해진 마스라오의 팔이며 어깨를 베어냈다.

"큭⋯⋯."

버티지 못한 마스라오가 뒤로 물러났다.

본래 로미오의 무기인 검보다 유효 범위가 좁은 주먹을 무기로 하는 마스라오는 적극적으로 다가가지 않으면 안 되는 처지다. 그런데 상대의 공격에 밀려 물러나지 않을 수 없게 된 것이다.

마스라오에게는 굴욕이라 해도 좋다.

그 뒤에서 마스라오를 조작하며 멜리사도 조금 놀란 표정을 지었다.

'아키토 녀석, 더욱 움직임이 날카로워졌어⋯⋯. 아니, 나의 움직임을 따라잡고 있나⋯⋯?'

이렇게 대련을 한 지 한 달쯤 되었는데 확실히 아키토의 성장은 눈이 부실 정도였다.

처음엔 마치 아이를 대하는 것처럼 쓰러뜨렸으나, 지금은 생각처럼 농락하지 못하고 오히려 상대의 공격이 점차 이쪽에 닿고 있다.

⋯⋯이대로는 언젠가 질지도⋯⋯. 멜리사의 마음에 오싹

하며 무언가가 흘렀다.

"……마스라오, 너무 봐주지 마요. 격이 다르다는 걸 보여줘요!"

"네……!"

초조함이 깃든 주인의 목소리에 격려를 받은 듯 마스라오가 힘차게 전진하기 시작했다.

회피하는 움직임이 더욱 빨라져 빠져나가고, 빗나가게 하며 조금씩 거리를 좁혀갔다. 로미오가 가하는 공격 속을 슬금슬금 파고 들어가 이윽고 자신의 타격 거리까지 진입했다.

『안 돼……! 로미오, 떨쳐내!』

아키토가 서로에게만 들리는 목소리로 로미오에게 지시를 내렸다. 그에 따라 로미오가 날카롭게 옆으로 휘두른 일격을 날렸으나, 마스라오는 몸을 크게 뒤로 꺾어 그것을 피하고는 그 무리한 자세 그대로 로미오를 향해 강력한 발차기를 날렸다.

"큭……."

그 일격이 로미오의 허벅지에 정통으로 꽂혀 자세가 휘청거리며 무너졌다. 오히려 가한 쪽이 휘청일 만큼 무리한 자세로 가한 발차기였으나, 인간을 훨씬 뛰어넘은 힘을 지닌 마스라오에게는 아무 일도 아니었다.

"하앗!"

마스라오는 그대로 꺾여 있던 몸을 곧장 일으켜 자세를

바로잡으려던 로미오에게 달려들었다. 그리고 로미오가 대처하기 전에 작은 기합 소리와 함께 주먹을 뻗어 로미오의 턱 밑에서 딱 멈췄다.

"……거기까지. 지금 게 맞았다면 아키토에겐 더는 승산이 없어. 승자, 멜리사."

거기서 심판을 맡은 나츠메가 판정을 내렸다.

두 사람의 모의전은 다시 아키토의 패배로 끝났다.

"아아, 젠장…… 이번엔 이길 줄 알았는데!"

아키토가 분한 듯 말하자 멜리사가 코웃음을 치며 머리를 쓸어 넘겼다.

"저에게 이기다니 백 년은 일러요. 마지막에 당황하여 검을 휘두른 게 패인이죠. 동작도 아직 매끄럽지 못해요. 게다가 방패로 공격을 막아낼 때에는 똑바로 막는 것보다 조금 빗겨나가는 편이 압도적으로 위력을 떨어뜨릴 수 있고요. 게다가 잘만 하면 공격하는 쪽의 자세도 무너지겠죠. 모처럼 쓸데없이 커다란 방패를 들고 있으니 더 연구하라고요."

그에 이어 멜리사의 카드인 마스라오가 씩 웃으며 로미오에게 말했다.

"흥, 또 나의 승리로군. 성능으로도, 마스터의 실력으로도 이기고 있으니 역시 승부도 되지 않는가."

"큭……."

그 비아냥거리는 말투에 로미오가 분하여 이를 갈았다.

로미오와 마스라오, 두 장의 카드는 도저히 상성이 맞지 않아 일만 있으면 말다툼을 벌였고, 평소에는 온후한 마스라오도 로미오에게만은 거침이 없었다. 로미오로서는 분하여 받아치고 싶지만 진 이상 무슨 말을 해도 패배를 인정하지 못하는 꼴밖에 되지 않는다.

　"……미안해, 로미오, 또 너를 지게 하고 말았어."

　"괘념치 마라. 연습이라면 어쩔 수 없다. 게다가."

　미안해하는 아키토에게 로미오가 대답했다.

　그러고는 씩 웃더니,

　"패배가 거듭된 만큼, 언젠가 이겼을 때 기분이 좋겠지. 쫓는 쪽보다 쫓기는 쪽이 더 압박감을 느끼는 법이다. 나는 지금부터 녀석을 이길 날이 무척이나 기대돼."

　확실히 지금 승부는 조금 아쉬웠다. 무슨 일이 있었다면 돌파되었을 가능성이 없지는 않다. 또한 로미오라는 카드는 그 메인 스킬이야말로 핵심이지만, 돈의 소비를 줄이기 위해 스킬은 쓰지 않고 임하는 지금 훈련에서는 모든 힘을 발휘할 수가 없다.

　이 팀이 빌린 데우스 내부에 있는 트레이닝 에어리어는 가장 싼값이라 스킬을 쓰면 그대로 스킬 카드를 소비하고 만다.

　좀 더 이용 요금이 비싼 곳을 빌리면 거기서만은 스킬을 소비하지 않고 쓸 수 있다고 하지만, 지금은 거기까지 빌릴 여유가 없다.

물론 스킬이 강력한 것은 마스라오도 마찬가지지만 그 점을 감안하더라도 방어형인 로미오는 본래 동료와 팀을 짜야 성능을 발휘하는 타입이다. 그 로미오에게 일대일로 싸워 위협을 느꼈다는 것은 본래 있어서는 안 되는 일이다.

'……어이없군. 이런 별 볼 일 없는 카드가 나와 동등한 승부를 벌이게 될 줄이야……!'

어이가 없는 것은 멜리사도 마찬가지였다.

사정이 있어서 어린 시절부터 배틀 카드에 익숙한 자신과 시작한 지 두 달쯤 된 아키토가 팽팽한 승부를 벌이다니 용납할 수가 없다.

'……흥. 그래도 아직 져줄 생각은 없어……!'

경쟁심이 강한 멜리사가 속으로 씁쓸하게 생각하는 사이, 나츠메가 평소와 같이 태연한 얼굴로 말했다.

"자. 그럼 다음엔 내 차례야."

그러며 뒤에서 쉬게 하고 있던 자신의 카드 [안드로이드 워리어 부대02 에이브러햄]을 앞으로 움직였다.

[안드로이드 워리어 부대02 에이브러햄]

AP: 4800 DP: 3800 안드로이드

전투용 안드로이드이며 기계의 몸을 가진 에이브러햄은

양팔로 자신의 몸을 딱딱 때리며 앞으로 나와 장난스럽게 외쳤다.

"좋았어어어어어어어, 그럼 먼저! 마스라오 형님, 자, 자, 승부우우우우우우우!"

말과 함께 디스플레이처럼 된 머리에 이모티콘과 같은 웃는 표정이 떠올랐다. 그 모습을 멍하니 보며 마스라오가 중얼거렸다.

"또 네놈인가……. 너와의 승부는 피곤해서 싫은데……."

그러며 옆을 보았다. 각자 연속해서 두 차례씩 싸우는 것이 모의전을 할 때 세 사람의 규칙인데 이날은 팀 연습을 한 뒤 쉬지도 않고 이미 열 차례 이상 겨뤘다. 지친 것도 당연하다.

특히 이 기묘한 카드와 싸우는 건 피로가 극심하다. 그러나 마스터는 별개다.

기운이 넘치는 표정으로 멜리사가 나츠메를 노려보았다.

"나츠메, 오늘은 꽤나 컨디션이 좋아 보이는데 이길 거라고 생각하지 마요!"

"글쎄. 뭐, 해보면 알겠지. ……아키토, 또 정신없이 보느라 심판역을 잊으면 안 돼. 간다, 멜리사."

나츠메의 말과 함께 에이브러햄이 돌진했다.

거대한 몸이 전차처럼 위압감을 내며 다가와 대포처럼 강력한 라이트 스트레이트를 날렸다.

그것을 크게 움직여 피한 마스라오가 반격하려고 했지만, 이어서 에이브러햄의 레프트 훅이 날아와 조금 물러나 방어하지 않을 수 없었다.

마스라오보다 체격이 큰 에이브러햄은 팔 길이도 더 길기에 그 거리에서 날뛰면 마스라오는 일방적으로 방어전을 펼칠 수밖에 없다.

어떻게든 그 공격 범위의 안쪽으로 들어가지 않으면 안 된다.

"이런……."

반격할 기회를 노리던 마스라오는 에이브러햄이 연속으로 날리는 묵직한 일격을 피하는 동안 조금씩 자세가 무너져갔다. 그리고 마스라오가 반격에 나서지 못하는 타이밍에 에이브러햄의 거대한 몸이 둥실 떠올라 강력한 롤링 소배트를 가했다.

"이욧샤!"

"크윽!"

맞으면 대형차조차 산산이 분쇄하는 그 일격을 마스라오는 두 팔을 교차시켜 막았다.

그러나 그 기세를 완전히 죽이지는 못하고 바닥을 긁어내며 뒤로 밀려났다.

마스라오의 DP는 에이브러햄의 AP를 웃돌지만 그것이 수치대로 기능하는 것은 만전의 상태일 때의 이야기다. 무너진 자세로 맞으면 단순히 숫자에 따라 결정되지 않는다.

카드의 능력으로서 표시된 수치는 기껏해야 하나의 지표에 불과하므로 마스터에 따라서는 '숫자는 장식, 도움이 안 된다' 그런 말조차 하기도 한다.

'대단해……! 과연 나츠메야. 한 번 공격을 시작하면 기세가 멈추지 않아……!'

두 사람의 싸움을 조금 떨어진 곳에서 반짝이는 눈으로 보던 아키토가 속으로 감탄했다. 나츠메가 특기로 하는 싸움법은 그 어른스러워 보이는 외모와 어울리지 않게 극단적일 정도로 공격을 퍼붓는 것이다.

일단 먼저 나서서 상대가 방어하도록 하고, 태세를 무너뜨려 마무리한다.

그것은 항상 주도권을 쥐는 싸움법이며 한 번 기세를 잡으면 그야말로 걷잡을 수가 없다.

"무너졌어……. 지금이야, 에이브러햄."

"아싸!"

아키토가 그런 생각을 하는 동안에도 그 기회를 놓치지 않으려는 나츠메의 지시로 에이브러햄이 어깨를 내밀고 돌진했다. 바닥을 흔들며 굉음과 함께 달려드는 그 모습은 그야말로 중전차와 같았다. 정통으로 맞으면 큰일이다.

또한 피하려고 해도 마스라오의 자세는 무너진 채다.

이대로는 승부가 정해지고 만다. 그러나.

"……얕보지 마!"

회피를 포기하고 그 자리에서 버티기로 한 마스라오가 부드러운 동작으로 혼신의 힘을 다해 오른쪽 주먹을 뻗었다.

그의 일격이 에이브러햄의 돌출된 어깨와 닿으며 격렬한 금속음과 함께 흉악한 주먹의 형태를 남기고 그 기세를 꺾었다.

"우오옷! ……이런!"

충격이 그의 금속제 몸을 관통하여 에이브러햄이 놀라 소리를 질렀으나, 금세 태세를 가다듬고 다시 주먹으로 연타했다.

그러나 그 폭우 같은 연타를 이번에는 마스라오가 피하고 막아내기 시작했다.

"우오오오……!"

"좋아요, 마스라오, 더욱 날카롭게!"

마스라오가 외치고, 멜리사가 격려했다. 모두 그녀의 탁월한 방어 기술에 의한 것이다. 멜리사는 특히 방어에 뛰어나다. 상대의 움직임을 파악하고 읽어내 최소한의 동작으로 그 힘을 피한다. 숙련된 기술이 있기에 가능한 일이다.

'정말 멜리사는 방어를 잘해……! 나츠메의 저 강력한 공격을 모두 막아내고 오히려 공격에 나섰어!'

그 모습을 보며 아키토는 다시 속으로 감탄사를 내뱉었다.

공격형인 나츠메와 달리 멜리사는 방어형에 가깝다. 웬만

큰 약한 상대가 아닌 한 먼저 공격하지 않고, 공격하더라도 그것은 상황을 살피는 것인 경우가 많다. 그녀의 본 실력이 발휘될 때는 상대의 공격에 대처하는 상황이며, 그것을 피하며 반격을 노리는 것이야말로 주특기이다.

한 번 흐름을 잡은 그녀의 방어를 무너뜨리기란 쉽지 않으며, 결정타를 먹이려면 웬만한 공격으로는 불가능하다. 두 사람이 이렇게 붙으면 승부는 나츠메가 완벽하게 공격하거나 멜리사가 완전히 막아내는 것으로 결정된다.

나츠메와 멜리사, 두 사람 사이에 찌릿찌릿 전류와 같은 기백이 느껴졌다.

"……두 사람 다 진짜 강해. 정말 공부가 되는데……!"

그런 두 사람의 조작을 반짝거리는 눈으로 보며 아키토가 중얼거렸다.

아키토는 두 사람에게 여러 가지를 배웠다.

주로 나츠메에게 공격을. 멜리사에게 방어를. 아직 발전하는 중인 아키토는 이 두 명의 전우로부터 기술을 배우고 훔쳐 매일 성장했다.

'둘 다 정말 대단해서 참고가 돼! ……하지만 아마 내가 배우기 쉬운 쪽은 멜리사의 싸움법이겠지.'

어느 정도 이런 상황을 거듭하며 알게 되었는데 아키토는 멜리사처럼 적의 움직임에 대처하는 유형의 싸움법이 더 잘 맞는 듯했다.

그것은 첫 카드로 방어형인 로미오를 고른 탓도 있겠지만, 상대의 움직임을 잘 관찰하여 유리한 상황을 만드는 싸움법이 가능할 때 시합에서도 잘 지지 않았기 때문이다.

반대로 당황하여 공격할 때에는 따끔한 맛을 보는 경우가 많았다. 나츠메처럼 기세를 몰아 상대가 아무것도 하지 못하도록 하는 싸움법은 아무래도 맞지 않는 듯 보였다.

물론 그 공격 방식은 대단히 참고가 되었지만, 일단 멜리사의 방어술을 잘 배워 모방하는 것이야말로 자신이 강해지기 위해 필요한 것이라고 느꼈다.

'저 적의 공격을 피하고 기세를 줄이고, 최소한의 힘으로 빈틈을 만드는 싸움법. 나도 익힐 수 있다면 팀의 공헌도도 올라갈 테고 앞으로도 도움이 될 거야. 꼭 배워야겠어⋯⋯!'

그렇게 생각하며 다시 그 모습을 응시했다.

조작하는 자세, 보내는 시선, 그 일거수일투족에서 많은 것을 배우기 위해.

반면 그 시선을 등으로 느끼며 멜리사는 생각했다.

'아키토 녀석, 또 내 쪽을 보고 있어⋯⋯. 어떻게든 나에게서 기술을 훔칠 생각이구나⋯⋯!'

아키토가 무슨 생각을 하는지 멜리사도 느끼고 있었다.

솔직히 아키토에게는 자신과 비슷한 싸움법이 맞으리라 생각은 한다. 경향이 비슷한 것도 안다. 또한 동료인 아키토의 성장이 싫은 것도 아니다. 다만.

'그리 쉽게 따라 하도록 놔둘 수야 없지. 나를 추월했다고 생각하지 마······!'

스승이 되기에 멜리사는 너무 젊다. 그리고 본인도 아직 발전하는 중이다.

얌전히 받침대가 되어줄 마음도 없다.

그러나 솔직히 말하면 멜리사는 이때 이미 강한 피로를 느끼고 있었다. 그냥 카드를 조종하는 것만으로도 상당한 집중력이 필요하기 때문이다.

또한 자연히 자신의 몸에도 힘이 들어가므로 점차 피로가 쌓여갔다. 그리고 젊고 건강한 나츠메와 달리 멜리사는 어른이다(거기까지 생각한 멜리사는 다시 생각했다. 결코 이 것은 자신이 나이를 먹었다든가 하는 이야기가 아니라 단순히, 아주 단순히 기운이 넘치는 어린 시절이 지난 데다가 요즘 근력 운동을 게을리한 탓에 지나지 않는다. 그렇다, 결코 다른 두 사람에 비해 자신의 나이가 많다든가 하는 문제가 아닐 터였다. 틀림없이. 그래, 결코).

그러나 절대 그런 내색을 해서는 안 된다. 아키토와 나츠메, 두 사람에게 얕잡아 보이는 것만은 참을 수 없다. 아아, 하지만 앞으로는 옛날처럼 자신의 몸도 단련하지 않으면 안 될 것이다. 이 녀석들도 데리고 뭐라도 트레이닝을 시작해야······!

"아직 멀었어······! 밀고 나가요, 마스라오!"

기력을 짜낸 멜리사가 마스라오를 더욱 날카롭고 빠르게 움직였다.

타격의 폭풍이 에이브러햄을 덮치며 공수가 바뀌었다.

'……이런 식으로 움직이는 기술도 갖고 있구나. 역시 멜리사는 강해.'

그것을 에이브러햄으로 막아내며 나츠메가 속으로 감탄했다. 재능 있는 마스터인 나츠메가 보아도 멜리사의 숙련된 싸움법에는 배우는 점이 많다.

방어 기술은 혀를 내두를 정도이고, 이렇게 싸우다 보면 마치 요새라도 공격하는 듯한 착각이 느껴질 정도다.

아마 그녀라면 CVC에 나가도 괜찮은 성적을 거두지 않을까. 그렇게 생각할 만큼.

'……하지만 그녀는 고작 콜로세움에서 끝낼 예정이야. 그렇다면…….'

그때 마스라오가 얄게 치고 들어오는 것을 에이브러햄이 쳐내며 다시 공수가 역전되었다.

에이브러햄을 맹렬히 움직이며 나츠메가 중얼거렸다.

"질 수야 없지……!"

이렇게 두 사람의 싸움은 오늘도 격렬하게 이어졌고, 아키토는 눈을 빛내며 그 모습을 지켜보았다.

각자 신념도, 싸움법도, 목표도 다른 세 사람. 그러나 동료로 서로 절차탁마하는 동안에는 시간이 가는 것도 잊을 만큼 세 사람을 빠져들게 했다.

3

"주목. 자, 남자들! 활기차게 가자고요!"

다른 날. 풀이 우거진 아름다운 산기슭에 운동복을 입고 머리를 하나로 묶은 멜리사가 나타났다.

"오······."

"············."

그 옆에는 마찬가지로 운동복을 입은 아키토와 나츠메가 있었다. 둘 다 의욕이 없는 표정으로 그런 멜리사를 바라보고 있다.

"당신들, 그런 한심한 몰골은 뭐예요! 지금부터 육체 단련에 임하려고 하니 허리 똑바로 펴고!"

"어, 응······. 그런데 갑자기 '체력 단련을 위해 등산하자' 해도, 저기, 음······. 기분이 고양될 리가 없지 않나······."

의욕에 찬 멜리사에게 어두운 눈으로 아키토가 대답했다.

이곳은 데우스 안의 서비스 시설 중 하나로 등산을 체험할 수 있는 곳이다. 돈을 내면 장소를 빌려 종일 즐길 수 있다.

가격은 조금 비싸지만 이곳이라면 보통 등산과 달리 조난이나 악천후와 맞닥뜨릴 걱정이 없다. 아키토와 나츠메는 무슨 까닭인지 갑자기 '우리 마스터도 육체를 확실히 단련해둘 필요가 있다' 주장하기 시작하는 멜리사에게 잡혀 이곳으로 끌려왔다.

"……돈까지 내면서 이런 곳에서 하지 않아도 체육관이라도 가면 되지 않아?"

진심으로 귀찮다는 듯 나츠메가 말했다. 나츠메는 말하자면 인도어파라 이런 장소는 그리 좋아하지 않는 듯했다.

"무슨 말이에요. 무기질적인 장소에서 훈련하는 것보다 이런 장소에서 풍경을 즐기며 몸을 움직이는 게 좋잖아요. 게다가 이건 팀 활동도 겸하고 있다고요. 함께 산을 정복한 팀은 결속력이 강해진다고 하잖아요?"

"……이런 산을 오르는 정도로 그런 게 강해질 것 같진 않은데……."

의기양양하게 말하는 멜리사에게 아키토가 조심스럽게 반론했다. 지금부터 도전하려는 산은 높이가 낮고, 등산로도 정비되어 있다. 등산이라기보다 하이킹에 가깝고 산 정상에는 쉼터까지 마련되어 있다. 솔직히 말해 그냥 오락 시설에 불과하다.

게다가 거기까지 올라간 뒤 다 같이 식사를 즐길 예정이니 이래서는 단련이 아니라 그저 놀러 왔을 뿐이다.

그러나 멜리사는 코웃음을 치더니 한심한 남자 둘을 혼내고 산 정상을 가리켰다.

"산을 우습게 보지 말아요! 이 정도라 생각하면 산에 당할

걸요! 긴장하고 한 걸음, 한 걸음 똑바로 공략해 가야 한다고요! 자, 출발할 테니 따라와요!"

그러며 당당한 발걸음으로 걷기 시작하는 멜리사의 뒤를 두 남자는 어쩔 수 없이 따라갔다.

……그리고 두 시간 뒤. 멜리사는 완전히 지쳐 있었다.

"피, 피곤해……. 이 산, 어디까지 올라가야 하는 거야……. 언제쯤 정상에 도달하는데……."

"아직 반도 안 왔어. 이 속도라면 앞으로 서너 시간은 걸리려나."

그 모습을 곤란한 얼굴로 보던 아키토가 대답했다. 그 대답에 멜리사가 아연실색한 얼굴로 대꾸했다.

"아, 앞으로 네 시간이라니요……! 안 돼, 도저히 못 가겠어요……. 누구야, 산에 오르자는 말을 꺼낸 사람이!"

"너잖아, 멜리사."

이마에 흐르는 땀을 닦으며 나츠메가 차가운 목소리로 대답했다. 이렇게 될 예감은 있었다.

광산 노동자였던 아키토와 젊은 나츠메에 비해 훈련을 게을리한 멜리사는 역시 체력이 부족했다. 먼저 꾸준한 기초 체력 훈련부터 시작했어야 하고, 갑자기 산에 올라서는 안 됐다.

"저, 저는 놔두고 가요……. 둘만 가요. 조금 쉬면 대충 홀더를 써서 돌아갈 테니까…….”

“여기까지 와서 정상에 안 오르는 것도 아깝잖아. 자, 내가 잠깐 업고 갈 테니까. 멜리사, 힘내.”

약한 소리를 하는 멜리사를 격려하며 아키토가 몸을 숙여 등을 보였다.

그 등을 바라보며 멜리사는 잠시 고민하였으나 이윽고 마음을 굳힌 듯 아키토의 등에 업혔다.

“미, 미안해요……. 대신 무겁다고 말하면 화낼 테니까.”

“무겁지 않아. 멜리사는 날씬해. 그럼 잠시 이대로 갈 테니 체력이 회복되면 다시 직접 걸어가. 아무리 그래도 정상까지는 힘드니까.”

말하면서 아키토는 멜리사를 단단히 업고 걷기 시작했다.

실제로 그리 무겁지 않았다. 광산에서 흙이 든 자루를 종일 날랐던 아키토에게는 대단치 않은 무게다. 오히려 무게보다 등에 닿는 멜리사의 풍만한 부위가 신경 쓰일 정도였다.

이런 커다란 것을 달고 있으니 걷기 힘들겠다는 다소 실례되는 생각을 하며 가능한 한 그쪽을 의식하지 않도록 노력했다.

그런 멜리사를 약간 깔보는 눈으로 보며 옆에서 걷던 나츠메가 말했다.

“미리 말해두는데 내가 널 업는 건 불가능하니까. 아키토가 쓰러지면 스스로 걸어야 해.”

"처, 처음부터 쪼끄만 당신에겐 아무 기대도 안 했다고요! 그보다 쓰러질 만큼 무겁지도 않아요! 무, 무례하긴……!"

"남의 등에 올라탄 채 화를 내도 전혀 설득력이 없어. 이게 끝나면 빅토리아에게 너를 위한 훈련 메뉴를 짜달라고 해. 지금보다 더 살찌기 전에."

"뭐, 뭐, 뭐라고요……!"

"자, 잠깐, 등에서 버둥거리지 말아줘! 멜리사, 버둥거릴 거면 내려놓는다!"

그런 말을 하며 제각각인 세 사람은 산을 올라갔다.

목적지인 산 정상은 아직 멀었다.

"흐흐흥……."

샤워실에 멜리사의 기분 좋은 콧노래가 흘렀다.

따뜻한 물이 쏟아지며 실오라기 하나 걸치지 않은 그 부드러운 피부를 어루만졌다.

젊고 아름다운 멜리사의 몸은 여성스러운 풍만함과 늘씬함을 모두 갖춰 전체적인 실루엣은 어떤 의미로는 언밸런스하다.

그녀가 땀을 닦아내고 있는 이곳은 이 등산 시설의 정상에 있는 쉼터에 마련된 샤워실이다.

이 건물 자체도 빌린 것인데 생활에 필요한 시설이 대략적으로 갖추어져 있다. 간신히 도착한 이곳에서 흘린 땀을 씻어낸 그녀는 이제야 한숨 돌린 참이었다.

"······맞아. 역시 카드의 수치로는 AP보다 DP가 더 신뢰도가 높아."

그 무렵 멜리사가 샤워 소리를 내는 쉼터를 뒤로 하고 그 앞 공간에서 아키토는 척척 바비큐 준비를 하며 나츠메와 대화에 빠져 있었다.

"단순히 그렇다고 단언할 수는 없지만, AP라는 건 아무튼 상대에게 공격이 맞지 않으면 의미가 없으니까. AP의 숫자가 큰 카드는 많지만 실제로는 겉만 번지르르한 경우가 많아."

그런 아키토를 도우며 나츠메가 대답하고는 바닥에 놓인 목제 테이블 위의 차를 들어 마셨다. 등산으로 땀을 흘린 몸에 차를 마시니 속이 시원하다.

그로부터 몇 시간, 간신히 정상에 도착한 아키토 일행은 등산의 마무리로 저녁 준비를 하며 카드 이야기로 꽃을 피우고 있었다. 시설 내부의 시간도 지나 경치는 완전히 저녁놀이 지고 있다.

"DP는 그 카드의 방어 기술 등으로도 가미되는 모양이니 역시 이쪽도 완전히 신용할 수는 없어. 하지만 DP가 높은 캐릭터는 애초에 몸이 단단한 경우가 많으니까. 피하지 못하더라도 최소한 대미지를 줄이기는 해."

"응, 하지만 반대로 DP만 높아도 적에게 결정타를 먹이기 힘들어……. 방어형은 약하다는 말을 듣기 쉽고."

"보통은 그렇지. 하지만 상대가 공격한 뒤에 생긴 틈이 나 스킬이 발동된 뒤를 노리면 상대의 DP보다 낮은 AP라 도 치명타를 넣을 수 있어. 그게 멜리사의 마스라오가 높지 않은 AP로도 적을 척척 끝장내는 비결이야. 예전 시합에서도……."

나츠메의 말에 아키토가 고개를 끄덕이며 대답하자 나츠메가 말을 이었다.

그 내용은 AP나 DP에 대한 인상부터 전에 싸웠거나 본 시합의 감상으로 바뀌어 있었다. 시합 내용을 떠올리며 어디가 좋았다든가, 어딘가 나빴다든가 이야기하며 기술 향상을 꾀하는 것이다.

R등급 카드 중에서는 그리 성능이 좋지 않은 카드를 쓰는 사람으로서 '어떻게 상대의 방어를 뚫을까'라는 것은 중요한 과제이므로 종종 토론하는 부분이다.

"……너희의 주인은 성실하군. 또 복잡한 얼굴로 토론하고 있어."

진지한 얼굴로 이것도 아니다, 저것도 아니다 이야기하는 두 사람으로부터 조금 떨어진 장소에서 통나무로 만든 의자에 앉은 마스라오가 나직하게 중얼거렸다.

그곳에는 세 장의 카드, 로미오, 마스라오, 에이브러햄이 나란히 앉아 식사를 하던 참이었다.

"하하, 성실하다고 해야 할까, 저게 즐거운 거 아냐? 둘 다 마니아니까. 저렇게 이러쿵저러쿵 떠드는 게 재미있겠지. ……어이쿠, 연어알 먹어야지!"

그러며 에이브러햄이 눈앞의 접시에서 연어알이 올라간 초밥 두 개를 낚아채 자신의 머리 쪽에 열린 구멍에 넣었다.

"앗, 이놈, 각자 한 종류씩 하나만 먹기로 했지 않나……! 그보다 너, 기계인데 왜 초밥을 먹지?!"

"기계가 아니야, 안드로이드라고 했잖아?! 날 개발한 녀석이 이상한 사람이라 미각을 느끼는 기능도 달려 있다는 설정이라고! 아니, 이런 설정으로 우리를 만든 여신님이 결정한 건가…… 워후, 연어알 맛있네! 이 톡톡 터지는 식감이 최고야!"

말하며 에이브러햄의 디스플레이에 표시된 얼굴이 기쁨을 나타냈다. 세 장이 서로 빼앗듯이 먹고 있는 것은 그들의 주인이 그들을 위해 아이템 카드에서 꺼낸 초밥이다.

카드인 그들은 본래 식사할 필요가 없다. 그러나 매일 함께 싸우는 동료이기도 하므로 그들에게도 즐거움이 있어도 될 터였다. 따라서 앞으로는 공동으로 돈을 내 그들에게도 식사를 제공하자는 아키토의 주장에 다른 두 사람도 이의가 없었기에 연습이나 시합이 끝난 뒤, 카드들에게도 식사를 하는 자리가 마련되게 되었다.

오늘은 모처럼 경치가 좋은 산 정상에 왔기에 그들을 일부러 불러 요즘 열심히 한 것을 격려하는 의미로 그들이 요청한 초밥을 먼저 즐기도록 했다.

카드인 그들에게도 미각이 있고, 그것을 즐기는 감성이 있다. 특히 초밥은 마스라오가 좋아하는 음식이다. 따라서 마스터들은 이렇게 일시적으로 그들의 조작을 포기하고 자유롭게 놔두고 있다. 그것을 감사하게 받아들이고 쉼터 앞에 놓인 테이블을 둘러싸고 세 카드는 와자지껄 떠들고 있었다.

"흥, 식탐이나 부리는 녀석. 역시 경장인 주제에 쓸데없이 DP가 높은 녀석 중에 제대로 된 녀석이 없어. 분명하다."

그러며 로미오가 접시에서 달걀 초밥 두 개를 낚아채 한꺼번에 입에 넣었다.

"앗, 이놈! 내 달걀을?!"

로미오는 그대로 달콤한 달걀을 입속에서 음미하더니 곧 부드럽게 미소를 지었다. 초밥은 로미오도 좋아하는 음식으로 특히 달걀을 제일 좋아한다.

연속해서 자신이 먹으려던 초밥을 빼앗긴 마스라오는 분개한 얼굴로 둘을 노려보았다.

"네놈들 잘도……. 음식에 대한 원한은 무섭다고?!"

"째째한 녀석이군. 자, 초생강 먹어."

"아, 그럼 내 전어도 줄게. 비늘 있는 건 좋아하지 않아서. 이게 은색이라 자기 몸을 먹는 것 같잖아? 자, 그리고 김초

밥도 줄게."

"……이 자식들, 자기가 안 먹는 걸 떠넘기고 있을 뿐이지 않나!"

이처럼 저쪽은 저쪽대로 투닥거리느라 시끄럽다.

연습할 때에는 서로의 몸을 날려버릴 기세로 라이벌 의식을 드러내며 싸우지만 그것이 끝나면 온화해졌다.

그러나 그것은 싸우기 위한 존재인 그들에게 당연한 일이었다.

카드들이 그렇게 소란을 피우는 동안 아키토와 나츠메의 이야기도 계속되었다.

바비큐 준비도 대충 끝나, 두 사람은 의자에 앉아 본격적으로 떠들기 시작했다.

"……결국 중요한 건 숫자만이 아니라 그 카드의 각종 능력이라고 생각해. 아무리 AP나 DP가 높아도 속도에 문제가 있어서 너무 둔한 카드는 아무래도 대처력이 낮아. 게다가 무기의 길이나 카드 자체의 단단함 같은 문제도 있어."

"확실히 그건 그래. DP가 높아도 방어가 뚫렸을 때 약한 카드는 쓰기 힘들 거야. 보이는 숫자만으로는 카드의 본질을 몰라. 게다가 속도가 굉장히 중요하다는 건 싸우면서 통감했어. 그리고 비행 능력이란 것도…….'"

아키토가 거기까지 말했을 때 뒤에서 목소리가 들렸다.

"……당신들 또 카드 이야기를 하는 겁니까. 질리지도 않네요…….”

멜리사였다. 샤워를 마친 멜리사가 젖은 머리를 수건으로 닦으며 쉼터에서 나오는 참이었다.

“응, 멜리사, 너도…….”

그 목소리에 고개를 돌린 아키토는 곧 입을 다물었다. 멜리사가 옷을 입기는 했지만, 꽤 얇은 실내복 같은 것을 입었기 때문이다.

‘……또 저렇게 옷을 얇게 입고 나오네…….’

아키토와 나츠메가 당황한 얼굴로 멜리사를 맞이했다.

처음에는 그렇게 경계심이 강했으면서 조금 익숙해지자 완전히 풀어지고 말았다. 다른 사람도 있는데 아무렇지도 않게 샤워를 한 뒤 편안한 옷차림으로 나와 술을 마시면 무방비하게 소파에서 잠들어 버린다. 처음 느꼈던 경계심이 강한 미인이라는 고고한 이미지는 순식간에 무너지고 말았다.

멜리사는 그런 두 사람의 시선은 신경도 쓰지 않고 머리를 털며 아키토의 옆에 비어 있는 의자에 털썩 앉았다.

“그래서? 무슨 이야기를 하고 있었죠?”

“AP와 DP 이야기야. 어느 쪽을 중시할지, 어떻게 다루어야 최선의 방법일지 하는 거.”

멜리사의 물음에 아키토가 대답했다.

멜리사는 조금 고민한 뒤, 다리를 꼬며 말했다.

“역시 믿음직한 건 DP겠죠. 상대의 DP와 차이가 너무 나면 이길 방도가 없으니 AP도 물론 중요하겠지만…… 일격에 쓰러질 상황이면 제대로 공격도 할 수 없잖아요. 역시 충분한 방어가 있어야 싸움이 되지 않을까요."

그 말에 아키토는 고개를 끄덕였다. 생각하는 것은 역시 같다.

"게다가 일방적으로 밀어붙이는 상황이라면 몰라도 장기전이 되면 방어 기술이 승패를 결정해요. 카드의 체력 소모 문제도 있고, 난 방어면을 중시하는 게 이기기 쉽다고 생각해요."

멜리사다운 의견이다. 말하는 내용도 납득이 간다. 아키토가 고개를 끄덕이자 나츠메가 입을 열었다.

"확실히 콜로세움에서는 그래. ……하지만 CVC에서는 그런 사고방식이 통하지 않을 거야. CVC에서는 상대가 무엇을 해올지 몰라. 어떤 방책을 숨기고 있을지도 모르고. 무언갈 당하기 전에 쓰러뜨리는 게 중요하지 않을까?"

그 말을 듣고 멜리사가 질색한 표정을 지었다.

"또 CVC 얘기입니까……."

"관심이 없는 멜리사에겐 미안하네. 하지만 우리에겐 그곳을 목표로 단련해야 할 필요가 있으니까."

말하며 나츠메가 테이블에 놓인 주전자를 들어 자신의 컵에 새로 차를 따랐다. 덤이라는 듯 멜리사의 컵에도 차를 따라 앞으로 내민다.

"아무튼 CVC에서는 공격하는 쪽이 불리하게 만들어졌다고 해. 게다가 쓰이는 카드는 콜로세움에서 보이는 단순한 것만이 아니라 이쪽의 카드를 조종하거나, 특정 공격을 봉인하는 등 특수한 능력을 지닌 것도 있다고 해. 그런 상황에서 상대가 원하는 대로 놔두면 승리는 얻지 못해. 그러니 상대가 강점을 발휘하기 전에 쓰러뜨리는 것이 중요할 거야."

아키토가 이번에는 나츠메의 말에 고개를 끄덕였다.

"그렇구나……. 그래서 나츠메는 그렇게 공격에 치중된 방식으로 싸우는 거구나."

"그거야. 뭐, 그쪽이 성미에 맞다는 게 크긴 하지만."

그러며 나츠메가 차를 마셨다.

"……그럼에도 혹시 압도하지 못했을 때를 위해 방어가 중요하다는 점은 같다고 생각하지만요. 자신이 수비하는 쪽이 될 일도 있을 테고요. ……고마워요."

조금 실망한 얼굴이지만 차를 따라준 것에 작은 목소리로 감사하며 멜리사도 차를 입에 댔다. 피곤한 몸에 차의 달콤함이 퍼졌고, 고원의 선선한 바람이 불어 멜리사의 볼을 간지럽혔다. 가상의 산이라고 해도 거기서 보내는 시간은 꽤나 기분이 좋다.

열심히 올라오기를 잘했다. ……뭐, 절반쯤은 아키토의 등에 업혀 있었지만.

'그렇구나……. 둘 다 여러 가지로 생각하고 있구나.'

바비큐용 숯에 불을 붙이며 아키토는 생각했다.

두 사람의 말은 모두 일리가 있다.

상대의 장점을 발휘 못하게 하는 것이 중요하다는 나츠메.

이쪽의 장점이 통하지 않았을 때를 고려해야 한다는 멜리사.

둘 다 지당한 말이며, 어느 쪽이 더 우월할 것은 없다.

욕심을 말하자면 양쪽 모두 단련할 수 있다면 좋겠지만, 인간의 시간은 유한하므로 바란다고 무엇이든 가능한 것은 아니다. 결국 필요해지는 것은 취사선택이다.

아키토는 앞으로 자신의 인생이 이어지는 한 배틀 카드를 쥐고 있고 싶다.

그렇다면 그것을 지속하기 위해서 그 부분을 잘 생각해 두지 않으면 안 된다.

자신이 어떤 것을 특히 중시하는 마스터가 되고 싶은가. 되기 위해서는 어떻게 해야 할까. 그것을 생각해 두지 않으면 변변한 기술도 없는 삼류로 끝날 것이다.

아키토가 거기까지 생각하고 있는데 문득 멜리사가 건너편을 보며 말했다.

"……저 녀석들 또 저러고 있네요. 정말 안 맞는다니까."

그 시선 끝에는 로미오와 마스라오가 말다툼을 벌이고 있었다.

남은 초밥을 어떻게 나눌지 싸우는 모양이다.

"어어, 응. 사이가 좋아."

"사이가, 좋다고……? 뭐, 싸울 만큼 사이가 좋다는 얘기도 있지만……."

그것을 보며 아키토가 웃으면서 말하자, 멜리사가 조금 곤란한 얼굴로 대답했다. 숯의 불 조절을 하며 아키토가 말을 이었다.

"멜리사 말대로 카드와 함께 식사하는 게 정말 좋은 공부가 되었어. 식사를 같이 하며 동료라는 감각이 강해졌거든."

"……뭐, 그래요. 저 녀석들도 카드라고는 해도 마음이 있는 존재니까. 격려를 받으면 싫지는 않겠죠. 주인에게는 그런 배려도 필요할지 몰라요."

아키토의 말에 멜리사가 조금 시선을 피하며 대답했다.

그런 식으로 말은 하지만, 아마 이 묘한 부분에서 다정한 여성은 얻은 재화를 독차지하는 것이 싫을 뿐인 것이 아닐까 생각한다. 서로 협력하여 얻은 돈이므로 얼마 정도는 그것을 상대에게도 환원해야 한다고 생각한 것 아닐까. 사실 카드 배틀은 마스터와 카드의 이인삼각이다. 삐걱거리는 부분이 있다면 움직임에 빈틈이 생긴다.

또한 그것만이 아니라 멜리사는 단순히 누군가와 함께 승리를 축하하는 것을 좋아하는 듯하다. 그런 사고방식은 아키토에게도 호감이 가서 앞으로도 따르고 싶다.

"뭐, 그야 일 년은 함께 지내야 하니 소중하게 여기지 않으면 잘해나갈 수 없잖아요. 거칠게 다루지 않고 동료로 대하는 편이 결국 자신의 이익이 될 테고요. 나의 지론이지만요."

"맞아, 역시 함께 싸우기 위해서는 동료로 대해야지."

고개를 끄덕이며 아키토가 대답했다.

카드들을 소유할 수 있는 기간은 아무리 길어도 고작 일 년이다. 딱 일 년만 함께 지낼 수 있다.

그러나 고작 일 년이라며 그들을 함부로 대하는 자도 있는 와중에 멜리사는 그들과의 관계를 돈독하게 만들려고 하고 있다.

왠지 기쁘다. 카드를 소중하게 여기는 사람을 아키토는 정말 좋아한다.

"카드의 힘을 온전히 끌어내려면 서로 신뢰하는 관계를 대등하게 맺어야 해. 그야말로 죽을 때도 같이 간다고 할 만큼. ……나츠메도 그렇게 생각하지?"

자연스럽게 아키토가 나츠메에게도 말을 돌렸다.

그 역시 카드를 소중하게 여긴다고 느꼈다. 분명 동의할 것이다.

그러나 대화에 끼지 않겠다는 듯 옆을 보던 나츠메는 아키토의 말에 천천히 아키토를 돌아보더니 그의 눈을 응시하며 똑바로 대답했다.

"난 그렇게 생각하지 않아."

"뭐······."

뜻밖의 대답에 순간 말문이 막혔다.

멜리사도 조금 놀란 표정으로 나츠메를 보았다.

세 사람 사이에 조금 어색한 분위기가 흘렀다. 그러나 아키토의 눈을 빤히 쳐다보며 당당한 어투로 나츠메가 말을 이었다.

"카드를 소중하게 여기는 것 자체는 좋다고 생각해. 그들에게도 마음이 있고, 의욕으로도 연결되니까. 마음이 맞지 않는 주인 밑에서는 그들도 실력을 발휘하지 못하겠지. ······하지만 그들은 인간이 아니야. 대등해서는 안 돼. 극단적인 이야기지만 그들은······."

거기까지 말한 나츠메는 일단 말을 끊었다. 눈을 내리깔고 다소 말하기 거북스러운 듯했지만 이윽고 고개를 들고 단호하게 말했다.

"그들은 소모품이야. 소모품에게 정을 들여선 안 돼."

"윽······."

아키토의 말문이 막혔다. 순간 나츠메가 무슨 말을 하는지 이해하지 못했다.

나츠메도 자신의 카드를 소중하게 여기고 있을 터였다. 그런데 왜.

가령 그 말을 카드가 했다면 이해가 간다. 그러나 마스터가 그런 식으로 카드를 표현하는 것에 아키토는 거부감을 느끼지 않을 수 없었다.

무언가 대꾸하려고 했지만 마주 본 나츠메의 그 강렬한 눈동자에 말이 나오지 않았다.

아키토가 아연실색하자 멜리사가 조금 화가 난 얼굴로 끼어들었다.

"나츠메, 뭡니까, 그 말투는……. 당신 카드를 도구로 다루라는 건가요?"

"궁극적으로는 그래. 그렇지 않으면 이야기가 이상해지니까."

멜리사의 엄격한 시선을 똑바로 마주보며 나츠메가 말을 이었다.

"그들은 죽지 않아. 쓰러져도 가챠로 돌아갈 뿐이야. 그렇다면 그들의 목숨을 인간과 똑같이 다루어서는 안 돼. '버려도 되는 패'인 점이 그들의 가장 큰 장점이야. 그걸 경시해서는 안 돼."

"무슨 말을……."

"예를 들어."

무언가 반박하려던 멜리사를 가로막고 나츠메가 말을 이었다.

"……예를 들어 누군가가 우리의 목숨을 노리고 있고, 도저히 이길 수 없다고 하자. 그럴 때는 당연히 도망치지 않으면 안 돼. 자신의 목숨을 지켜야지. 그리고 그때 생존율을 높여주는 방법은…… 카드에게 뒤를 맡기고 도망치는 거고."

나츠메가 담담하게 말했다.

그 말을 아키토는 아무 말도 하지 못하고 듣기만 했다.

"착각하지 말았으면 하는데 이건 멜리사에게 하는 말이 아니야. 콜로세움에서 해나가려면 너의 생각이 옳아. 카드를 오래 지니고 있는 것은 벌이를 늘리는 것으로도 이어지 니까. ……하지만 CVC에 간다면 이야기는 별개야."

나츠메가 다시 아키토를 똑바로 응시하며 말을 이었다.

"잘 들어, 아키토. 이 세상에는 우리보다 강한 상대가 얼마든지 있어. 위로, CVC로 간다면 자신보다 강한 상대와 마주칠 일이 언젠가 반드시 생길 거야. 그때에는 망설이지 않고 카드를 버려야 해. 그러지 못하는 마스터는 그럴 수 있는 상대보다 선택지가 줄고 말아. 거기서 어떻게든 뒤처지고 마는 거고."

거기서 나츠메는 일단 말을 끊고 살짝 숨을 들이마시더니 의지가 깃든 눈으로 말했다.

"잘 들어…… 부서지고 말더라도 카드는 죽는 게 아니야. 그들에게 부서지는 것은 통과점에 불과해. 그걸 잊지 마. 그것을…… 카드는 어디까지나 '네가 하고 싶은 것'을 이루어 주기 위한 존재라는 것을."

거기까지 단숨에 말한 나츠메는 살짝 고개를 숙였다. 잠시 뒤 조금 겸연쩍은 얼굴로 입을 열었다.

"……답지 않게 설교를 했네. 미안해."

"…………."

그 말을 멜리사는 가만히 듣고 있었으나, 이윽고 저쪽에 앉은 마스라오를 비롯한 카드들의 시선이 자신들에게 향하고 있는 것을 깨닫고는 언짢은 얼굴로 고개를 돌렸다.

그들이 듣고 있었을까?

듣고 있었다면 어떻게 생각할까.

그것을 생각하기가 조금 무서웠다.

"……실망스럽군요. 당신과는 역시 생각이 안 맞아요."

그렇게 말하더니 멜리사는 테이블 위에 있던 자신의 와인 병을 들어 잔에 따르고는 단숨에 들이켰다.

넋이 나가 있던 아키토도 그제야 정신이 들어 홀더에서 카드를 꺼내며 말했다.

"……그래, 거기까지 하고……. 앗, 벌써 바비큐 준비가 끝났으니 즐겁게 식사부터 하자. 친목회도 겸하고 있으니까. 좋아…… 콜!"

그 선언과 함께 아키토의 손에 든 아이템 카드가 해방되어 눈앞에 꼬치에 낀 고기와 채소가 잔뜩 나타났다. 이렇게 산 정상에서 즐기기 위해 구입해둔 아이템 카드다.

게다가 한 장이 1만GP가 넘는 고급품들이다. 예전의 아키토라면 구입하기를 주저했겠지만, 돈을 모은 지금은 이러한 기회에 그 정도는 써도 괜찮을 것이다.

따닥따닥 불똥이 튀는 숯 위에 깐 불판에 꼬치를 얹자 바로 맛있는 냄새가 나기 시작했다.

"……맛있겠네요. 아키토, 꽤 분발했는데요."

"그렇지? 금방 맛있게 익을 거야. 잠시만 기다려, 멜리사."

기분이 나아진 멜리사가 술을 마시며 말했다. 그 말에 대답하며 음식이 타지 않도록 주의하며 늘어놓았다. 이쪽을 신경 쓰던 카드들도 아무 일도 아니라 판단했는지 그들대로 다시 담소를 나누었다. 나츠메도 역시 아무 일도 없었던 듯한 얼굴로 익은 채소로 손을 뻗기 시작했다.

그것을 보고 조금 안심하면서도 아키토는 아까의 일을 떠올렸다.

'……카드를 버려라, 인가.'

그럴지도 모른다. 캐롤에게도 비슷한 말을 들은 적이 있는 듯하다.

그러나 혹시 자신이 위험에 처했을 때, 로미오를 미끼로 내놓고 혼자 도망칠 수 있을까.

자신이 처음으로 손에 넣은 배틀 카드, 파트너인 로미오를.

나아가 처음으로 내가 뽑은 사랑스러운 카드 캐롤을.

자신이 '하고 싶은 일'을 위해 그들을 버린다. 바로 자신이.

……상상이 안 된다. 자신이 그런 짓을 하는 것이.

'……논리로는 알겠어. 그것이 현명한 선택이며 아마 그들

도 위태로운 상황이라면 그렇게 해야 한다고 말할 것임을.'

그러나…… 실감이 나지 않는다.

그것이 올바르다는 생각이 자신에게 생기지 않는다.

……그런 방식으로 정말 자신이 어딘가에 도달할 수 있을까?

'……지금은 그만 생각하자.'

머리를 휘휘 젓고 일시적으로 그 생각을 떨쳐냈다.

필요해지더라도 아마 미래의 일이다. 지금은 아니다.

그것은 그때 생각하면 된다. 앞으로 시간을 들여 천천히 고민해야 할 일이다.

시간은 있다. 자신에게도, 그리고 이 두 명의 팀원에게도.

이윽고 고기도 다 익어 두 동료의 접시에도 올려 주었다. 고기를 그리 좋아하지 않는 나츠메는 조금 싫다는 표정을 지었으나, 반대로 고기를 크게 좋아하는 아키토와 멜리사는 고기를 입에 넣자마자 눈을 빛냈다.

"맛있어……!"

"정말 맛있네, 이거. 웬만한 레스토랑보다 훨씬 괜찮아요. 과연 아이템 카드예요."

모두 그 맛에 감탄했다. 아이템 카드에 담긴 것은 완전한 상태로 유지된다. 좋은 고기가 상하는 일 없이 언제든지, 어디서든지 즐길 수 있으니 대단하다.

콜만 하면 이런 산 위에서 맛있는 초밥이든, 먹음직스러운 고기든 무엇이든 즐길 수 있다. 여신님, 만세.

계속해서 음식을 불판에 올려 셋이서 식사를 즐겼다. 카드들에게도 아직 부족하다면 대접하고 싶다. 예전의 아키토라면 생각할 수 없을 만큼 대담한 지출이었으나, 돈만 있으면 이렇게 시설을 빌려 호화로운 식사를 즐기는 것도 가능하다.

돈이란 것, 그리고 카드라는 것의 위대함을 통감했다. 그리고 동시에 이 자리에 그 비서가 없어서 다행이라고 생각했다.

있으면 분명 아깝다, 아깝다 하며 소란을 피웠을 것이다. ……그러나 돈을 버느라 바쁘다며 자주적으로 사무실에 남은 캐롤에게도 미안한 마음에 나중에 무언가 맛있는 것을 대접해야겠다고 다짐했다.

'……그건 그렇고…….'

그때 아키토는 문득 주위를 둘러보았다.

저쪽에서 들리는 이러쿵저러쿵 말다툼을 벌이는 카드들의 목소리. 완전히 제각각인 카드들이지만 실로 즐겁게 떠들고 있다.

언젠가는 적이었을지도 모르고, 언젠가는 지금처럼 팀원이었을지도 모르지만 지금은 그때의 기억을 지니지 않은 세 카드.

지금 이때만은 동료, 아니 친구로서 즐거운 시간을 보내고 있는 듯 보였다.

무뚝뚝한 로미오의 얼굴에도 살짝 웃음이 걸려 있었다.

그리고 자신과 함께 있는 두 명의 인간 동료.

다시 무언가 말다툼을 벌이고 있지만, 둘 다 아까 일은 잊고 편안한 모습으로 대하고 있다. 본래는 서로 팀을 짤 리가 없는 사람들이다. 그런 두 사람과 같은 시간을 공유하며 같은 목표를 지니고 서로 의견을 나누고 있다.

저녁놀이 지는 산으로 상쾌한 바람이 불었다.

설마 자신의 인생에 이런 시간이 기다리고 있을 줄은 몰랐다.

동료와 보내는 한가로운 시간. 기분 좋은 시간.

그것은 지금까지 아키토의 인생에 없던 것이었다. 그것이 아키토는 기뻤다.

아마 세 사람 모두 처음으로 생긴 마스터 친구일 것이다.

이렇게 함께 보낸 시간은 그들의 인생에도 귀중할 것이다.

설령 그 의미가 언젠가 변질되고 말더라도.

'……오늘은 즐거운 휴가를 보냈어. 그러나 내일부터는 다시 정신을 다잡아야지.'

지금을 즐기면서도 아키토는 속으로 결심했다.

그들 세 사람에게는 각자 목표가 있다.

일단 아키토는 목표인 3천만GP를 위해 팀을 더욱 공고하게 하지 않으면 안 될 것이다.

내일부터는 다시 격투를 벌이는 나날이 시작된다. 부드러운 바람을 느끼며 아키토는 이미 다음 싸움을 생각하고 있었다.

1

《오오오오오옷! 여기서 멜리사 로우 선수, 넘어집니다!
아름다운 허벅지가 드러났네요! 촬영은 삼가십시오!》

콜로세움에 중계 방송이 울려 퍼졌다.

사람들이 지켜보는 곳에는 시합장에 설치된 장애물에 넘
어져 긴 치마가 크게 말려 올라간 멜리사의 모습이 있었다.

"휘익, 멋진데, 누나! 서비스가 좋아!"

"앗, 조금 아깝네…… 이봐, 카메라, 뭐하는 거야! 뒤에서
찍어, 뒤에서!"

남자들의 천박한 목소리가 들리자 여성 관객들이 인상을
찌푸렸다.

그 와중에 멜리사는 치마를 매만지며 고개를 휙 들었다.

"아아, 정말, 꼴사납게……!"

빨개진 얼굴로 얼굴과 머리에 묻은 흙을 털어낸다.

그런 멜리사에게 아키토가 손을 뻗었다.

"자, 기운 내, 멜리사! 조금 뒤처졌으니 서둘러야 해……!"

"아, 알고 있어요……!"

내민 손을 잡아 힘겹게 일어나 다시 길을 달리기 시작했다.

지금 아키토 팀이 도전하고 있는 이 경기의 이름은 '팀 배

틀로얄'이다.

복수의 팀이 참가하여 카드로 서로 공격을 하면서 카드가 모두 파괴되거나 기권하면 패배한 것이 되어 최후의 한 팀만 승리하는 경기다. 한 팀은 세 명의 마스터와 각자 하나씩 콜을 한 세 장의 카드로 구성된다.

다만 이 경기가 다른 것과 다른 점은 몇 개의 벽으로 나뉘어 미로처럼 만들어진 전용 필드가 있고, 여기저기에 진행을 방해하는 장치가 설치되었다는 점이다.

낭떠러지, 구덩이, 평균대 등 다양한 함정이 도사리고 있어서 팀의 진로를 가로막는다.

카드에게는 대단한 장애물이 아니지만 마스터에게는 전혀 그렇지 않다.

"아앗, 달리기 힘들어! 누굽니까, 이런 경기에 나가자는 말을 꺼낸 사람은!"

"어쩔 수 없잖아, 다른 시합 일정이 정해질 것 같지 않았으니까……."

치마를 휘날리며 불평하는 멜리사에게 아키토가 대답했다.

아키토 팀이 꽤 강하다고 서서히 알려지면서 3ON3 시합을 받아주는 상대가 좀처럼 나타나지 않게 되었다. 세 사람의 카드와 비슷한 성능을 지닌 카드를 보유한 팀은 대체로 눈이 마주치기만 해도 멀어지고 말았다. 카드가 아니라 그 사용자의 실력이 뛰어나다는 인식이 퍼졌기 때문이다.

이쪽보다 훨씬 높은 성능을 지닌 카드로 구성된 팀이라면 받아줄지도 모르지만, 그런 상대는 반대로 아키토 팀이 멀리하고 있다. 그야 이들의 카드는 성능만 보면 R등급의 평균 수준에 불과하기 때문이다. 너무 강한 카드를 지닌 상대에게는 불리한 것은 부정할 수 없고, 그런 상대가 제시하는 판돈은 당연히 고액인 경우가 많아 너무 위험부담이 크다.

그렇게 좀처럼 수준이 맞는 상대를 찾지 못하는 와중에 오늘은 특히 말을 걸어도 거부당하여 완전히 할 일이 없는 상태였다.

그때 이 경기가 눈에 들어와 마침 잘 되었다며 냉큼 참가했다.

"허억, 허억……. 최소한 복장을 좀 더 움직이기 편한 것으로 했다면……!"

평소 입는 옷으로 참가하게 된 멜리사가 거친 숨을 토해내며 투덜거렸다.

등산하러 갔을 때 알았지만, 멜리사는 다소 운동이 부족하다. 주인을 지켜주는 홀더도 운동능력까지는 보조해 주지 않는다.

그 뒤로 멜리사는 반성하여 체육관에서 운동을 시작하였으나 체력이 그렇게 금방 붙지는 않는 법이다.

"……기뻐해도 돼, 멜리사. 이제 뛰어다닐 필요가 없게 되었어."

문득 시선을 옮기자 먼저 가 있던 나츠메가 멈춰서 이쪽에 말을 걸었다.

"헉, 헉……. 왜 그렇죠?"

숨을 헐떡이며 묻는 멜리사에게 나츠메가 무뚝뚝한 얼굴로 조금 높은 위치를 가리키며 대답했다.

"이미 좋은 위치는 적에게 빼앗겼거든."

두 사람이 올려다보자 그곳에는 시합장에 설치된 고지대에서 이쪽을 내려다보는 적 팀의 모습이 보였다.

"하하하! 느려터졌구나, 멜리사 어쩌구 팀! 그런 델 어슬렁거리고 있었어?! 이 지점은 우리가 가져간다!"

성벽처럼 된 벽 위에서 이쪽을 내려다보며 적 팀의 한 사람이 말했다. 아무래도 이쪽을 아는 모양이다.

미궁처럼 된 이 필드 안에는 위치적으로 유리한 지점이 몇 군데 존재한다. 아키토 팀이 필사적으로 달린 까닭은 그 지점을 적보다 먼저 확보하기 위해서였다.

그러나 완전히 적에게 빼앗기고 말았다.

"큰일이야, 이래서는……."

"아키토, 바로 카드를 준비시켜…… 안젤리카!"

"네!"

동요하는 아키토에게 나츠메가 말을 걸고는 자신의 카드를 공격에 대비시켰다. 지금 아키토 팀의 카드 편성은 로미오, 마스라오, 그리고 안젤리카 세 장이었다.

카드들이 자세를 취한 순간, 적 팀의 마스터가 자신의 카드에게 명령을 내렸다.

"가라, [마크니사의 전사 쿠와상]!"

그와 함께 옆에 서 있던 그을린 피부에 도롱이를 입은 카드가 손에 든 창을 쳐들더니 힘차게 던졌다.

[마크니사의 전사 쿠와상]

AP: 5300 DP: 3500

인간을 벗어난 힘으로 투척된 창이 맹렬한 기세로 대기를 가르며 날아들었다.

"야앗……!"

그것을 안젤리카의 손톱이 막아냈다. 날카로운 손톱이 할퀴자 창이 분쇄되었다.

그러나 안심할 틈도 없이 쿠와상이 소속된 팀의 다른 카드가 화살과 주먹 크기의 철구를 날렸다. 활을 든 엘프 궁수와 울룩불룩한 근육을 자랑하며 철구를 던지는 카드. 적은 원거리 무기를 중심으로 편성된 모양이다.

"로미오!"

"그래!"

아키토의 말과 함께 그 카드인 로미오가 뛰쳐나가 연속된 공격을 그의 방패와 검으로 쳐냈다. 이미 원거리 무기에 대한 대처는 익숙해졌다.

"흐음, 과연 소문난 팀, 방어는 확실한데! 그럼 이건 어떨까?!"

그러며 상대팀의 한 사람, 쿠와상의 마스터이자 조금 머리숱이 적은 남자가 고지대에 설치된 레버를 당겼다. 그 순간 아키토 팀이 있는 통로 앞에 있던 벽에 무수한 구멍이 뚫리더니 그 안에서 대량의 철구가 힘차게 튀어나왔다.

"으아아앗?!"

카드들이 서둘러 자신의 몸을 지키기 위해 방어 자세를 취했다.

맹렬하게 날아드는 공이 그 방패며 팔을 때렸고, 빗나간 공은 뒤에 있는 벽에 박혔다.

"큭……!"

완전히 막아내지 못한 한 발이 로미오의 허벅지를 때려 저절로 고통에 찬 신음이 흘러나왔다.

위력을 보아 아마 3000AP 정도가 아닐까.

한 발 정도라면 문제가 되지 않겠지만, 한꺼번에 맞으면 무사히 넘어갈 수 없다.

"하하하, 어때, 재미있지?! 이 경기는 여기저기에 놓인 장치를 활용하는 게 필승법이야! 익숙하지 않은 네놈들 같은 팀이 어슬렁어슬렁 참가해서 쉽게 이길 거라 생각하지 마! 가라, 쿠와상!"

머리숱이 적은 남자의 명령과 함께 쿠와상이 왼손에 든 방패에서 새로운 창을 꺼내 다시 투척했다. 그것이 똑바로 날아가 공을 대처하느라 자세가 무너진 마스라오의 어깨에 박혔다.

"컥……."

"마스라오!"

마스라오의 입에서 고통스러운 신음이 흐르는 것을 본 멜리사가 그의 이름을 외쳤다. 그 모습을 보며 머리숱이 적은 남자가 갈채를 보냈다.

"제법이야, 쿠와상! 역시 넌 좋은 카드야!"

그러며 남자가 쿠와상의 어깨를 두드렸다.

"우바바 삼 초반나."

"뭐라고?"

마크니사의 전사 쿠와상. 무척 우수한 카드이기는 하나 작은 결점이 있는데, 그의 언어를 누구도 이해하지 못한다는 것이다.

"괘, 괜찮아, 잘하고 있어, 계속 공격해!"

그러며 남자가 다시 레버를 조작하여 철구를 쏘았다.

그것을 안젤리카에게 막도록 하며 나츠메가 투덜거렸다.

"이래서 서둘렀던 건데……!"

이 규칙의 필드에는 이처럼 여기저기에 함정을 발동시키는 장치가 설치되어 있다. 그리고 그것은 마스터만이 조작할 수 있다. 따라서 마스터도 카드에게만 의지하지 않고 스스로 이동하여 그것들을 활용하지 않으면 반대로 불리해진다.

이 경기에는 팀 자체의 강함만이 아니라, 환경을 이용하는 지혜도 필요하다.

그렇게 아키토 일동이 공격을 버티며 반격할 기회를 노리고 있는데 이번에는 다른 고지대에서 다른 팀이 얼굴을 내밀었다.

"좋아, 잘나간다고 건방져진 신입을 혼내줘야겠어! 이봐, 둘러싸!"

새롭게 나타난 팀이 자신들의 카드에게 공격을 명령했다.

이쪽은 모두 인간 크기의 기계류 카드로 이루어져 있었는데, 손에 든 열선총이며 전격총으로 로미오 측을 노리고 사격을 시작했다.

"으앗, 성가시게……."

그것을 회피하며 마스라오가 투덜거렸다. 독특한 궤도로 날아드는 전격에, 이쪽을 조준하고 엄청난 열을 내뿜는 열선총. 이런 무기는 실체를 지닌 원거리 무기와는 달라 익숙하지 않으면 회피도 어렵다.

또한 지금 있는 통로는 그리 넓지 않아서 피하더라도 선택지가 적다.

여기서 계속 싸우면 점점 밀려날 것이 뻔하다. 어딘가로 이동해야 한다.

그를 위해 시간을 만드는 것은 탱커인 아키토와 로미오의 역할이다.

"할 수밖에 없어…… 로미오, 간다!"

아키토가 홀더에서 스킬 카드를 꺼내 눈앞으로 내밀었다. 로미오의 메인 스킬, 〈아큐네이온의 대방패〉 카드다. 몇 번이나 팀을 지킨 그것을 아키토는 다시 발동시켰다.

그러나.

"……바보 같으니. 네놈들의 특징은 이미 다 파악했어! 가자, 쿠와상, 얘들아!"

남자가 외치며 아키토의 스킬 타이밍에 맞추듯이 스킬 카드를 썼다.

순간 빛나는 카드가 쿠와상에게 힘을 주었고, 쿠와상은 눈을 번쩍 뜨더니 아까보다 훨씬 거대한 창을 꺼내 양손에 들었다.

[마크니사의 전사 쿠와상] 메인 스킬: 〈마크니사의 명창〉이다.

[마크니사의 전사 쿠와상] 메인 스킬: 〈마크니사의 명창〉

스킬 발동 후, 거대한 창을 꺼내 투척한다. 이 공격의 위력은 해당 카드의 AP에 1000을 더한 것이다.

쿠와상의 팔 근육이 크게 부풀며, 짧은 도움닫기 후 혼신의 힘을 다해 창을 던졌다.

던지기에는 너무 큰 그것은 본래 명중시키기가 어렵지만 이번엔 다르다.

가까이 던지기만 하면 상대가 알아서 끌어당겨주기 때문이다. 이렇게 편리한 것이 없다.

그것만이 아니다. 쿠와상 팀의 다른 마스터들도 일제히 스킬 카드를 사용하자, 귀가 긴 궁수 카드가 대량의 화살을 일제히 쏘았고, 또한 근육이 빵빵한 카드가 사슬이 달린 거대한 철구를 빙글빙글 몸과 함께 회전시킨 뒤 힘껏 던졌다.

"지금이야, 이쪽도 동참해!"

나아가 다른 팀도 일제히 스킬 카드를 사용했다.

기계 카드들이 스킬 효과로 나타난 거대 개틀링 건과 그레네이드 런처를 들고 일제히 엄청난 위력의 공격을 퍼부었고, 그것들은 모두 로미오의 스킬에 빨려 들어가 방패를 향해 똑바로 날아들었다.

"이런……."

아키토는 크게 놀랐다.

이쪽이 스킬을 발동하기를 노렸을 줄이야. 확실히 주의가 부족했다. 그러나 더는 방도가 없다. 대방패 스킬은 발동되고 말았다. 중간에 취소할 수는 없다.

그것을 보며 머리숱이 적은 남자가 해냈다는 듯 히죽 웃었다. 처음부터 아키토 팀을 맞닥뜨리면 이렇게 할 예정이었던 모양이다.

"강호팀인지 뭔지 모르지만, 잘 알지도 못하는 시합에 홀쩍 얼굴을 들이밀어 놓고 이길 거라 생각하지 마라⋯⋯! 이쪽은 이 규칙으로 어떻게든 이겨왔어. 네놈들 따위는 낄 자리가 아니야!"

일시적으로 손을 잡고 초보를 제거한다. 이것도 콜로세움에서 살아남기 위한 지혜 중 하나이다.

괜히 라이벌을 늘릴 바에야 다소 지출이 있더라도 처음부터 없애버리는 것이다⋯⋯!

'⋯⋯안 돼, 당하겠어⋯⋯!'

반면 아키토는 다가오는 숱한 공격을 생생하게 지켜보며 절망했다.

틀렸다. 공격의 수가 너무 많다. 아무리 로미오의 DP가 배가 되었다고 해도 이만큼 스킬을 한꺼번에 맞으면 방패가 버티지 못하고 깨질 테고, 도망치지 못하는 로미오도 위태로울 것이다.

──죽고 말겠어⋯⋯나의 파트너가⋯⋯!

모든 공격이 하나가 되어 로미오의 방패를 똑바로 노렸다. 이제 일 초도 남지 않았다. 곧 파트너가 부서질 것이다.

다 끝났어⋯⋯!

『──공격을 받을 때에는 똑바로 받는 것보다──.』

"!"

　순간 번개처럼 아키토의 머릿속에 멜리사가 예전에 한 말이 떠올라, 아키토는 반사적으로 로미오를 조종했다. 아키토가 시키는 대로 로미오의 방패가 살짝 움직였고…….

　그리고 폭발이 일었다.

　"꺄앗……!"

　한데 뭉친 공격이 폭발적인 위력을 지니고 시합장을 뒤흔들자 엄청난 소리가 터져나와 멜리사가 무심코 비명을 질렀다. 그 정도의 위력이었다.

　"하하, 해냈어! 성가신 놈들 중 일단 하나 해치웠어! 잘했어, 쿠와상!"

　뿌옇게 일어난 흙먼지를 보며 머리숱이 적은 남자가 환호성을 지르며 쿠와상의 어깨를 다시 팡팡 두드렸다. 쿠와상은 다시 싱긋 미소를 짓고는 말했다.

　"마하 에르메라 바바하나 모 스쿠와루나."

　"아니 그게 뭐라는 거야? ……뭐 됐어, 아무튼 잘했어!"

　우쭐해진 남자와 달리 멜리사가 비통한 소리로 외쳤다.

　"아키토! 로미오는……?!"

　폭발의 영향으로 통로는 흙먼지로 가득 차 아무것도 보이지 않았다.

　그러나 이 위력이라면 로미오가 당한 것이 분명하다.

멜리사는 아키토의 얼굴을 보고 그렇게 확신했다. 아연실색한 표정. 처음으로 팀에서 파괴된 카드가 나오고 말았다.

그러나 조금 흙먼지가 가라앉자 그곳에는 의외로…….

"앗……?!"

……놀랍게도 그곳에는 로미오가 멀쩡하게 서 있었다. 멜리사가 놀란 소리를 냈다. 아니, 당하기는커녕 방패에 크게 금이 가기는 했지만 로미오의 몸에는 심각한 대미지가 없는 듯 보였기 때문이다.

"오오, 로미오, 무사한가! ……어이 ……왜 그래?"

"…………."

마스라오가 기뻐하며 말을 걸었으나 로미오는 대답도 하지 않고 무사한 것이 스스로도 믿기지 않는 듯 멍하니 서 있었다.

그 모습을 바라보는 아키토도 마찬가지였다.

……지금 무슨 일이 일어났지? 내가, 그리고 로미오가 무엇을 한 거지……?

"…………."

그 모습을 뒤에서 지켜보던 나츠메가 문득 시선을 옆으로 옮겼다.

저기…… 로미오가 서 있던 위치, 그리고 조금 왼쪽 뒤에 있는 벽이 크게 패어 있었고, 쿠와상의 창 등 로미오의 스킬로 모인 공격이 모두 그곳에 박혀 있었다.

117

이것은…….

'……지금은 생각할 때가 아니야.'

나츠메는 고개를 젓고 생각을 떨쳐냈다. 곧 흙먼지가 완전히 가라앉는다.

그러면 다시 적의 총공격이 시작된다. 그 전에 움직여야 한다.

"둘 다 멍하니 있지 말고 공격해. 생각은 나중에 하고."

"앗……. 그, 그러네요. 아키토, 어서 가요!"

"앗, 그, 그래……!"

그 말에 퍼뜩 정신이 든 아키토가 얼른 마음을 가다듬었다.

상대는 이쪽의 카드 하나를 없앴다고 생각할 것이다. 공격한다면 지금이다.

그리고 흙먼지가 완전히 사라지기 전에 세 카드가 힘차게 뛰어나가자, 대기하고 있던 적들이 놀란 소리를 냈다.

"아니……?! 말도 안 돼. 저 카드, 방금 공격으로 부서지지 않았다고?!"

선두를 달리는 로미오를 보며 적들의 움직임이 순간 멎었다.

본래라면 뛰쳐나올 터인 나머지 두 장을 원거리 무기로 처리할 예정이었다. 그러나 저 나이트 카드가 그만큼 공격을 받고서도 부서지지 않았다면 이야기가 달라진다. 허둥지둥 공격하더라도 다시 가로막힐지도 모른다.

동요한 적들의 움직임이 뒤처진 결과, 충분히 거리를 좁힌 아키토 팀이 먼저 움직였다.

"나츠메, 맞춰줘!"

아키토가 외치며 조종하는 대로 로미오가 살짝 자세를 낮췄다.

"좋아…… 안젤리카."

그에 호응하여 나츠메가 자신의 카드인 안젤리카를 띄워 그 위에 올렸다.

가볍게 점프한 안젤리카가 로미오의 어깨 위에 살짝 착지하였고, 로미오가 크게 몸을 띄우는 것에 맞춰 그 가녀린 몸으로 함께 뛰어올랐다.

이어서 벽을 뛰어넘어 머리숱이 적은 남자의 팀이 위치한 고지대로 살며시 착지하더니 금세 놀라서 당황한 쿠와상을 향해 달려들었다.

"야얏……!"

"보나포 티베나!"

작은 기합소리와 함께 손톱을 휘두르자, 무언가를 외친 쿠와상의 몸이 찢겨나갔다.

"으아악! 마, 막아라!"

남자가 명령을 내렸지만 아군의 나머지 카드 둘은 모두 원거리 타입이다. 섣불리 공격하면 아군인 쿠와상에게 맞을 수도 있다.

우왕좌왕하는 그들을 곁눈질하며 안젤리카가 날뛰는 동안 어느새 마스라오까지 고지대로 올라오고 말았다. 난투가 시작되어 시합은 혼란스러운 양상을 띠기 시작했다.

"좋아, 해치워! 역습이다!"

"우오오오, 힘내, 멜리사 씨! 내가 응원할 테니까!!"

관객석에서 환호성이 터지며 너나 할 것 없이 아무 말이나 외쳐댔다.

관객에게는 재미있는 전개일 것이다. 궁지에 몰렸던 팀이 역전하기 시작했으니.

게다가 아키토 팀에도 고정 팬 같은 것이 생겨 있었다. 그 성원에 힘입어 아키토 팀은 더욱 날카롭게 공격을 퍼부었다.

아키토가 문득 옆을 보니 멜리사가 눈을 형형히 빛내며 흥분한 얼굴로 마스라오를 써서 적팀을 추격하고 있고, 반대쪽을 보니 나츠메가 평소의 무표정한 얼굴이 아닌 살짝 미소를 띠고 싸우고 있었다.

그리고 아키토 본인도 역시 입가에 미소를 짓고 있었다.

'……즐거워. 시합은 정말 재미있어……!'

그때 아키토의 시선을 느낀 두 사람이 아키토를 돌아보았다.

잠시 서로 얼굴을 마주본 뒤, 세 사람은 다시 씩 웃으며 일제히 달려갔다.

진정한 즐거움은 이제부터 시작이다.

《……거기까지. 승자, 멜리사 이하 생략 팀!》

아나운서가 외치자 관객석에서 우렁찬 함성이 터졌다.

그 뒤 아키토 팀은 그 경기에서 완벽한 우승을 거두었다.

환호성 속에 세 사람은 상기된 얼굴을 마주 보았다. 재미 있는 일전이었다.

"흥……."

……그런 그들을 관객석에서 지그시 바라보는 인물이 있었다. 빳빳하게 주름을 잡은 정장을 입고, 애쉬브라운색 머리에 희색 눈동자를 지닌 남자다.

"그레고리오, 다음엔 저 녀석들을 노리게?"

그 옆에 앉은 작은 여자가 막대 사탕을 먹으며 물었다. 그레고리오가 불린 남자는 빗으로 꼼꼼하게 머리를 빗으며 대답했다.

"그래, 노릴 만하잖아. 계속 이기면서 우쭐해졌고, 자신 감도 붙었어. 저런 바보들은 바로 지금이 잡아먹을 때야."

"하긴…… 헤헤, 저 거만해 보이는 여자의 콧대를 부러뜨리면 기분 좋을 거야."

그 옆에 앉은 금발에 와일드한 느낌의 남자가 혀를 쑥 내밀며 말했다. 그 시선은 멜리사의 엉덩이를 좇고 있었다.

"그런데 과연 잘 낚을 수 있을까……. 흥, 계속 그렇게 우쭐해 보라고. 네놈들이 번 돈…… 모두 우리가 받아 줄 테니까."

그레고리오가 불린 남자가 히죽 웃으며 말했다.

쾌청했던 아키토의 팀에 먹구름이 드리우고 있었다.

2

"어머, 이 옷 괜찮네……! 아아, 이쪽도 꽤 마음에 들어. 이 가게는 처음 왔습니다만, 의외로 제품이 좋네요!"

콜로세움에 설치된 시설 중 하나인 쇼핑몰 내부의 의류점에서 멜리사가 상기된 목소리로 진열된 옷을 꺼내며 말했다.

매우 들뜬 그 모습을 아키토와 나츠메, 두 남자가 우두커니 서서 멍하니 바라보고 있다.

팀 배틀로얄에서 시합을 치른 다음 날. 아키토와 나츠메는 멜리사의 부름을 받아 쇼핑을 따라갔다.

그것만이 아니다. 멜리사의 뒤에는 캐롤과 빅토리아까지 있었다.

"보세요, 캐롤. 이 옷, 꽤 선진적인 디자인이네요. 봐요, 이렇게 여기저기 드러나도록 만들어졌어요."

"……이걸 입고 거리를 걸으면 완전히 변태 아니야……? 우웩, 게다가 이렇게 천이 적은데 엄청 비싸!"

빅토리아가 가져온 보여서는 안 될 듯한 곳까지 노출된 옷을 캐롤이 질겁한 얼굴로 보며 대답했다. 그때 멜리사가 끼어들었다.

"뭐, 그럭저럭 좋은 천을 썼으니까 그렇겠죠. 그리고 디자인 값일까요. 솔직히 예술가인 양 구는 바보는 이런 걸 좋아하겠구나 하는 느낌밖에 없지만요. 그보다 가게는 아직 많으니 둘 다 어서 가요! 나를 따라와요!"

멜리사의 호령에 두 비서 카드가 생글생글 웃으며 따라 갔다.

"알겠습니다! 보는 것만이라면 공짜니까 얼마든지 함께 하겠어요! 그나저나 디자인을 잘 흉내 내서 한탕 벌 수는 없을까……!"

"함께 가겠습니다. 숙녀라면 항상 자신을 드높이기 위한 노력을 하지 않으면 안 되니까요. 멍하니 있어서는 저희 비서 카드의 옷도 시대에 뒤처지고 말거든요. 주인님께 총애를 받기 위해 늘 앞서가야죠."

그렇게 각자 이런저런 이야기를 하며 한 사람과 두 장은 기쁘게 쇼핑몰 안을 돌아다녔다. 그 모습을 울적한 눈으로 바라보며 나츠메가 중얼거렸다.

"……왜 우리가 이런 곳에……."

"……나츠메, 말하지 마. 여자들이 간다고 하면 우리는 저항할 수 없어……."

들뜬 모습으로 앞서가는 여자들의 뒤를 따르며 아키토가 말했다. 그들은 멜리사의 쇼핑을 같이 다니는 사람 겸 짐꾼으로 끌려왔다. 아키토의 양손은 이미 멜리사가 산 옷이며 장신구가 담긴 쇼핑백이 가득 들려 있었다.

여신의 허가를 얻어 사람이 운영하고 있는 이 쇼핑몰에는 콜로세움에 다니는 부자를 상대로 세계의 최신 상품이 빼곡하게 진열되어 있다. 큰 시합에서 이겼을 때에는 이런 장소에서 실컷 쇼핑을 즐기는 것이 멜리사의 취미 중 하나였다.

'후우…… 연습하고 싶어…….'

멜리사가 기뻐하는 모습을 보는 것이 싫지는 않다. 그러나 아키토로서는 한시라도 빨리 연습을 해두고 싶은 시기였다. 지난 시합에서 깨달은 점도 있다. 이쪽은 그것을 어서 시험해 보고 싶어 참을 수가 없는데…….

그런 생각을 하는 동안 멜리사가 아키토 쪽을 돌아보더니 귀여운 분홍색 원피스를 자신의 몸에 대며 말했다.

"아키토, 어때요? 어울려요?"

"어? 어, 어어…… 응. 아마도."

조금 놀라 애매하게 대답하고 말았다.

그런 질문을 해도 아키토로서는 옷의 좋고 나쁨을 알 리가 없었다.

"대답에 성의가 없잖아요! 조금은 생각하고 대답해 주지 않으면 도움이 안 되잖아요."

아무런 쓸모도 없는 대답을 한 아키토에게 멜리사가 퉁명하게 말했다.

그런 말을 해도 정말 모르겠지만, 아키토는 어쩔 수 없이 말을 이었다.

　"그렇게 말해도……. 너에게 어울리는 옷이 뭔지 난 모르겠어. 멜리사는 미인이니까 무엇을 입어도 어울려 보이니까."

　"앗……."

　멜리사가 놀란 소리를 냈다. 멜리사는 연애에 둔감한 아키토가 보아도 상당한 미인이므로 무엇을 입어도 어울린 듯 보였다. 새삼 그런 질문을 해도 솔직히 뭐라 대답을 하면 좋을지 모르겠다.

　"……놀랍네요. 당신, 그런 달달한 말도 할 줄 아네요. 의외로 제비인 걸까요."

　"……제비라니. 어느 시대의 말이야……."

　멜리사가 고개를 돌리며 한 말에 아키토가 조금 어이가 없는 말투로 대답했다.

　"흥…… 뭐, 됐어요. 아무튼 이건 특별히 좋지는 않다는 거네요. 안 살래요."

　멜리사가 고개를 돌린 채 옷을 내려놓으며 말했다. 그렇지 않다고 생각했지만 섣불리 말하면 다시 성가실지도 모르겠다고 생각한 아키토는 그냥 가만히 있었다.

　그러자 이번에는 캐롤이 옷 한 벌을 들고 아키토에게 뛰어왔다.

"보, 보세요, 이거, 마스터! 이, 이거, 이런 촌스러운 옷이 8만GP나 한다고요! 믿어지세요?! 8만GP! 믿어지지 않아! 이런 건 동네 아주머니가 경영하는 부티크에 가면 '재고 처분 폭탄 세일 800GP!' 같은 서글픈 말이 쓰인 카트에 아무렇게나 담겨 있을 거라고요! 우와, 말도 안 돼! 바가지라고요, 이 가게! 바가지! 장사 좀 하는…… 헙."

"……그만해! 완성도가 다르고, 소재가 다르니까! 그 가격에는 분명 의미가 있는 거야! 가, 가게에 실례니까 그러지 마……!"

아키토는 큰소리로 엄청난 말을 외쳐대는 캐롤의 입을 손으로 막고 당황하여 주위를 돌아보았다. 그런 아키토 일동을 가게 안쪽에서 여성 점원이 웃으면서 무서운 눈으로 바라보고 있었다.

대체 아주머니의 부티크가 뭐야. 네 행동이 훨씬 더 아주머니 같다고……!

"확실히 그건 별로 좋진 않네요. 뭐, 이런 가게에는 여러 메이커의 상품이 들어오니 모두 만족스러울 순 없겠죠. ……그러고 보니 아키토, 당신 캐롤에게는 옷을 사주지 않나요?"

"……캐로에게 옷……?"

대화에 낀 멜리사가 한 말에 캐롤에게서 손을 떼며 아키토가 얼빠진 목소리로 대답했다. 아키토에게는 카드에게 옷을 사준다는 개념이 없었기 때문이다.

"어머, 생각한 적이 없었다는 얼굴이네요. 비서 카드는 한 번 콜하면 기한이 끝날 때까지 계속 나와 있고, 배틀 카드처럼 홀더로 되돌려 장비를 원래대로 하는 게 아니잖아요? 같은 옷을 계속 입게 하는 것도 기분 나쁘잖아요. 사주면 기뻐하지 않을까요?"

"……그렇구나."

확실히 그런 생각은 안 해봤다. 캐롤에게 똑같은 옷만 입히는 것은 불쌍할지도 모른다. 그런 생각으로 옆을 보자 캐롤이 꺼리는 얼굴로 말했다.

"됐어요, 됐어요. 제 옷은 일 년간 더러워지지 않고 입을 수 있도록 만들어졌으니까요. 그야 카드니까 갖고 나온 것은 여러모로 편리하게 되어 있거든요. 그걸 괜히 바꾸면 빨래도 해야 하는 등 번거로운 일이 생겨요. 그보다 그런 돈도 아깝고요! 모처럼 옷값이 들지 않으니 그걸 아껴서 다른 곳에 쓰고 싶어요! 예를 들면 금이나! 보석이나! 부동산이나!!"

그렇게 자신의 일임에도 불필요하다며 주장했다. 이 비서 카드의 가치관은 독특해서 소모품보다 없어지지 않는 무언가에 돈을 쓰고 싶은 경향이 있는 듯하다.

그래도 예전이라면 아키토의 돈 따위는 모두 멋대로 써버리겠다는 느낌이었으나, 지금은 아무래도 모으는 것에 열중

하는 듯 오히려 여기저기에 소비하는 것을 막으려고 했다.

실제로 일해 보며 열의가 생긴 걸까, 아니면 쓸모가 없다고 여겨진 채 기한이 끝나는 것이 싫기 때문일까.

아무튼 지금 캐롤은 자신의 옷에 돈을 써서는 안 된다고 생각하는 모양이다.

본래 변덕쟁이인 녀석이라 내일이 되면 어떻게 말할지 모르지만.

"……아니, 일리가 있어. 옷 정도는 괜찮겠지. 캐로에게는 여러모로 신세를 지고 있으니, 귀금속까지는 아니지만 괜찮은 걸 선물해 줄게."

"네?!"

그런 캐롤에게 아키토가 조금 고민한 뒤 말하자, 캐롤이 놀란 얼굴을 했다.

"하, 하지만 지금은 CVC를 위해 저금할 때고 여러모로 돈이 필요하잖아요? 쓸데없는 지출은 좀……."

"쓸데없지 않아. 나를 돕고 있는 비서에게 옷을 사주는 건 사장으로서 도량을 보여줄 기회이기도 해. 사장답게 행동하라고 말한 건 너잖아. ……아니면 캐로 너, 정말 필요 없어?"

"윽……."

그 말에 캐롤이 어물거렸다. 잠시 고개를 숙이더니 손가락을 꾸물거리며 조금 빨개진 얼굴로 대답했다.

"……뭐, 카드라고 해도 저도 여자고요……. 사주신다면 싫지는 않지만……."

그 모습을 보며 살짝 미소를 지은 아키토는 지갑에서 지폐 몇 장을 꺼내 캐롤에게 내밀었다.

"그럼 정해졌네. 이걸로 사고 싶은 걸 사. 그런데……."

"이얏호, 돈이다!"

말이 끝나기 전에 아키토의 손에서 냉큼 돈을 낚아챈 캐롤이 바로 달려갔다.

"가져갑니다! 돌려달라고 해도 이건 이제 제 돈이니까요! 아, 그냥 저금하고 싶다!"

"가게 안에서 뛰지 마! 그리고 저금이 아니라 꼭 써야 해! 거스름돈은 돌려주고!"

그 뒷모습을 향해 외쳤다. 거스름돈은 마음대로 해도 된다고 말하면 물건은 싼 걸 사고 나머지를 저금할 것이기 때문이다.

"……정말 개성적인 비서 카드네요. 지금까지 몇 장인가밖에 본 적 없다지만 저렇게 특이한 애는 처음 봤어요."

지켜보던 멜리사가 어이없다는 말투로 말했다. 역시나. 이상한 녀석이라고 생각하기는 했지만, 역시 캐롤은 비서 카드 중에서도 특히 이상한 녀석인 모양이다.

아키토가 그런 생각을 하는 동안 멜리사가 수상하게 웃으며 말했다.

"아까 사장의 도량이 어쩌고 말했죠. 그러고 보니 당신,

CVC를 목표로 하고 있으니 당연히 목표는 사장이겠네요. 대단하세요, 사장님. 저에게도 그 사장의 도량이라는 걸로 옷 한 벌 사주시지 않겠어요?"

"……놀리지 마."

떨떠름한 얼굴로 대답했다.

얼결에 말하기는 했지만 솔직히 자신이 사장이라 불리기에는 너무 이르다. 언젠가는 그렇게 되고 싶지만 지금 그 말을 들으니 부끄럽다.

"……뭐, 멜리사에게도 신세를 졌으니까. 꼭 갖고 싶다면 옷 정도는 선물할게."

"농담이에요. 당신과 나는 같은 팀원이에요. 대등한 관계니까 무언가를 사줘야 할 이유는 없다고요."

시선을 피하며 아키토가 말하자, 멜리사가 그 얼굴을 가만히 쳐다보더니 곧 고개를 휙 돌리며 쏘아붙이고는 그대로 캐롤을 따라가 버렸다.

뒤에 남겨진 아키토가 문득 고개를 돌리니 나츠메도 자신의 비서 카드인 빅토리아를 상대하고 있던 참이었다.

"나츠메 님, 저도 옷을 사주세요. 비서 카드라고 해도 여자인걸요. 다른 아이가 선물 받는 것을 보면 질투 정도는 한답니다. 대신 그만큼 반드시 벌게 해드릴 테니까요. 괜찮죠?"

"마음대로 해."

나츠메가 무뚝뚝하게 말하자, 빅토리아가 환하게 웃으며 뒤에 감추고 있던 옷을 보여주었다.

"그럼 이걸 갖고 싶어요. 어때요, 대담하죠? 이걸로 나츠메 님의 시선은 저에게 꽂혀 있겠죠."

……그것은 거의 끈처럼 된 수영복이었다. 선정적인 것을 넘어서 개그의 영역에 달한 수준이다.

저걸로 어떻게 몸을 가릴 수 있을까. 혹시 보여서는 안 될 곳이 드러나 버리면 혹시 빅토리아는 부서지고 마는 것 아닐까. 그건 너무 불합리하지 않을까?

조금 떨어진 곳에서 그 모습을 보던 아키토가 혼자 생각하는 사이,

"놔두고 와."

나츠메가 질색한 얼굴로 짜증스럽게 말했다.

"어머, 왜 그러실까요? 이렇게 멋진데……. 아, 알겠어요. 이걸 입은 제가 다른 신사분의 눈에 띄는 것이 싫으신 거로군요. 괜찮아요, 나츠메 님의 앞에서만 입을 테니까요. 사장실에서 단 둘이 있을 때만 입겠어요, 우후후."

"시끄러워. 조용히 해. 다른 데 팔아 버린다. 지금 당장 제자리에 놔두고 와. 그리고 네 마음대로 멀쩡한 옷을 사와. 그것도 보여주러 오지 않아도 되고, 당분간 돌아오지 마. 알겠어?"

생글생글 웃으며 그런 말을 하는 빅토리아의 손에 억지로

지폐를 쥐어주며 나츠메가 말했다. 그 진심으로 꺼리는 얼굴을 보며 빅토리아는 여전히 웃는 얼굴로 네 하고 귀엽게 대답하고는 멜리사 쪽에 합류하기 위해 가게 안쪽으로 향했다.

"……저 녀석, 언젠가 부숴 버리고 말 거야."

쓸쓸하게 중얼거리는 나츠메를 보며 아키토는 피식 웃었다.

항상 냉철한 나츠메도 빅토리아에게는 늘 주도권을 빼앗기기만 한다.

대놓고 놀리는 빅토리아를 나츠메는 싫어하는 듯 보이기도 했으나, 실제로 두 사람은 잘 맞는 파트너로 보였다. 자주 표정을 찡그리는 나츠메를 빅토리아가 저런 식으로 풀어주어 편하게 만드는 듯하다.

자신과 캐롤의 상성이 아마 좋은 것처럼 이 연하 동료도 저 빅토리아와 상성이 좋은 것 같다. 그것이 흐뭇하다.

"나츠메. 너는 옷 안 사?"

그 옆에 서며 아키토가 말을 걸었다. 나츠메는 평소에도 꽤 멋을 부린 옷을 입고 있다. 사춘기를 겪을 때이니 옷에도 관심이 있지 않을까.

그렇게 생각했지만 나츠메는 고개를 가로젓더니 단호하게 대답했다.

"지금은 지출을 줄이고 싶어. ……애매한 시기니까."

"……그렇구나."

아키토가 대답했다.

그렇게 두 남자는 딱히 무슨 대화를 나누는 일도 없이 여자들의 쇼핑이 끝나기를 기다렸다.

둘만 있으면 카드에 대해 이런저런 이야기를 나누는 일이 많지만, 이 쇼핑몰에는 다른 손님도 많으므로 섣불리 말을 꺼낼 수 없다.

이런 상태에서 할 만한 둘의 공통된 화제는 별로 없다. 무엇보다 두 사람 모두 본래 말이 많은 편이 아니다.

그럼에도 이렇게 나란히 서 있는 것은 불편하지 않았다.

"…………"

문득 나츠메를 보니 그는 가게 안쪽, 여자들이 있는 곳을 지그시 응시하고 있었다.

그리 감정을 읽어낼 수 없는 표정. 그러나 왠지 모르게 쓸쓸한 기운이 감돌았다.

마치 지나가는 시간을 아까워하는 듯한.

아키토도 그제야 여자들에게 시선을 보냈다. 인간 한 사람과 카드 두 장. 그러나 그녀들은 그런 차이가 느껴지지 않을 만큼 편안하게 서로 웃으며 쇼핑을 즐기고 있었다.

'……즐거워 보여. 오길 잘했어.'

짐을 드는 것과 쇼핑이 끝나기를 그저 기다리기는 힘들지만 아키토는 그런 생각이 들었다.

그러는 사이 캐롤이 웃으면서 달려와 아키토의 눈앞에 무언가를 들어 보여주었다.

"보세요, 마스터! 이거! 엄청나지 않아요?! 저, 이걸 입으면 비서 능력이 올라갈 것 같아요! 이거 사도 되겠죠, 네? 마스터, 무엇보다 제가 이걸 입고 있다고 상상하면 마스터의 의욕도 배로 늘 거예요. 괜찮죠, 네?!"

……보라색의 묘하게 작고 여기저기가 비쳐 보이는 속옷 세트를 힐끗 본 뒤, 아키토는 싱긋 웃으며 캐롤에게 대답했다.

"놔두고 와."

"……자, 그럼 승리를 축하하며…… 건배!!"

"건배애애애애애애애!"

소파에 앉은 아키토의 다리 위에서 그의 목에 팔을 두르고 반대쪽 손으로 술잔을 든 멜리사가 외치자, 그 옆에서 폭죽을 터뜨리며 캐롤이 신나게 외쳤다. 이미 몇 번째인지 모를 건배인데, 그녀들은 완전히 술에 취해 있었다.

쇼핑을 마친 뒤, 콜로세움에 설치된 음식점의 방 하나를 빌려 다 같이 축배를 들었다. 여기저기에 멜리사가 산 대량의 짐을 내던지고, 술과 음식을 실컷 즐기는 중이다.

"그나저나 몇 번이나 말했습니다만 많이 벌었네요오오오! 팀을 짠 지 고작 두 달 만에 팀으로 수천 만, 한 사람당 5백만GP가 넘었다고요! 아시겠어요?! 5백만GP! 마스터, 예전 월급의 몇 배나 되죠, 이거?!"

"……예전 연봉보다 최근 두 달간 번 돈이 훨씬 많아. 감

사하게도."

"그렇다니까요오오오오, 잘 말씀하셨어요오오오오오오!
잘했어, 이 대형 신인!"

말하며 선물을 받은 귀여운 옷을 입은 캐롤이 아키토의
머리를 양손으로 감싸고 자신의 머리를 문질렀다. 그리 볼
륨이 없는 가슴이라도 이렇게 밀착되면 그 부드러움이 전해
진다.

……여전히 이 녀석의 거리감은 이상하다. 보통 돈이 좋
아도 이렇게까지 거리낌 없는 스킨십을 하나? 하는 대로 놔
두며 아키토는 조금 곤란한 얼굴로 생각했다.

멜리사는 멜리사대로 아까 산 천의 면적이 적은 파티 드
레스를 입고 남의 다리 위에서 호쾌하게 술을 들이켜며 몸
을 밀착시키고 있다. 믿어지나? 분명 처음 만났을 때에는
경계심을 그대로 드러내며 이쪽을 노려보았는데. 너무 변
한 것 아닌가.

"아하하! 아, 재미있네. ……그런데 캐롤, 이게 뭘까요?"

"……돈!"

웃으면서 멜리사가 어디서 꺼냈는지 지폐 다발을 부채 모
양으로 펼쳐 보였다. 여신의 얼굴이 인쇄된 그것을 캐롤이
침을 흘리며 응시하면서 대답했다.

"우후후, 그렇게 원한다는 표정이나 짓고…… 갖고 싶어
요? 갖고 싶습니까? ……이 돈이!"

"갖고 싶습니다…… 그 돈이!!"

"아하하, 솔직해서 좋네! 하지만…… 줄 수 없어요! 모두 나의 돈입니다! 이얏!"

그러며 멜리사가 돈을 방에 촤라락 흩뿌렸다. 여기저기로 날아가는 그것을 캐롤이 바닥을 기며 줍기 시작했다.

"아아아아, 아까워, 아까워라! 더러워지기라도 하면 지폐가 아까워! 아아, 하지만 이만큼 있다면 한 장쯤 꿀꺽해도 들키지 않."

"참고로 금액은 확실히 파악했으니 빼돌리는 건 용납하지 않겠어요! 하지만 모두 깨끗하게 주우면 이 5백GP 지폐를 주도록 하죠! 자, 일하세요, 나의 하인이여!"

"아아앗, 젠장, 분해라! 분해! 하지만…… 5백GP는 갖고 싶어어어어어!"

……주정이 너무 심하다. 너무 풀어진 것 아닌가.

멜리사는 술버릇이 좋지 않다. 게다가 기분 좋게 취했을 때는 더 심하다.

장래에 그녀와 결혼하는 남자는 힘들겠다며 아키토는 속으로 탄식했다.

한심해하며 고개를 돌리자, 반대로 나츠메는 맛있지도 않은 듯 샐러드를 우물우물 씹고 있었다. 머리에는 억지로 씌워진 파티 모자. 안 어울리는 것에도 정도가 있다.

그 모습을 빅토리아가 상기된 얼굴로 홀더의 촬영 기능을 써서 온갖 각도에서 찰칵찰칵 찍고 있다. 완전히 마니아의 자세다.

문득 두 남자의 시선이 마주치자 서로 조용히 무언가가 통했다.

오늘 하루만은 그녀들에게 거스르지 않는 것이 정답이다. 그 사실을 두 사람은 잘 알고 있었다.

"뭘 남자끼리 바라보고 있는 겁니까. 자, 아키토, 어서 마셔요!"

빨간 얼굴의 멜리사가 잔을 불쑥 내밀어 아키토에게 억지로 마시게 했다.

간신히 도수 높은 술을 목구멍으로 넘기자, 멜리사가 다시 잔을 채워 쥐어 주었다.

그것을 쭉 들이키자 멜리사가 다시 기분 좋게 말했다.

"이거 처음에는 팀이라니 어떻게 되나 싶었습니다만……. 정말 팀을 할 만하네요! 이만큼 단기간에 돈을 번 건 처음이에요! 이걸로 저의 꿈인 멜리사 랜드를 건설할 날이 가까워졌어요!"

"앗, 그거 진짜 진심으로 말한 거야? 그렇구나…… 솔직히 엄청 이상하거든."

나츠메가 멜리사의 말에 무뚝뚝하게 말했다.

멜리사 랜드란 멜리사가 술에 취하면 입에 올리는 꿈의 왕국을 가리킨다.

진심인지 뭔지 모르지만 돈이 모이면 남쪽의 섬을 사들여 원주민을 종으로 부리며 여왕으로 군림한다는 것이다.

　너무 황당무계한 이야기지만 아무래도 진심인 모양이다.

　"뭐야, 무례한 녀석이네……! 인생은 한 번뿐이니 꿈 하나 정도는 꾸는 것도 괜찮잖아요! 남의 꿈을 비웃다니 최악이네요. 아키토, 당신도 그렇게 생각하죠?!"

　"아니, 'SR이나 UR 카드를 손에 넣고 싶다'는 내 꿈을 멜리사는 종종 비웃었잖아."

　"아이고, 세계가 돈다!"

　말하려던 아키토를 가로막고 멜리사가 남의 다리 위에서 쭉 뻗었다. 불리한 말은 전혀 듣지 않는다. 정말 자기 위주인 여자다.

　"……뭐, 오늘 정도는 괜찮겠지. 들뜨는 것도 이해가 가. 나도 자금면에서는 굉장히 보탬이 됐으니까. 혼자였다면 이렇게 하지 못하여 곤란했겠지. 덕분에 여러모로 계획도 세웠어."

　그 한심한 모습을 보며 나츠메가 말했다.

　그렇다면 위치를 바꿔달라는 의미를 담아 아키토가 눈으로 전하자, 이 친구는 슬쩍 시선을 피했다.

　"감사한 건 나도 마찬가지야. 많이 벌은 데다 공부도 많이 되었어. 두 사람과 만난 건 정말 행운이야."

　아키토는 말뿐만 아니라 진심으로 그렇게 생각했다. 혼자였다면 아직 이만큼 능숙해지지 못했을 것이다. 두 사람이 자신을 이끌어주었다. 사람과의 만남이야말로 인생에서 중요하다고 하는데, 자신에게는 이 두 사람이 그 말에 딱 맞는다.

"후후, 그럼 다시 건배를 할까요! 아키토, 건배사를 하시죠, 자!"

그러며 멜리사가 다시 잔을 들었다.

또 시작인가, 싶었지만 아키토와 나츠메는 조금 미소를 지으며 자신의 잔을 들었다.

캐롤도 생글생글 웃으며 돈을 끌어안고 잔을 들었다.

빅토리아도 뒤처리를 하는 등 모두를 돌보면서도 이때만은 술잔을 들고 단아하게 미소 지었다.

"그럼…… 팀을 위해!"

"팀을 위해!"

"팀을 위해."

"돈을 위해!"

"여러분을 위해."

각자 말한 뒤 잔을 비웠다.

그들만의 방에 평화로운 시간이 흘렀다.

"……뭐라고요?"

……모두와 축배를 들고 그 며칠 뒤. 그날 아키토는 다른

두 사람과 스케줄이 맞지 않아 혼자 시합에 나갔다.

결과는 로미오와 함께 무난히 승리를 거두고, 돈도 벌어 기분이 좋아진 캐롤을 데리고 돌아가던 도중, 아키토는 주름이 빳빳하게 잡힌 정장을 입은 남자와 마주쳤다.

환한 미소를 지은 남자는 좋은 이야기가 있다며 다소 억지로 아키토 일동을 라운지로 데려가 한참 띄워 주더니, 꼭 부탁하고 싶은 말이 있다며 본론을 꺼냈다.

그러나 그 내용은 너무 놀라워서 아키토는 무심코 되묻지 않을 수 없었다.

"……실례합니다. 다시 한번 말씀해 주겠습니까?"

캐롤과 눈을 마주친 뒤 그렇게 물었다. 그러자 남자는 환한 미소를 지우지 않은 채 대답했다.

"네, 그러니까 말이지요, 부디 받아들여 주셨으면 좋겠습니다. 당신과 저희 팀끼리, 서로 2천만GP를 건 베팅 시합을…… 말이죠."

1

"……2천만의 판돈이 걸린…… 베팅 시합이라고요……?"

"그렇대."

정장을 입은 남자와 만난 다음 날. 아키토는 팀 방에서 마스터 세 사람이 모이기를 기다린 뒤 그 말을 꺼냈다.

"어제 시합이 끝나고 모르는 남자가 제안해 왔어. 콜로세움의 시합이 아니라 '프라이베이트 매치'로 시합을 하지 않겠냐면서. 형식은 세 명의 마스터끼리 R등급 카드를 한 장씩 불러 싸우는 3ON3 형식으로 시간제한은 없어. 방식은 어느 한쪽의 카드가 모두 부서지거나 기권할 때까지 싸우는 형식…… 그런 룰로 어떻겠냐며."

'프라이베이트 매치'란 대중의 앞에서 벌이는 콜로세움 시합과 달리 참가자만 비밀리에 행하는 시합을 말한다. 자세한 시합 조건을 자신들끼리 정하고 승리를 노린다. 프라이베이트라고 해도 판정은 데우스가 내리므로 공평하다.

"…………."

"…………."

들은 대로 아키토가 전하자 나츠메와 멜리사는 그 말에 침묵으로 대답했다.

그 의미를 바로 이해하였다. 수상하게 여기는 것이다. 당연하다. 아키토도 수상한 이야기라고 생각했다.

"……프라이베이트 매치로 콜로세움에서는 좀처럼 볼 수 없는 고액 시합이 벌어진다는 말은 들었지만…… 한 번에 2천만인 시합은 들은 적이 없어요. 상대팀의 이름은?"

"'익스플로드'래."

"……들어본 적이 없는 이름인데……."

그러며 멜리사가 턱에 손가락을 대고 생각에 잠겼다. 나츠메도 무언가 생각하는 듯 창문으로 밖을 바라보고 있다.

가라앉은 분위기를 느끼고 뒤에 대기하고 있던 캐롤이 말을 꺼냈다.

"뭐, 여러분이 수상하게 여기는 것은 잘 알아요, 네. 받아들이지 않을 것도 알고 있습니다. 하지만 말하지 않는 것도 그래서 일단 전달만이라도 해두려는 거예요. 그런 거죠. 뭐, 이런 수상하기 짝이 없는 시합을 받아들일 리가 없잖아요."

쓴웃음을 지으며 말하는 캐롤에게 멜리사가 말했다.

"맞아요, 2천만이라는 금액은 매력적이지만…… 사용할 카드에 'R등급 카드'라는 제한밖에 없잖아요? 그런 조건으로 접근해 왔다면 상대는 상당히 강력한 카드로 구성되었을 거예요. 즉, 우리에게 반드시 이길 자신이 있으니 말을 꺼냈을 테고…… 그래요, 틀림없이 우리를 잡으러 왔다고 생각해야겠죠."

"……우리는 꽤 많은 시합에 나가서 능력도 알려져 있어. 그에 비해 상대는 들어본 적도 없는 팀…… 공평하지 않아. 카드 배틀에서 능력이 알려지면 불리한 것은 말할 것도 없어. 카드를 한 장씩만 꺼내야 한다면 더욱 그렇고."

"그래요. 그렇게 말씀하실 줄 알았어요."

멜리사에 이어 나츠메가 입을 열자 캐롤이 그들의 말에 동의했다. 예상대로다. 아키토도 그럴 것이라 생각했고 이의는 없다.

"그럼 일단 확인했으니 이번 일은 없었던 것으로 할게요. 제가 상대에게 거절하는 메일을 보내두겠습니다. ……으음, 이번에는 희망에 부응하지 못하겠사오니, 앞으로 여러분의 더 많은 활약을……."

"기다려."

귀찮은 일은 얼른 끝내려는 듯 홀더를 조작하기 시작한 캐롤을 나츠메가 제지했다. 그리고 모두의 시선이 모이기를 기다린 뒤 나츠메가 말했다.

"……받아들이자. 이 시합."

"네?!"

캐롤이 놀란 소리를 냈다. 다른 사람들도 놀란 얼굴로 나츠메를 바라보았다.

"아니, 무슨 말을……. 나츠메, 상대는 분명 우리를 이길 심산이 있어 타깃으로 삼고 다가온 거라고요. 그렇다면……."

"그러니까 받아들여야지. 상대는 우리 방식을 완벽하게 조사했을 거야. 그리고 그 대책도 세워두었겠지. 그럼……."

거기서 일단 말을 끊었다. 그리고 평소와는 다른 진지한 표정으로 말을 이었다.

"……그보다 웃돌면 이길 수 있어. 2천만을 탈취할 수 있다고."

"…………."

지금까지 본 적이 없는 나츠메의 모습에 모두 입을 다물 수밖에 없었다. 그것은 돈에 눈이 멀었다든가, 무모한 도박에 임한다든가 그런 종류의 얼굴이 아니었다.

그것은 위를 노리는 도전자의 얼굴이었다.

"게다가 놈들이 우리 움직임을 보고 대책을 세워 두었다면, 그 수법도 어느 정도 예측할 수 있어. ……아키토, 우리가 지금까지 해온 싸움법은?"

"……근접전이면서 방어에 치중된 방식이야. 먼저 적의 공격을 막고 거리를 좁혀 난투를 벌이면서 멜리사의 카운터로 혈로를 뚫고 나츠메가 마무리하는 것. 그런 싸움법을 반복해 왔어."

"맞아요. 그럼 상대의 작전을 생각해 보면…… 이쪽이 막지 못할 만큼 압도적인 화력으로 원거리 공격을 하거나 카운터를 방지하거나 난투에 강한 편성…… 이 정도 아닐까요?"

아키토가 대답하자 캐롤이 보충했다. 혹시 그런 작전을

세웠다면 이쪽은 반대로 민첩하고 더욱 공격적인 편성으로 도전하는 편이 나을까.

그러나 아키토는 아직 로미오 이외의 조작을 익히지 못했다. 이제 와서 다른 카드를 급하게 다룰 수 있을까?

"아키토는 그대로 로미오를 쓰면 돼. 그는 대책을 세우더라도 방벽으로써 우수하니까. 꽤 유효하거든."

아키토의 마음을 읽은 듯이 나츠메가 말했다. 이미 그의 머릿속에는 이기기 위한 길이 만들어지기 시작한 모양이다.

"카드는 나와 멜리사가 변경하면 돼. 나는 원래 몇 장을 나누어서 쓰고 있으니까. ……멜리사, 너도 몇 장쯤 감추고 있잖아?"

"…………."

나츠메의 물음에 멜리사가 침묵으로 대답했다. 무언의 긍정일 것이다. 아키토 역시 두 사람이 자신의 카드를 모두 공개하지 않은 것쯤은 눈치채고 있었다. 동료라고 해도 이 두 사람은 자신의 모든 것을 드러낼 만큼 조심성이 없지는 않다.

"……하지만 위험하잖아? 2천만이라니…… 지면 우리가 지금까지 모든 상금이 모두 날아가고 말아. 이런 고액을 한 번에 걸다니……."

아키토가 조금 곤란한 얼굴로 말하자 나츠메는 그의 눈을 지그시 바라보며 대답했다.

"……위험? 고액? 아키토, 무슨 소리를 하는 거야."

그러고는 한 번 숨을 들이키고 말을 이었다.

"그런 건…… CVC에 가면 별것 아니잖아."

"큭…………."

나츠메의 말에 순간 숨이 막혔다.

그 말이 맞다. CVC라면 고작 한 번의 싸움에 자신의 목숨까지 걸려 있다고 한다. 그야말로 싸움 하나하나에 전재산을 걸고 승부를 내야 하는 것이다. 그런 CVC에 비서 카드를 손에 넣고 바로 도전하려고 했던 자신이 무슨 말을 하는 것이란 말인가.

또한 그 말은 언젠가 나츠메에게 들은 적이 있을 터였다.

……몇 달 동안 콜로세움에 도전하는 사이 마음이 너무 움츠러들고 만 모양이다.

아니, 현실을 알았다고 해야 할까.

"우리에게 '2천만이나' 되더라도, 위에 있는 녀석들이 보기에는 '고작 2천만'이야. ……스킬 카드도 한 장에 백억 GP. 그런 세계도 있어. 그리고 우린 그런 곳에 뛰어들려고 하는 거 아니야? 아키토."

나츠메의 말대로다. CVC에 나가면 그런 자들과 싸우지 않으면 안 된다. 그것을 이런 곳에서 두려워하면 어떻게 도전한다는 말인가?

CVC란 불리한 싸움이다. 상대는 대부분 격이 더 높다.

그렇다면 이런 곳에서 멈춰 있을 이유가 없지 않나?

"2천만의 베팅 시합으로 주저할 정도라면 CVC 같은 건 잊는 게 좋아. 지금 승부에서 도망칠 거라면 어차피 위로 가더라도 미래는 없을 테니까."

"……나츠메, 말이 지나쳐요. 게다가 그런 표현은 옳지 않아요. 아무것도 생각하지 않고 그저 돌진하는 것은 강함이라고 말할 수 없는, 그냥 어리석은 짓이에요. 게다가 대비를 해둔 상대와 겨루는 것이 힘든 것에는 위고 아래고 없지 않나요."

계속 무언가를 말하려는 나츠메를 멜리사가 나무랐다. 어느새 앞으로 수그리고 있던 자세를 바꾸어 소파에 기대면서 다리를 꼬더니 말을 이었다.

"설령 위가 어떻더라도 지금 자신이 서 있는 곳을 확실히 확보하지 못하면 발밑이 불안해질 뿐이에요. 지금까지도 시합에서는 더 강한 상대를 피해 왔잖아요. 그런데 뭡니까. 판돈이 2천만이 걸리니 눈을 번뜩이면서. 애초에 CVC가 어쩌고 하는 그런 들뜬 마음으로 눈앞의 승부에 이길 것 같나요? 정말 당신답지 않게……!"

"……미안해. 너무 흥분했어."

나츠메가 멜리사에게 순순히 사과했다. 드문 광경이었다.

그만큼 나츠메가 진심이라는 뜻인가.

"하지만 일리 있는 말씀이에요. 두 분은 CVC를 희망하고 있으니 이런 시합은 귀중한 경험이 될지도 몰라요. R등급

만 써야 하는 콜로세움이 까다로운 건 당연한 거고요."

캐롤이 뒷받침하듯이 설명해주었다.

"그러나 2천만은 지금 저희에게 결코 무시할 수 없는 금액인 것도 사실이에요. 그걸로 파산할 일은 없겠지만, 두 분의 CVC 진출은 틀림없이 멀어지겠지요. 게다가……."

그 뒷말은 이어지지 않았다. 그러나 모두 캐롤이 무슨 말을 하고 싶은지 이해했다.

2천만이다. 그런 고액을 잃는다면 이 팀은 더는 지속되지 못할 것이다.

서로 불쾌한 마음을 끝으로 각자 다른 길을 걷게 된다. 그것을 씁쓸하게 여길 만큼 그들은 이미 서로를 동료로 인정하고 있었다.

그러나.

"……하자."

침묵을 깨고 아키토가 말했다. 모두 놀란 듯이 아키토를 바라보았다.

"……아키토, 당신……."

"미안해. 나, 조금 다른 생각을 했어. 섣불리 큰 시합을 받아들였다가 그걸로 너희와 어색하게 헤어지고 싶지 않다든가…… 그런 생각을 했어. 하지만 그런 모임이 아니었 잖아…… 우리는."

솔직한 마음을 전했다. 두 사람은 감정을 읽을 수 없는 얼굴로 가만히 그를 바라보았다.

"상대가 무슨 생각을 하든 우리가 그걸 웃돌면 돼. ……이건 우리 팀의 집대성이야. 상대가 이쪽을 잡으러 온다면 그걸 반대로 잡을 뿐이야. 팀으로서 이기러 가자."

"…………."

가만히 지켜보는 두 사람을 아키토가 똑바로 응시했다.

그래야 한다고 생각했고, 두 사람도 그렇게 생각하리라 확신했다.

왜냐하면…… 그들은 팀이기 때문이다.

"……그리고. 나츠메는…… 이걸 끝으로 CVC에 갈 생각이지?"

"앗……."

아키토의 말에 멜리사가 놀란 얼굴로 나츠메를 보았다. 나츠메가 차분하게 대답했다.

"……들켰구나. 맞아…… 원래 이 팀은 CVC에 가기 위한 마지막 자금을 모으기 위해 참가했어. 이제 CVC에 필요한 SR카드를 모으기 위한 자금도 목표를 거의 달성했거든. ……이걸 끝으로 나는 콜로세움을 떠날 거야."

요즘 나츠메의 모습을 지켜본 아키토는 그 사실을 눈치채고 있었다.

어딘가 진정되지 않으면서도 조금 쓸쓸한 모습. 그리고 목표를 달성했다는 말.

이 일이 아니더라도 나츠메는 슬슬 떠나겠다는 말을 꺼낼 생각이었던 것이다.

"……그럴 수가……."

멜리사가 멍하니 중얼거렸다. ……이것으로 이 팀은 끝? 그렇게 생각하자 자신이 그 사실에 큰 충격을 받았다는 것을 깨달았다.

그리고 가장 팀에 소속감을 갖지 말자고 했을 터인 자신이 어느새 누구보다 팀에 의존하고 있다는 사실을 그제야 이해했다.

"……그게 뭡니까……. ……다 아는 듯이 말했으면서 결국 자신이 CVC에 가는 것에 초조해졌을 뿐이잖아요……! 당신들은 여기서 오래 머무는 것이 싫어서 그런 무모한 도박을 하고 싶을 뿐이지 않습니까……! 내 말이 틀려요?!"

"……정곡을 찔렸네. 그렇게 생각해도 뭐라 할 말 없어."

자리에서 일어나 규탄하듯이 외친 멜리사로부터 눈을 피하며 나츠메가 대답했다.

"역시……! 그렇다면……."

"하지만 그것만이 아니야."

말을 이으려던 멜리사를 나츠메가 제지했다.

"나에겐 이기기 위한 방법이 있어. 그게 가능하면 상대가 어떤 수법을 쓰더라도 반드시 이길 수 있어. 그렇지 않으면 이런 말은 하지 않아. 그리고……."

거기서 자신의 뒤로 시선을 보냈다.

그곳에는 주인들의 대화에 쓸데없이 끼어들지 않고 가만히 대기하고 있던 빅토리아가 있었다.

빅토리아가 싱긋 미소를 짓고는 공손하게 인사를 한 뒤 말을 꺼냈다.

"……상대의 정보가 손에 들어올지도 모릅니다. 저희는 CVC에 올라가기를 준비하며 일명 정보상이라 불리는 자와 연줄이 생겼습니다. 거기서 잠깐 들은 이야기가 있습니다. 최근…… 벌이가 좋은 팀을 상대로 프라이베이트 매치를 제안하여 돈을 갈취하는 팀이 있다는 소문을."

2

"이거 감사합니다! 여러분 같은 강호 팀과 싸울 수 있다니 저희로서도 매우 의욕이 생기네요! 거 참, 긴장되네. 정말 감사합니다!"

콜로세움 내부의 대여용 방. 의논하기 위해 빌린 곳에서 최종적인 조건을 정하기 위해 찾아온 정장을 입은 남자가 아키토의 손을 잡고 몇 번이나 머리를 숙이며 감사하는 말을 전했다.

세 사람이 시합을 받아들이기로 결심한 다음 날의 일이다. 그 사실을 전하자 남자는 바로 세 사람을 이곳으로 불러들였다.

'……능청스럽기는. 꺼림칙한 남자야……!'

고개를 돌리며 아직 기분이 상한 상태인 멜리사가 속으로 중얼거렸다. 상대 남자는 히죽히죽 웃고 있지만, 멜리사는 그 웃음이 꾸며낸 것임을 바로 눈치챘다.

믿을 수 없는 사람이다…… 예상대로.

반면 나츠메는 그 남자를 평가하듯이 가만히 응시하고 있다.

"그럼 시합은 바로 내일 하면 어떨까요? 시간은……."

"기다려."

멋대로 이야기를 진행하려는 남자를 나츠메가 제지했다.

"이쪽도 일단 준비를 해야 할 거 아냐. 시합은 일주일 뒤로 해줘."

"……흐음. 왜 그렇게 늦게……?"

"싫으면 됐어. 이 시합은 없었던 걸로 해."

"아, 아니요, 아니요, 싫은 것은 아닙니다! 그쪽 상황에 맞춰드리겠습니다, 네!"

남자가 의아한 얼굴로 묻자 나츠메는 단호하고 말하고 자리에서 일어나려고 했다. 그러자 남자가 서둘러 붙잡았다.

"네, 네, 그럼 일주일 뒤로 하죠. 아아, 그리고 소개가 늦었습니다. 저는 그레고리오라고 합니다. 앞으로 잘 부탁드립니다. 이쪽은 함께 시합에 나갈 팀원인 샤미와 키무입니다. 이쪽도 잘 부탁드립니다."

"반가워."

"흥……."

남자가 자기소개를 하고 옆에 앉아 있던 두 사람을 소개했다. 자그마한 여성과 거대하고 인상이 안 좋은 남자. 샤미는 킥킥거리며 비웃음을 감추려고도 하지 않았고, 키무는 히죽거리며 멜리사의 가슴 언저리를 쳐다보고 있었다.

"네, 그럼 일주일 뒤를 기대하고 있겠습니다. 서로 좋은 시합을 하죠, 그럼!"

——그리고 이야기를 마치고 아키토 팀이 떠난 뒤. 방 안에서 그레고리오는 소파에 풀썩 앉아 생각에 잠긴 얼굴로 동료 두 사람에게 물었다.

"……너희는 어떻게 생각해?"

"뭐, 놈들이 시합을 일주일 뒤로 하자고 한 거?"

키무라 불린 불량배 같은 남자가 담배 연기를 내뿜으며 되물었다.

"그래. 왜 일주일 뒤라고 생각해? 무슨 이유가 있을까?"

"그거야 당연하잖아!"

샤미라 불린 작은 여자가 소파에서 벌떡 일어나 흉측하게 웃으며 대답했다.

"허세야, 허세. 우리가 그 녀석들을 연구하고 도전하는 것쯤은 어떤 바보라도 눈치채겠지. 그러니 이쪽은 다른 카드로 엄청난 작전을 짜오겠습니다, 하는 걸 어필하는 거야. 바보 같아. 고작 일주일 만에 저런 녀석들이 무슨 짓을 해도 우리에게 이길 리가 없는데!"

"흥, 나약한 팀이 생각할 만한 거네. 뭐, 대충 자기들이 특기인 편성에 맞춰 우리가 더 유리한 편성을 할 거라 믿고 그걸 비틀 생각일지도 모르겠지만…… 실력이 달라, 실력이! 상대가 안 돼!"

상대의 작전을 예상하여 그에 유리한 쪽으로 카드를 편성하려는 것은 당연한 일이다. 상대의 팀이 불 속성이라면 불에 내성을 지닌 카드를 사용하는 식이다.

"……뭐, 그런 거겠지. 그거라면 문제없지만."

"어차피 아마추어들의 모임이잖아. 전에 CVC까지 갔던 우리의 적이 못 돼. ……그보다 순순히 받아들일 줄은 몰랐어. 과연 그레고리오야. 바보를 유도하는 건 천하일품!"

좀처럼 납득하지 못한 그레고리오에게 샤미가 웃으며 말했다.

편의성을 위해 '익스플로드'라 소개한 이 세 사람은 한 번 CVC까지 올라갔던 팀이다.

그러나 그 CVC에서 패배한 뒤, 목숨만 건지고 이곳 콜로세움에서 재기를 꾀하는 것이다. 일명 '콜로세움 추락'이라 불리는 부류의 팀이다.

155

"흥, 그리 어렵지도 않았어. 저렇게 비서 카드를 신나서 데리고 다니는 바보는 얼른 CVC에 올라가고 싶어서 좀이 쑤시거든. 그냥 말을 거니 간단하더라. 현 상태를 어떻게든 하려고 초조해하는 녀석만큼 돈을 뺏기 쉬운 녀석이 없어."

그렇게 말하며 그레고리오가 일어섰다. 샤미가 그의 팔에 자신의 팔을 휘감았고, 담배를 문 키무가 그 뒤를 이었다.

"콜로세움에서 조금 이기다보면 바보는 들뜨기 마련이지. 그런 녀석일수록 자신만만하게 스스로 걸어와 멍청한 얼굴로 지뢰를 밟거든. ……너도 그렇게 생각하지?"

그러며 그레고리오가 홀더에서 카드 하나를 꺼내 그것을 바라보며 말했다.

"……[암담한 사령술사]."

──그레고리오의 손에 든 한 장의 카드. 꺼림칙한 분위기를 내는 카드에는 로브를 입은 남자가 사악한 웃음을 짓고 있고, 그 밑의 스테이터스에는 AP: 7700이라는 숫자가 쓰여 있었다.

3

"허억, 허억……."

살풍경한 훈련장에 거친 숨소리가 울렸다.

아키토의 것이다. 그레고리오 팀과의 시합이 정해진 그날도 아키토는 자신의 훈련장에서 개인 연습에 몰두했다.

다른 두 사람은 베팅 시합을 위한 합동 연습을 하기 전에 여러모로 준비가 필요하다고 한다. 따라서 아키토는 빈 시간을 이렇게 개인 연습에 투자했다.

"마스터……. 아직도 하는 거예요?"

앞에는 캐롤. 그리고 그녀가 조작하는 훈련용 유사 배틀 카드가 여러 장.

예전에 싸운 양산형 카드, 레이지와 같은 계통으로 보이는 로봇이다. 그것에 장치된 거대한 포문은 모두 아키토 쪽을 노리고 있었다.

비서 카드는 기본적으로 배틀 카드를 조작할 수 없다.

그러나 훈련장이라면 다르다. 배틀 카드 외에도 이처럼 유사 배틀 카드를 조작하여 연습을 도울 수 있다. 세상에는 이 조작이 특히 뛰어난 교관 특화형 비서 카드도 존재한다고 한다.

"어, 캐로. 아직 감각을 못 익혔어. 본 시합에서 확실하게 성공시키기 위해서는 더 연습해야 해."

"으윽, 필요한 일이긴 하지만 돈이 드는 연습이라서요……! 으으, 아까워, 아까워……!"

한탄하는 캐롤. 아키토의 손에는 스킬 카드가 쥐어져 있었다. 로미오의 것이다.

아키토의 앞에 선 로미오도 거칠게 호흡하면서도 방패를

내리려고 하지 않았다. 그 방패도 이미 여기저기 금이 가고, 깨져서 엉망이었다. 그런데도 전투 자세를 풀지 않았다.

"그럼 로미오, 미안하지만 계속 할게……! 잘 부탁해!"

"맡겨둬라. 나이트에게 불가능은 없다!"

아키토의 말에 로미오가 대답했다.

그 대답에 만족스럽게 고개를 끄덕이고 앞을 바라보았다.

이번에야말로 완벽하게 해내겠어……!

"부탁해, 캐로!"

"네에…… 갑니다!"

캐롤이 외치자 눈앞의 유사 배틀 카드가 움직이기 시작했다.

이윽고 그들이 고속으로 쏘기 시작한 포탄에 도전하듯이 로미오를 전진시켰다.

다음 시합, 아마 이것이 필요할 것이다.

반드시 완성하겠다…….

아키토와 로미오의 훈련은 잘 시간도 아끼고 계속되었다.

"……자, 원하던 데이터야. 이 녀석을 손에 넣느라 꽤 고생했다고."

트렌치코트를 입고 투실투실 살이 찐 남자가 데우스 내부의 거래용 구역의 한 방에 설치된 소파에 앉으며 그렇게 말을 꺼냈다.

그의 앞에는 나츠메가 앉아 방금 자신의 홀더로 보내진 데이터를 예리한 눈으로 확인하는 참이었다.

트렌치코트를 입은 남자는 정보상이다. 정보를 모아 그것을 팔아 돈을 번다.

그것은 어떤 마스터의 개인 정보이기도 하고, 약점인 경우도 있으며, 카드의 어나더 스킬 정보일 때도 있다. 아무튼 고객이 원하는 정보를 무엇이든 모아 돈으로 바꾸는 일을 한다.

그리고 그의 오늘 업무는 어떤 팀이 프라이베이트 매치에서 사용한 덱의 편성과 시합 내용에 관한 정보의 매각이었다.

"……그렇군."

이윽고 나츠메가 모두 확인한 뒤, 소파에 기대며 혼잣말을 했다.

그들이 자신을 가질 만하다. 이만큼 카드를 모았다면, 그것을 모르는 상대에게 쉽게 이길 수 있다.

"어때, 이길 것 같나? 뭐, 덱이 이기든 지든 내가 알 바 아니지만. 그럼 확인했으니 슬슬 실례하지."

"기다려 주십시오."

일어나 떠나려는 정보상을 대기하고 있던 빅토리아가 잡았다.

그리고 홀더를 조작하더니 남자의 얼굴을 천천히 응시했다.

"추가 보수입니다. 확실히 모두 갖추어져 있었으니까요.

솜씨가 꽤 좋으신 듯하니 다시 일을 부탁드릴 일도 많을 것 같습니다. 그러므로……."

그 눈이 날카롭게 빛났다.

"……혹여 저희가 저쪽의 정보를 파악하고 있다는 사실이 그쪽으로 유출되지 않도록 부탁드리겠습니다."

"헤헤, 과연 비서 카드시군. 빈틈이 없어……."

슬쩍 미소를 지으며 정보상이 대답했다.

말하지 않았다면 이 남자는 분명 그렇게 했을 것이다. 정보상은 홀더를 열어 입금된 금액을 확인한 뒤, 만족스럽게 웃었다.

"물론 소중한 고객님께 손해를 끼칠 법한 짓은 하지 않습죠. 안심하시길. 그럼 뭐, 혹시 패배하실 경우에는……."

홀더를 조작하여 데우스 내부의 방에서 어딘가로 이동하며 정보상이 말을 남겼다.

"그 시합의 정보도 이쪽에서 사겠습니다. 많은 이용 바랍니다——."

"…………."

혼자 남은 방에서 나츠메는 다시 한번 홀더에 표시된 상대의 정보를 확인했다.

한 번 CVC에 올라갔던 팀. 그리고 이 카드.

강하다. 틀림없이. ……아니, 솔직히 웬만하면 승산이 없다.

이길 가능성은 거의 희박하다고 할 수 있다.

그렇다. 웬만한 방법으로는.

"······그들은······. 내가 하려는 짓을 안다면 어떻게 생각할까······."

혼잣말을 내뱉었다.

카드를 사랑하는 남자, 아키토. 그 애정은 아름다운 도구를 사랑하는 그런 부류의 것이 아니다. 그것은 동경이다. 영웅을 동경하는 소년의 연장선상이다.

그는 카드들을 경애하며 대등해지려고 한다.

그리고 멜리사. 성격이 세고 통명스러우면서 남보다 훨씬 외로움을 타는 여성.

그녀가 카드를 소중히 여기는 까닭은 아마 그들이 결코 배신하지 않고 자신의 곁에 있어주기 때문일 것이다. 말하자면 의존이며, 의존하기에 집착한다.

빅토리아는 그 혼잣말에 대답하지 않았다. 주인이 그것을 바라지 않는 것을 이해하고 있기 때문이다.

비서 카드는 어디까지나 주인을 보좌하는 존재이다. 결단을 내리는 것은 언제나 인간이다.

······마음이 무겁다. 이런 시합은 지금이라도 취소해도 되지 않을까.

그러나.

"······그럼에도 앞으로 나아가려면 해야 해."

그렇다. 수단 따위, 고를 때가 아니다.

앞으로 나아가기 위해서는 버리지 않으면 안 될 것도 있다.

그리고…… 그것이 가능한 자만이 분명 위로 올라갈 수 있다.

"……주공. 정말 이 중요한 시합에 제가 아닌 다른 카드로 도전할 생각이십니까?"

현실 세계에 있는 멜리사의 자택.

넓은 마당이 딸린 주택으로, 콜을 하여 밖으로 나온 마스라오가 힐난하는 어조로 멜리사에게 물었다.

"네. 이번에는 두 사람의 보좌에 전념하겠어요. 게다가 적의 편성이 나츠메가 가져온 정보대로라면 당신은 불리해요. 이번에는 다른 카드로 가겠어요."

"허나……!"

마스라오도 물러나지 않았다. 드문 일이다. 주인에게 순종하는 카드가 이만큼 집요하게 자기 의견을 주장하다니. 그러나 멜리사는 그 모습을 힐끗 보며 일갈했다.

"조용히 해요. 당신의 의견은 묻지 않았어요. ……게다가 이번에는 나츠메와 아키토의 요망으로 받아들인 시합이에요. 나는 그저 그들에게 어울려 주는 것일 뿐……. 이기고 싶다면 저 두 사람이 노력해야죠."

말을 붙이기 힘든 분위기에 마스라오는 혼자 팔짱을 끼고 고개를 숙인 채 불평했다.

"……그 녀석들이 그만큼 위험한 상대와 맞붙는데 주공은 저에게 가만히 보고만 있으라는 것입니까? 너무 심한 처사가 아닙니까……."

마스라오는 다른 카드들을 떠올렸다.

어딘가 믿음직스럽지 못한 자들이 자신이 없이 정말 이길 수 있을까. ……자신은 저자들의 힘이 될 수 없는 것인가. 일시적이라고 해도 팀으로 함께 지낸 그들에게 마스라오는 조금 우정과 같은 것을 느끼고 있었다.

"……정말 이길 수 있을까. 주공은…… 이길 마음이 있으십니까?"

마스라오가 고개를 들고 자신의 주인을 바라보았다.

"물론이죠. 이길 마음도 없이 한 사람당 6백만 이상의 시합에 도전하는 바보가 있습니까."

그 물음에 멜리사는 지극히 당연하다는 얼굴로 대답했다.

그러나 정말 그럴까. 멜리사의 내면에 자신에 대한 의구심이 생겼다.

정말 자신은 이길 생각이 있을까.

혹시 지면 어떻게 될까. 팀은 정말 해산할까.

그리고 자신은 사실 어느 쪽을 바라고 있을까…….

……모르겠다. 멜리사는, 이 관계에 서툰 여성은 자신의 마음을 알 수가 없었다.

그러나 대답을 내리지 못해 부디 기다려 주기를 바라더라도 시간은 결코 멈추지 않고 지나가고 만다.

그렇게 사람은 언제나 많은 것을 놓치고 만다.

소중한 것도, 잃고 싶지 않은 것도.

4

그리고 베팅 시합날이 되었다.

지정된 프라이베이트 매치 시합장에 아키토, 나츠메, 멜리사 세 사람이 도착했다.

그 맞은편에는 익스플로드 팀의 세 사람이 있다.

필드는 탁 트인 초원으로 설정되어 있었다.

"오, 도망치지 않고 왔구나, 얼빠진 놈들. 돈을 뺏길 줄도 모르고 잘 왔어."

마주치자마자 그레고리오가 지금까지 예의 바른 척 꾸며 냈던 태도를 버리고 히죽거리며 말을 걸었다. 이미 판돈은 지불하였다. 더는 연기할 필요가 없다는 뜻이다.

"……그게 본모습입니까. 한심하군요, 천박하기는…… 지금부터 그 여유, 날려 버리겠어요."

"어디 해보시지. 아무튼 바로 시작하자고. 서로 얼른 끝내고 돌아가고 싶잖아? 돈을 가지고."

멜리사가 차가운 시선을 보냈다. 그러나 그레고리오는 전

164 아기토가 카드를 뽑으려고 합니다 2

혀 개의치 않고 넥타이를 바로잡으며 대답했다.

"돈은 데우스가 관리하여 시합의 수수료를 제외하고 승리한 팀에 분배해줄 거다. 지면 다 끝이야. 승패도 완벽하게 판단해 주겠지. 그럼 바로……."

"……기다려. 필드를 그쪽이 지정할 거란 말은 없었어. 이런 필드에서 싸울 마음은 없으니 변경을 요구하겠어."

나츠메가 끼어들어 무언가 생각하듯이 좁은 턱에 손가락을 댔다.

그렇게 차분히 생각에 잠긴 뒤, 말을 이었다.

"그래…… 필드는 거리가 좋겠어."

"……뭐라고……?"

나츠메의 말에 익스플로드 팀의 한 사람, 키무가 짜증스러운 표정을 지었다.

아키토와 멜리사는 일단 가만히 지켜보았다.

"헛소리하지 마. 네놈들이 필드를 고른다는 규칙도 없었잖아! 직전에 유리한 쪽을 마음대로 주장하는 거냐!"

"마음대로 구는 건 그쪽이잖아. 애초에 이쪽은 일방적으로 그쪽의 신청을 받아들인 처지야. 필드의 선택권 정도는 이쪽이 가져가겠어. ……거절한다면 불공평하다고 데우스에 이의를 제기할 건데?"

"……이 자식……."

"기다려봐."

키무가 주먹을 쥐어 앞으로 내밀려는 순간 그레고리오가 제지했다. 그러고는 자신이 앞으로 나서서 나츠메의 얼굴을 노려보았다.

"뭐, 확실히 일리는 있어. 뭐든지 다 우리가 결정한 대로라면 공평하지 않지. 좋아, 조건을 받아들이겠다. ……거리인가. 몇 가지 종류가 있는데 그중에 랜덤으로 하면 되겠지? 하지만 갑자기 나온 이야기니 이쪽도 의논할 시간이 필요해. ……변경 뒤 십 분간 작전 타임을 갖고, 그다음 정식으로 시작이다. 그럼 됐지?"

"그래, 좋아. 그럼 설정을 변경하겠어."

나츠메가 승낙하고 홀더를 조작했다. 그러자 주위의 초원이 살짝 흔들리더니 곧 벽돌집이 늘어선 서양풍 거리로 변했다.

일동은 그 거리의, 광장과 같은 곳에 서 있었다.

"좋아, 그럼 우리끼리 의논하겠어. 간다."

그렇게 말하고 그레고리오는 동료를 데리고 좁은 골목길로 들어갔다. 시합이 시작되기 전 카드의 사용은 금지하는 것으로 설정되어 있다. 이거라면 상대에게 들릴 걱정은 없다.

"……이봐, 어떻게 된 거야? 저 자식, 왜 거리 같은 걸 골랐지?"

들어가자마자 키무는 아키토 쪽을 의식하며 말을 꺼냈다.

반면 그레고리오는 턱에 손을 대고 다른 방향을 보며 대답했다.

"글쎄. 여러 가지 이유가 있겠지만…… 한 가지 짐작가는 게 있어. ……저 녀석들…… 우리의 패를 조사했을지도 몰라."

"뭐라고!"

키무가 놀라 외치자 그레고리오는 냉정한 얼굴로 말을 이었다.

"그렇지 않으면 넓은 초원에서 숨을 장소가 많은 거리로 변경하기를 요구한 의미가 없어. 초원이라면 승부가 그야말로 몇 분 안에 끝났겠지. 우리의 압승으로 말이야. 그걸 피했다는 건, 뭔가 알고 있다는 뜻이겠지."

"……저 녀석들이 그냥 거리에서 싸우기 쉬운 편성으로 왔을 가능성은? 고저차에 강한 카드라든가."

"그것도 가능하지. 하지만…… 쭉 콜로세움 같은 평탄한 장소에서 시합을 해온 녀석들이 고작 일주일 만에 그런 편성을 짠다고? 싸움법에 익숙해지는 수고, 그걸 위한 연계를 익히는 수고 같은 걸 생각하자면 끝이 없어. 게다가 상대의 카드를 모른다면 그것이 유효할지 어떨지도 몰라. 나라면 그런 식으로는 안 해."

샤미가 묻자 그레고리오가 대답했다.

세 사람이 각자 생각에 잠겼으나, 이윽고 샤미가 먼저 입을 열었다.

"……그럼 우리의 시합 정보를 어떻게 손에 넣었단 말이야? 확실히 지금까지 몇 팀이나 박살냈으니 그 녀석들이 정보를 팔았을 가능성은 충분하지만……. 그럼 우리의 카드를 이길 카드를 준비해 왔을 가능성이 있다는 뜻?"

"그래, 그럴 수도 있다고. 지면 패자는 시합의 기억을 잃는 CVC와는 달리 일반적인 베팅 시합에서 완벽하게 정보를 은폐하기란 어려워. 그래…… 이 일주일은 그것을 조사하여 대책을 세우기 위한 시간인가. 흥, 보기와는 달리 그렇게 바보는 아닌 모양이야."

"그런 말을 할 때야? 그 말은 지금 저쪽이 더 싸우기 편한 환경이라는 뜻이잖아! 어떻게 할 셈이야!"

"진정해. 이제 와서 허둥댈 거 없어."

조금 불안한 듯한 샤미와 화가 끝까지 난 키무를 제지하며 그레고리오가 정장에 묻은 먼지를 털어냈다. 그레고리오는 결벽증이 있다.

"확실한 것도 아니고, 아무튼 너무 요란하게 해왔어. 혹시 정보가 나돌기 시작했다면 카드를 바꿔야 해."

거기서 일단 말을 끊고 동료의 얼굴을 바라보았다.

"하지만 우리 카드엔 딱히 천적이 없어. 기본 능력이 강력한 카드니까. 게다가……. 우리에게는 또 하나의 방법이 있잖아?"

그레고리오가 히죽 웃으며 샤미를 응시했다. 샤미는 조금 생각한 뒤, 역시 사악한 미소로 응답했다.

"……그러네. 아껴둔 '그것'을 쓸 타이밍이란 거구나……!"

"……상대의 회의가 너무 긴데. ……혹시 이거, 우리가 상대의 편성을 알고 있다는 게 들킨 것 아닐까……?"

익스플로드 세 사람이 걸어간 골목길을 경계하며 아키토가 동료에게 말을 걸었다.

물론 익스플로드의 추측대로 아키토 팀은 적의 편성 등의 정보를 손에 넣어 그 정보를 바탕으로 이 일주일간 팀으로 연습을 거듭해 왔다.

이기기 위한 준비는 했다. 그런데 혹시 예상이 빗나갔다면? 그들이 더욱 강력한 조합을 들고 나오는 것은 아닐까. 혹시 그쪽으로 변경하였다면 어떻게 해야 할까. 그러한 의구심은 연습하는 중에도 늘 마음 한구석에 있었다.

그러나 나츠메는 딱히 긴장한 기색도 없이 평소처럼 앞머리를 매만지며 태연하게 대답했다.

"그렇겠지. 일주일이나 시간을 두고, 필드까지 지정했으니까. 노림수가 있다고 생각하는 게 자연스럽다…… 그런 추론을 하더라도 이상하지 않지."

"뭘 느긋하게……! 나츠메, 당신이 말했잖아요. '상대의 카드를 알고 있으니 당연히 이긴다'고!"

그런 나츠메에게 짜증을 감추지 않는 얼굴로 멜리사가 따졌다. 그녀는 끝까지 내키지 않는 듯했으나, 일주일간 열심히 연습하여 여기까지 함께 해주었다.

그 이유를 나머지 둘은 잘 알고 있다. 결국 이 묘한 부분에서 다정한 여성은 '이것이 마지막'이라는 동료의 말에 협력하지 않을 수 없었던 것이다.

그런 성격을 이용한 듯하여 미안하게 생각한다. 그러나 어떻게 해서도 그녀의 협력이 필요했다.

"……그럼 상대가 편성을 바꾸었을 가능성도……?"

"글쎄. 이제 와서 그만큼 쌓인 콤보를 무너뜨릴 거라고는 생각하기 힘들어. 기본은 아마 그대로겠지."

"하지만 상대가 다른 작전으로 나올 경우 어떻게 할 생각이죠? 카드를 바꿨다면?"

아키토의 물음에 나츠메가 대답했다. 이어서 멜리사가 불안한 어조로 물었다.

그쪽을 힐끗 보니 나츠메가 자신의 손에 든 카드를 흔들어 보이며 대답했다.

"그때는 실력으로 이겨야지. 게다가 그만큼 돈이 든 편성을 몇 가지나 준비할 거라고는 생각할 수 없어. 특기를 포기했다면 당당하게 이기기만 하면 돼. ……아니면 자신 없어서 그래?"

"바보 같은 소리 하지 마요. 저런 녀석들, 카드가 동격이라면 나의 상대 따위……!"

팔짱을 끼고 단호하게 대답하는 멜리사. 그러고는 작게 웃으며 나츠메를 힐끗 보며 말했다.

"흥. 그렇습니다만 혹시 지면 당신은 자금을 크게 잃고 콜로세움에 남게 되는 것 아닌가요? 미리 말해 두지만 그때 울상을 짓고 '조금만 더 팀을 유지하자' 해도 모른다고요!"

"진정해……."

서로 도발하듯이 말하는 두 사람 사이로 아키토가 끼어들었다. 이것이 세 사람의 일상이다. 나츠메나 멜리사가 지나친 말을 하고 아키토가 달랜다. ……최근 두 달간 완전히 패턴이 된 이것도 오늘이 마지막이라 생각하니 마음이 무겁다.

'아니, 딱히 영영 헤어지는 것은 아니잖아. 두 사람과 언제든지 만날 수 있어…… 반드시.'

그렇게 속으로 자신을 격려했다. 정말 그럴까 하는 어두운 생각은 못 본 척을 하며.

"아무튼 연습한 대로 하면 돼. 너희는 적의 키 카드의 옆까지 내 카드가 이동하는 걸 도우면 돼. 그럼 내가 확실히 끝장을 내겠어…… 알겠지?"

"……정말 할 수 있겠어요?"

나츠메의 자신만만한 말에 멜리사가 물었다. 구체적인 방법은 듣지 못했지만, 나츠메는 연습하는 중에도 종종 같은 말을 하곤 했다.

'너희의 역할은 나의 카드를 적의 키 카드에게 보내주는 것이다'라고.

"할 수 있어. 나를 믿어줘. ……부탁이야."

"물론이야. 맡겨줘, 나츠메."

"실패하면 비웃어 주겠어요……! 각오하시죠."

두 사람의 대답에 준비가 끝났다.

이윽고 익스플로드의 세 사람도 돌아왔다.

"이봐, 기다리게 했군. 이쪽은 준비가 끝났어. 너희만 괜찮다면 시작해도 되겠나?"

"그래, 좋아. 시작하자."

그레고리오의 말에 나츠메가 대답했다.

드디어 시작인가……. 긴장감이 얼굴에 드러나지 않도록 하며 아키토는 마음을 가다듬었다.

"좋아, 그럼 마지막으로 확인하지. 전원이 한 장씩 콜을 하고, 카드의 교환은 없음. 매직, 스킬 사용은 무제한. 나아가 시간제한은 없고, 어느 한쪽의 배틀 카드가 전멸하거나, 기권한 경우 시합 종료. 배틀 카드는 뒤늦게 꺼내는 것을 막기 위해 전원 동시에 부를 것…… 이의 있나?"

"없어."

"좋아…… 그럼 배틀 카드를 준비해라!"

그레고리오가 호령과 함께 홀더에서 배틀 카드를 뽑았고, 동료 두 사람도 뒤따라 준비했다. 아키토 쪽도 한 번 얼굴을 마주 보며 고개를 끄덕인 뒤, 셋이 동시에 카드를 뽑았다.

"간다…… 콜!"

"""""콜!"""""

여섯 사람이 자신의 배틀 카드에게 선언하며 숨을 불어넣었다.

여섯 장의 카드가 빛을 발하더니, 연기와 함께 카드 속에 있던 그들이 나타났다.

"나이트…… 여기에!"

빛나는 검과 방패를 든 알파 로미오가 모습을 드러냈다.

[어둠에 강림한 어둠을 물리치는 백은의 어둠을 베어내는 나이트]

AP: 3800 DP: 4000 유일무이한 나이트 남성

"요오오옷! 이 전장, 바로 나 에이브러햄 님이 지배하겠다아아아아아아!"

요란하게 외치며 에이브러햄이 그 거대한 몸을 흔들었다.

[안드로이드 워리어 부대02 에이브러햄]

AP: 4800 DP: 3800 안드로이드

마지막 한 장…… 점쟁이와 같은 차림으로, 입가를 베일로 가린 소녀처럼 보이는 카드가 하늘하늘 걸어와 자신의 주위에 떠 있는 여섯 개의 수정 중 하나를 내밀며 생긋 미소

를 지었다

"너의 미래를 점쳐 줄게. 대가는 마음에 들면 지불해."

[황금향의 점성술사 아니스]

AP: 4200 DP: 3000 점성술사 남성

"……뭐야? 저 녀석들 어떤 카드를 준비해 왔나 했더니 전부 쓰레기 카드잖아! 우리를 바보로 아는 거냐, 짜증나게!"

세 장을 모두 확인한 키무는 바닥에 있는 돌을 걷어차며 화를 냈다. 모두 R랭크의 평균이나 그보다 아래인 카드. 2천만이나 걸린 큰 승부에 내보낼 카드로는 뒤떨어지는 정도가 아니다.

"진짜, 뭐야 저 허접한 덱! 게다가 두 장은 저 녀석들이 콜로세움 시합에서 자주 쓰는 거잖아! 우와아, 이래서는 승부도 안 되겠어…… 그렇지, [고블린 폭탄제조가]?"

샤미가 완전히 무시하는 얼굴로 자신이 꺼낸 카드, [고블린 폭탄제조가]에게 말을 걸었다.

"키히히히히히, 안 돼, 안 돼!"

어린이 정도의 키에 녹색 피부, 뾰족한 매부리코에 추악한 얼굴. 둥근 폭탄이 담긴 바구니를 짊어진 그가 자신의 주인을 올려다보며 징그럽게 웃었다.

그러나 그렇게 말하는 것 치고 이 고블린의 스테이터스에는 상대를 크게 밑도는 숫자가 표시되어 있었다.

[고블린 폭탄제조가]
AP: 1 DP: 2000 고블린 남성

"흥, 아무럼 어때. 얼른 날려버리고 비싼 가게에서 여자라도 끼고 축배를 들어야지. 알겠어? 꼴사나운 모습은 보이면 안 돼, [파쇄의 오오요로이(大鎧)* 아그님]!"

키무는 자신의 앞에 선 2미터에 가까운 거대한 카드에게 말을 걸었다.

그것은 엄청나게 두꺼운 갑옷을 입고, 얼굴을 투구로 완전히 가려 굉장한 위용을 자랑하는 전사였다.

[파쇄의 오오요로이 아그님]
AP: 5200 DP: 4000 전사 남성

"알겠다. 불쌍한 상대이니, 나의 주먹으로 편안히 보내 주마. 내가 할 수 있는 것은 그것뿐이니까."

그러며 아그님이 절도 있는 동작으로 주먹을 쥐어 휘둘렀다. 거대한 몸에 어울리지 않는 재빠른 일격이 대기를 가르며 무서운 소리를 냈다.

파쇄의 오오요로이. 그 이름대로 적을 모두 날려버릴 만

_____
* 오오요로이란 일본식 갑옷의 한 형태로 방패 역할의 판을 곳곳에 덧붙인 형태를 한다.

한 파괴력을 지닌 카드이다.

"흥. 이거 상대도 안 되겠는데."

"후후, 맞아, 맞아."

예상한 대로 약한 상대의 카드들을 본 키무와 샤미의 긴장감이 풀어지기 시작했다.

그러나 단 한 사람, 그레고리오만이 그것을 보고 표정이 흐려졌다.

"……아니, 오히려 경계해야 할지도 몰라. 이럴 때 대부분은 세게 나오느라 익숙하지도 않은 강한 카드를 꺼내 밑천을 드러내는 법인데…… 저 녀석들은 자신에게 익숙한 카드를 선택했어. 게다가…… 저 카드."

그레고리오의 시선이 [황금향의 점성술사]에게 향했다. 낯선 카드다. 적어도 아키토 팀이 저것을 쓰는 모습은 본 적이 없다.

"이쪽에 대한 대책을 세웠다면 아마 저 카드겠지만…… 모르는 카드야. 아마 저 떠 있는 구로 공격하겠지만…… 저런 독특해 보이는 타입은 대처하기가 조금 성가셔."

"흥…… 뭐, 그렇겠지만 너무 걱정하는 거 아닌가? 방어는 예상대로 저 방패로 막는 것밖에 재주가 없는 쓰레기 카드잖아. 저 점쟁이 같은 녀석은 아마 지원 타입이겠지. 그렇다면…… 상대의 공격 카드는 저 의미도 없이 팔을 늘리는 게 특기인 쓰레기 중의 쓰레기겠지! 저걸로 어떻게 우리를 이긴다는 거야 대체!"

히죽히죽 웃으며 키무가 에이브러햄을 턱으로 가리켰다. 능력치, 메인과 어나더 두 스킬, 그것들 모두가 공개되어 있는 에이브러햄. 상대로서는 가장 편한 부류다.

특히 자신들의 손에 그들을 압도하는 수치의 카드가 쥐어져 있을 때는.

"한 번 비교해 봐. 우리 에이스의 능력치를……. 헤헤, 언제 봐도 R 중에서는 특출난 수치잖아. 안 그래, [암담한 사령술사]? 저런 녀석들, 너의 상대조차 안 되지 않나?"

그리 말하며 키무가 그레고리오의 앞에 선 그들의 핵심 카드 [암담한 사령술사]의 어깨를 탁탁 때렸다.

[암담한 사령술사]
AP: 7700 DP: 2500 사령술사 남성

그레고리오가 조종하는 그것은 허름한 로브를 걸치고 해골 같은 것이 달린 석장을 쥔, 안색이 매우 나쁜 남자였다.

처진 눈, 푹 팬 볼, 푸석푸석한 머리카락. 그 눈동자는 어디를 보고 있는지 알 수 없을 만큼 탁하고, 몸은 도저히 AP 7700의 공격력을 지녔다고 보이지 않을 만큼 야위었다.

그런 사령술사가 거친 입술을 떨며 폐가에 들이닥치는 외풍 같은 목소리를 냈다.

"……남자와 로봇은…… 시시해. 그러나…… 저 여자는 좋아……. 조각조각 내고 싶어. 다른 녀석들과 파츠를 바꾸며 놀고 싶어…… 히힛……. 이봐요, 그레고리오 형씨, 당신도 그렇게 생각하지……?"

"…………."

그레고리오는 자신의 카드인 사령술사의 말에 대답하지 않았다. 마스터와 카드의 관계지만 그레고리오는 이 카드를 싫어했다. 아니, 두려워한다고 말하는 편이 어울릴지도 모른다.

마스터와 카드는 마음을 통하여 함께 싸우는 존재이다. 따라서 서로의 정신이 영향을 주고받는 일도 드물지 않다.

그것이 좋은 영향이라면 괜찮지만, 개중에는 마스터에게 악영향을 미치는 카드도 존재한다. 이 사령술사도 그러한 카드 중 하나였다.

마음이 어둡고 탁하기 때문이다. 사람이나 카드의 최후를 보며 기뻐하고, 고통을 주는 것에 쾌락을 느끼는 이상자다. 이러한 카드를 오래 사용하면 이윽고 주인도 조금씩 마음의 허들이 낮아지게 된다.

소문으로는 지난 주인은 이 카드를 써서…… 아니, 이 카드의 조종을 받아 연쇄살인을 저지르는 바람에 그 토지를 지키는 CVC 플레이어에게 처리되었다고 한다.

진상은 불명확하지만, 꺼림칙한 것은 사실이다. 돈을 벌기 위해 어쩔 수 없이 쓰고 있지만, 그레고리오에게 사령술사는 가능하면 빨리 보내주고 싶은 카드였다.

'이 싸움이 끝나면 팔아 치워야 할지도 몰라……. 이상한 영향을 받기 전에.'

속으로 중얼거렸다. 성능이 대단한 것은 확실하지만, 주인에게 순종하지 않는 카드는 역시 뛰어나다고 말하기 힘들다.

"흥……. 확실히 이렇게 보니 상대가 되지 않긴 해. 일주일이나 시간을 두길래 어떤 카드가 나오나 했더니……. 뭐, 불안 요소가 크게 줄었다고 봐도 되겠지."

그레고리오의 말에 나머지 두 사람이 동의했다. 익스플로드 팀의 세 사람은 오늘도 평소처럼 승리를 쟁취하리라 확신했다.

반면 아키토 쪽도 상대의 카드를 확인하고 의견을 교환하느라 바빴다.

"……정확해! 모두 정보로 얻은 것과 같은 카드……! 해냈군요."

멜리사가 흥분한 어조로 말했다. 그러나 아키토는 사령술사를 보며 반대로 어두운 얼굴이 되었다.

"그렇다고 딱히 상황이 크게 호전된 것은 아니지만……. 직접 보니 정말 대단한 스테이터스야……!"

AP 7700. 아키토에게는 완전히 미지의 세계였다. 그 절반쯤 되는 수치의 카드에게 고전한 적도 많다. 정말 저 카드에게 이길 수 있을까?

그런 아키토를 멜리사가 신기하다는 눈빛으로 보며 말했다.

"……당신이 모르는 카드를 보고 갖고 싶다고 하지 않다니 드문 일이네요."

아키토는 일단 카드를 갖기를 원한다. 적의 것이라도, 아군의 것이라도.

중요한 싸움을 앞두고 적 팀의 카드를 보며 '저 카드 갖고 싶다'는 얼빠진 소리를 하는 바람에 두 사람에게 힐난을 받은 일도 적지 않다.

그런 아키토가 저만한 성능을 지닌 카드를 보고 원하지 않다니 정말 기묘하다고 말하지 않을 수 없다.

"……왜 그럴까. 스스로도 이상하지만, 왠지 저 카드는 갖고 싶은 마음이 안 들어."

이쪽을 응시하며 슬쩍 미소를 짓고 있는 사령술사로부터 눈을 피하며 말했다. 아키토는 배틀 카드를 좋아한다. 그것은 배틀 카드들이 모두 보석처럼 반짝반짝 빛을 내고 있기 때문이다.

강하고 용맹한 전사들의 가장 빛나는 순간이 담겨 있는 듯한 카드들. 그것은 아키토에게 무엇보다도 가치가 있는 보석과 같았다.

그러나 저것은 다르다. 저것은 추악한 무언가의 가장 어둡고 탁한 순간을 담아놓은 듯 사악하다. 저 카드와는 분명 로미오처럼 우정과 닮은 감정을 키울 수 없다.

그래, 간단히 말하자면 두려운 것이다.

아키토는, 저 카드가.

……지금부터 저 카드와 싸우는 것인가. 나와 로미오가. 이길 수 있을까…….

"아무튼 상대가 상상의 범주 내에 있는 것은 감사한 일이야. 일단 사전에 정해둔 대로 부탁할게. ……같이 이기자."

"알겠어."

"시키지 않아도 알아요……!"

나츠메가 호령하자 두 사람이 대답했다.

지금까지 내키지 않는 태도였던 멜리사도 시합이 시작되자 자연스럽게 기합이 들어갔다.

카드 세 장도 매우 의욕적인 얼굴로 앞으로 나섰다.

'……상대가 아무리 강한 화력을 지녔더라도 상관없어. 내가 지키면 돼. 그것뿐이다.'

평소처럼 엄숙한 얼굴로 로미오는 굳게 결심했다. AP 7700. 해볼 만하지 않나.

약한 공격을 막아도 자랑거리는 못 된다. R랭크의 최고봉인 화력을 막아야 나이트로서 자신의 진가를 보여줄 수 있을 것이다.

그런 로미오의 옆에서 에이브러햄이 어딘가 쓸쓸한 목소리로 말했다.

"잘 부탁해, 형제. 당신들과는 짧은 시간 동안 함께 팀을 짰을 뿐인 사이지만…… 나의 목숨, 당신들에게 맡길게! 내가 멋들어지게 터치다운 할 수 있게 해줘!"

"……뭐라고……?"

로미오는 기묘한 말을 하는 에이브러햄의 얼굴을 의아하게 쳐다보았다.

이 녀석이 무슨 말을 하는 건지 모르겠다. 우리는 몇 달이나 함께 싸운 사이가 아닌가.

확실히 요즘은 얼굴을 보지 못했고, 이 시합을 위한 훈련 중에도 어쩐지 서먹한 느낌이 있었다. 그러나 짧은 시간은 아닐 터였다.

로미오가 그 점을 물어보려는 순간, 그보다 먼저 그레고리오가 입을 열었다.

"그럼 시작한다! 알겠지!"

"그래."

"좋아…… 데우스! 시합 시작의 신호를 보내!"

그레고리오가 마지막으로 확인하자 나츠메가 대답했다. 여섯 명과 여섯 장이 긴장하며 그때를 기다렸다.

곧 가상공간인 거리에 벨이 울리더니 데우스의 시스템이 시작 신호를 보냈다.

《지금부터 전투 행위를 허락합니다…… 시합 개시.》

"……아니스!"

그와 동시에 멜리사가 자신의 카드, [황금향의 점성술사 아니스]에게 명령을 내렸다. 아니스라는 이름의 그 카드가 자신의 주위에 뜬 수정구슬 중 하나를 살짝 건드리자, 그것이 깜박이며 빠르게 공중으로 튀어 올랐다.

"가라, 나의 구슬!"

구슬은 곧장 엄청난 기세로 익스플로드 팀의 카드를 향해 날아갔다.

고속으로 전진하는 움직임을 익스플로드의 세 사람은 카드에게 진형을 짜도록 하면서 정확히 포착하고 있었다. 그 구슬의 목표를 파악하기 위해서다. 똑바로 날아가는 곳에 있는 것은…… [고블린 폭탄제조가]였다!

"흥, 노릴 줄 알았어…… 아그님!"

"알고 있소."

키무가 명령을 내리자 파쇄의 오오요로이 아그님이 그 거대한 몸으로부터는 상상하지 못할 만큼 민첩한 움직임으로 그 사이에 끼어들었다. 수정구슬은 공중에서 이리저리 궤도를 바꾸며 아그님을 피해 지나가려고 하였으나, 아그님은 그것을 완전히 파악하여 재빨리 수정구슬의 궤도 안으로 들어가더니 오른쪽 주먹을 경쾌하게 뻗었다.

수정구슬이 날카로운 소리를 내며 아니스 쪽으로 튕겨 나갔다.

"흥, 어설프기는. 노골적으로 약한 고블린의 특수 능력을 경계하여 가장 먼저 노린다는 걸 알고 있는데 막지 못하는 게 이상하지."

키무는 히죽거리며 말했다. 그는 실력이 좋은 마스터로, 익스플로드 팀의 육탄전 담당이다. 콜로세움에서 시합을 하던 시절에는 너무 거칠게 상대를 때려눕혔기에 '파괴왕 키무'라 불렸을 정도다. 평범한 상대가 아니다.

또한 파쇄의 오오요로이 아그님도 매우 강력한 카드라 알려져 있는 성가신 상대이다.

그런 사람과 카드가 함께 하니 정말 무섭도록 위험한 콤비라고 할 수 있다.

반면 아니스는 싱긋 웃더니 오른손을 빙글빙글 돌리기 시작했다.

"과연 그럴까요! 저의 구슬은…… 봐요, 이런 것도 할 수 있다고요!"

그러자 아그님에게 튕겨 나간 구슬이 공중에서 움직임을 딱 멈추더니 다시 가속하여 돌진하기 시작했다. 마치 살아 있는 듯 허공을 돌아다니며 빈틈을 노리는 것처럼 적의 주위를 빙빙 돌았다.

키무가 이를 빠득 갈며 외쳤다.

"큭, 이런 타입이었나……! 하지만 그런 게 이몸에게 통할 거라 생각하지 마라! [파쇄의 오오요로이 아그님] 메인 스킬…… 〈파쇄의 완력〉!"

그대로 홀더에서 스킬 카드를 꺼내 사용한다. 그러자 아그님이 빛나는 양팔을 들고 기합을 넣었다.

"오오오오!"

이어서 아그님이 번개처럼 튀어 나가 그 기세를 몰아 빛나는 팔로 일격을 날렸고, 그것이 아니스의 수정구슬에 닿은 순간 처음부터 흙덩이였던 듯 부서지더니 가상의 거리로 흩어졌다.

"아앗?! 내 구슬이!"

아니스가 비명을 질렀다.

이것이 바로 파쇄의 오오요로이 아그님의 대명사라고 할 수 있는 메인 스킬의 효과였다.

[파쇄의 오오요로이 아그님] 메인 스킬: 〈파쇄의 완력〉

이 스킬을 사용하면, 전투가 종료될 때까지 이 카드가 공격을 가한 대상의 DP가 이 카드의 AP보다 낮을 경우 명중한 부분을 파괴한다.

단순한 효과이기는 하지만 그렇기에 강력하다. 아그님의 AP보다 낮은 DP라면 방어하더라도 그를 무시하고 맞은 부위를 산산이 부수기 때문이다.

로미오와 같은 방어형에게는 천적이라고도 할 수 있는 스킬이다.

'알고 있었다고 해도 역시 무시무시한데⋯⋯!'

아키토의 마음이 저절로 위축되었다. 부수는 효과는 정통으로 일격이 들어가지 않으면 발동하지 않는 모양이지만, 그래도 거의 이쪽의 방어를 무효화하는 스킬이라고 할 수 있다.

생각하고 싶지 않지만 만에 하나 로미오가 저것에 맞으면 방패가 부서지며 그대로 육체까지 날아갈지도 모른다. 두려운 일이다……!

"흥, 뭐야, 기습은 실패인가?! 그럼 이쪽은 느긋하게 준비를 시작하지…… 어이, 키무!"

"그래! 파쇄의 오오요로이에 고블린, 네놈들에게 매직을 주마! 받으라고!"

그레고리오가 시키는 대로 키무는 홀더에서 매직 카드를 두 장 꺼내 바로 사용했다.

매직 카드란 배틀 카드 등에 걸 수 있는 일회용 카드이다. 효과에 따라 몇백억이나 하는 것도 있지만, 싼 것이라면 수만이면 손에 넣을 수 있다.

지금 그런 매직 카드의, 어떤 효과를 지닌 그것이 키무의 손에서 발동된 것이다.

"…………."

그 모습을 나츠메가 날카로운 눈으로 지켜보고 있었다. 무언가를 확인하듯이.

이윽고 아그님과 고블린의 몸이 순간 빛나더니, 매직 카드의 효과가 두 장에게 부여된 것을 확인하고는 그레고리오도 자신의 홀더에서 스킬 카드를 한 장 꺼내 높이 쳐들었다.

"좋아, 가라! [암담한 사령술사] 메인 스킬…… 〈질주하는 죽은 짐승〉!"

"키히히히히히히히히이!"

그레고리오가 외치며 암담한 사령술사에게 힘을 주입했다. 솟구치는 힘에 흥분한 사령술사가 양손을 들고 유쾌하게 소리를 질렀다.

이윽고 그의 앞쪽 바닥에 검고 커다란 얼룩 같은 것이 올라와 퍼지더니, 그 안에서 거대한 무언가가 스르륵 기어 올라왔다.

"흭……."

아니스가 무심코 비명을 질렀다.

그것은 거대한 두개골이었다. 인간의 키와 비슷한 두개골의 눈구멍으로 붉은 빛을 내는 꺼림칙한 괴물.

이어서 몸이 올라왔다. 거대한 두개골 뒤로 유충과 같은 몸이 달렸고, 거기에 여덟 개의 뾰족한 지네 같은 다리가 붙어 있었다.

암담한 사령술사가 사역하는 사악한 괴물이 모습을 드러냈다.

'……저것이 암담한 사령술사의 메인 스킬, 〈질주하는 죽은 짐승〉인가……!'

아키토는 속으로 깜짝 놀랐다. 정보는 들었지만, 실물은 생각보다 더 추악했다.

그러나 아키토 팀이 동요하는 사이에도 적의 움직임은 멈추지 않았다. 곧 출현한 그것에 고블린 폭탄제조가가 들러붙자 기다렸다는 듯 샤미가 스킬 카드를 사용했다.

"[고블린 폭탄제조가] 메인 스킬……!"

순간 고블린 폭탄제조가의 양손이 빛났고, 그 빛이 질주하는 죽은 짐승에게로 퍼졌다.

이윽고 빛이 잦아들자 그레고리오가 크게 일그러진 미소를 지으며 외쳤다.

"콤보 완성이다……! 가라, 사령술사! 짐승을 풀어놔!"

"키히히히힉! 가서 죽여라! 저들의 시체를 흩뿌려라!!"

"오오오오오오……!"

그 명령에 따라 죽은 짐승이 그 거대한 몸을 떨고는 돌격하기 시작했다.

여덟 개의 다리를 벌레처럼 고속으로 움직인 순간 최고속도에 달하며 아키토 팀과의 거리가 눈 깜박할 사이에 좁혀졌다.

'……빨라……!'

예상보다 훨씬 빠르다. 곧 상대가 공격 가능한 범위에 들어온다. 아키토가 허둥지둥 동료를 지키기 위해 로미오를 앞으로 옮겼다. 그러나.

"······아키토, 안 돼! 정면으로 막으면 안 돼!"

멜리사가 절박하게 외쳤다.

퍼뜩 정신이 들었을 때에는 이미 짐승이 로미오의 눈앞에 도달하였고, 이어서 그 몸이 섬광을 발했다.

"······제발······."

아키토가 카드를 갈랐다. 그 순간····· 짐승의 몸이 굉음을 내며 튕겨 나갔다.

"······꺄아아아악!"

로미오의 후방에 위치했던 아니스가 너무 큰 소리와 폭발에 비명을 질렀다. 귀가 순간적으로 기능을 잃으며 소리가 사라졌다.

짐승이 대폭발을 일으킨 것이다. 너무나 큰 위력에 바닥이 패이고, 파편이 주위로 날아갔다.

"햐하하하····· 여전히 엄청난 위력인데! R카드라고는 생각할 수 없어!"

폭발 때문에 발생한 연기가 시야를 가렸고, 그 너머에서 그레고리오가 크게 웃는 소리가 들렸다.

짐승도, 그리고 로미오의 모습도 어디에도 없었다.

"······말도 안 돼······. 아니, 당해버린 거야? 나이트 형씨! 이럴 수가, 그런 단단한 녀석이 일격에······?!"

에이브러햄이 경악했다. 말도 안 되는 위력의 일격이었다. 정통으로 맞고 버틸 수 있는 R카드는 없을 것이다······.

그러나.

"……커헉!"

에이브러햄의 눈앞에 무언가가 내려왔다. 무거운 소리와 함께 바닥에 패대기쳐진 그것은 고통에 찬 소리를 냈다.

그것은 상공으로 높이 날려 올라간 로미오였다. 폭발의 위력이 너무 대단하여 그것을 막아낸 로미오의 몸이 몇 초간 허공에 띄워진 것이다.

"오오……! 무사했구나, 형씨! 정신 차려, 부상은 적어 보이니까!"

"……보지도 않고 적다고 말하는 건 닥쳐 주시지 않겠습니까…….."

로미오가 에이브러햄의 손을 빌려 휘청거리며 일어나며 말했다.

자랑하던 갑옷에는 여기저기 금이 갔고, 방패는 일부가 깨졌으며, 이마에서는 피를 흘리고 있다.

"로미오……!"

그 순간. 아키토는 로미오의 메인 스킬인 〈아큐네이온의 대방패〉를 간신히 발동시켰으나, 순간적으로 DP 8000에 달하는 방어력으로도 상대의 폭발은 완전히 막아내지 못하였다.

엄청난 일격이다. 과잉 화력이라고 할 수 있다.

"아니, 버티다니……! 그렇구나, 스킬을 썼구나! 지금 폭발을 처음 볼 텐데 타이밍 좋게 스킬을 쓰다니……! 네놈들! 역시 우리 정보를 알고 있구나……!"

그레고리오가 외쳤다.

익스플로드 팀의 덱. 그것은 사령술사의 메인 스킬로 출현하는 본체와 같은 AP를 지닌 토큰 [질주하는 죽은 짐승]을 고블린 폭탄제조가를 이용하여 폭탄으로 바꾸어, 적에게 돌격시키는 콤보 위주의 덱이었다. 그 위력을 합치면 무려 AP: 8700에 달한다.

세 사람은 이 너무나 흉악한 콤보를 '짐승 폭파 콤보'라 불렀다.

[고블린 폭탄제조가] 메인 스킬: 〈휴먼 봄〉
스킬 사용 후, 일정 시간 의지를 지니지 않은 물건이나 이 카드가 접촉하여 그에 동의한 R등급 이하의 배틀 카드에게 자폭 효과를 부여할 수 있다. 이 효과를 받은 대상은 받은 대상이나 그것을 조작하는 자가 적이라 판단한 상대에게 접근했을 때, 이 대상의 AP에 1000을 더한 위력의 폭발을 일으킨다.

역시. 역시 그랬나. 역시 알고 있었다.

그러나…… 그게 어쨌단 말인가?

"이 일격으로 끝났다고 생각하는 거 아니겠지……?! 질주하는 죽은 짐승은…… 불사신이며 무적의 존재다!"

그레고리오의 외침에 호응하듯이 짐승이 날아간 장소에 검은 얼룩 같은 것이 모이기 시작했다. 이윽고 얼룩은 커다란 덩어리가 되었고, 그리고…… 그 속에서 방금 날아갔을 터인 [질주하는 죽은 짐승]이 다시 거대한 몸을 스르륵 드러냈다.

"큭……."

알고 있었다. 이해했을 터인 효과지만 그럼에도 아키토는 전율했다.

[암담한 사령술사]의 메인 스킬로 등장한 토큰, [질주하는 죽은 짐승].

그것은 본체를 파괴하지 않는 한 영원히 되살아나는 불사의 존재였다.

[암담한 사령술사] 메인 스킬: 〈질주하는 죽은 짐승〉

사용 후, 이 카드의 기본 능력치와 같은 AP와 DP를 지닌 [질주하는 죽은 짐승] 토큰을 한 장 꺼낸다. 이 토큰은 자립적으로 행동하며 파괴되어도 바로 재생된다. 이 토큰은 [암담한 사령술사]가 카드로 돌아가거나 파괴되었을 때 그 자리에서 사라진다.

토큰이란 카드가 내는 부속품 같은 것이다. 그 자리에 꺼내면 대부분의 토큰은 주인의 간단한 명령에 따라 자신의 판단으로 행동한다.

또한 예외는 있지만 토큰의 시야는 기본적으로 그 주인과 공유하지 않는다.

개중에는 시야를 공유하거나, 사용자가 직접 조작할 수 있는 것도 있지만, 대부분은 단순히 숫자를 늘리려는 목적으로 쓰인다.

다만 이 [질주하는 죽은 짐승]은 숫자를 늘리는 정도의 어설픈 것이 결코 아니다.

"하하하하하! 어떡할래, 어떡할래. 한 방에 네놈들의 탱커가 공중으로 산책을 나갈 정도의 위력이라고! 스킬은 몇 개나 가져왔지?! 준비는 충분한가?! 원하는 만큼…… 네놈들의 손실을 늘려 보라고!"

"오오오오오오……!"

짐승이 울부짖고 다시 돌격했다. 거리가 좁혀들면 다시 그 폭발이 일어난다…… 로미오를 시작으로 카드들이 일제히 흩어져 거리를 벌리려고 했지만, 짐승은 그 거대한 몸으로는 상상하지 못할 만큼 가볍게 그 뒤를 쫓았다.

"하하하, 어서 도망쳐, 도망쳐! 무적의 폭탄이 네놈들을 계속 따라다닐 거다. 어디까지 도망칠 수 있을지 기대되는데! 자, 해봐!"

상대를 동요시키려고 그레고리오가 도발적으로 외쳤다. 죽은 짐승에게 부여된 자폭 효과는 여전히 건재하다. 아무리 쓰러뜨리고, 자폭하더라도 바로 재생되어 돌격을 반복하는 무한 폭탄과 같다. 이것이 바로 그레고리오 팀의 핵심 전술인 죽은 짐승 폭파 콤보이다.

반면 아키토 팀원들의 얼굴에는 명확하게 초조한 기색이 보였다. 실제로 대치하고 보니 대처가 예상보다 더 힘들다는 것을 실감한 모양이다.

이거라면 승리는 시간문제다. 그렇게 생각했으나.

'……뭐지? 이상한데…….'

문득 그레고리오는 의심이 들었다.

……녀석들, 왜 이 장소에서 열심히 싸우고 있지?

아까 나츠메가 시합 장소로 이 거리를 지정했다. 아마 구조물이나 모퉁이가 많은 거리를 이동하며 죽은 짐승을 피할 생각이었던 것 아닐까. 그럼 왜 그곳으로 이동하지 않고 여기서 싸우고 있을까?

지금 있는 장소는 어느 정도 트여 있는 도시의 광장 같은 곳이다. 도망쳐다닐 것이라면 다소 좁은 골목길로 들어가거나 모퉁이를 돌아가는 등 이리저리 이동하는 게 나을 터였다.

그런데 왜 이동하지 않지?

죽은 짐승을 없애려면 본체인 사령술사를 쓰러뜨려야 한다. 아니면 폭탄 능력을 봉인하기 위해 고블린을 잡거나. 그들이 시야에 있는 지금 어떻게든 처리하고 싶은 마음은 이해가 간다.

그렇다고 해도 움직임이 너무 소극적이다. 이쪽을 향해 달려들 기색이 없다.

애초에 그런 생각이라면 더욱 기동력이 있는 카드나 원거리 무기를 지닌 카드로 편성했어야 한다.

'……뭐지? 동요해서 그런 판단도 못 하는 건가…….'

그때 퍼뜩 깨달았다. 필사적으로 도망치고 있는 적의 카드 중 하나, [황금향의 점성술사 아니스]. 그 주위에 떠 있는 수정구슬이 네 개밖에 없다.

분명 처음에는 여섯 개였을 터였다. 그 중 하나는 [파쇄의 오오요로이]가 아까 부쉈다.

그럼 다른 하나는 어디에……?

"……그런 거였나! 사령술사…… 뒤야!"

다행히 늦지 않았다. 어느새 수정구슬 하나가 그레고리오 팀의 뒤를 돌아가 사령술사의 등에 닿으려던 참이었다.

그레고리오가 막 외친 순간, 수정구슬이 맹렬히 가속하여 사령술사를 노리고 돌진했다.

'들켰나…… 조금만 더 가면 됐는데!'

멜리사가 속으로 혀를 찼다. 폭발로 이는 흙먼지를 이용하여 몰래 노리던 작전은 아슬아슬한 순간 적에게 간파당했다. 그러나 이제 와서 멈출 수는 없다. 해야 한다.

목표는 사령술사의 경추. DP가 2500밖에 안 되는 사령술사를 불시에 습격하면 분명 일격에 없앨 수 있다……!

"우옷……!"

그러나 즉시 그레고리오의 시야를 이용한 사령술사는 돌아보지 않고 바로 머리를 움직였다.

순간 그 얼굴의 바로 옆으로 수정구슬이 맹렬한 기세로 스쳐 지나갔고, 사령술사는 어깨를 조금 다쳤으나 그럼에도 치명적인 일격은 회피했다.

"……어이쿠……."

사령술사가 동요했다.

정통으로 맞았다면 끝났을 것이다……. 그러나 기습은 실패했다.

"이 자식…… 잘도 이런 짓을 했겠다……!"

사령술사가 외치더니 호를 그리며 다시 다가오는 수정구슬을 향해 들고 있던 석장을 향했다. 그러나 사령술사가 무언가를 하기 전에 파쇄의 오오요로이 아그님이 뛰쳐나와 기합을 넣으며 날카로운 일격을 날려 다시 수정구슬을 산산이 부수고 말았다.

"아앗, 실패하고 말았어요……!"

아니스가 비명을 질렀고, 산산조각이 난 수정구슬이 반짝반짝 빛을 흩뿌리며 흩어졌다. 그것이 바람에 실려 사령술사의 몸에 들러붙었다.

그것을 짜증스럽게 털어내며 사령술사가 외쳤다.

"재수 없는 게 치졸한 짓이나 하고! 가라, 죽은 짐승! 저 녀석들을 다진 고기로 만들어!"

그 말에 호응하듯이 죽은 짐승이 더욱 거칠게 질주했다.

이 이상 이 자리에 있으면 다시 폭발에 휘말리는 것은 시간문제일 것이다.

"기습은 실패인가……! 어쩔 수 없지…… 다들, 이동하자!"

"전략적 반전!"

아키토가 외치자 로미오가 그를 따라 뒷골목으로 뛰어들었다. 그 뒤로 에이브러햄과 아니스가 따랐다.

"36계 줄행랑이란 거네! 저 커다란 벌레, 이쪽까지 와버렸어!"

"저기, 저기…… 나의 점괘에는 오른쪽이 길하다고 나왔어! 오른쪽, 오른쪽!"

한꺼번에 떠들어대며 좁은 골목길을 뛰었다. 그 뒤를 죽은 짐승이 건물 벽을 날려버리며 따라왔다. 그나마 속도는 떨어졌으나, 죽은 짐승은 포장된 길을 엉망으로 짓밟으며 여전히 돌진을 계속했다.

"흥, 역시 그렇게 나왔나. 우리의 콤보를 알면서 기습을 걸고, 실패하면 골목길에서 죽은 짐승을 어떻게든 떨쳐내려는 작전……. 소용없다, 하찮은 놈들! 우리의 폭파 콤보는 무적이야! 쫓기고 쫓겨 네놈들의 쓰레기 카드는 산산조각이 날 거다!"

여유로운 얼굴로 그레고리오가 외쳤다. 이 상황이 되면 이제 자신들은 지지 않는다. 아무리 도망치더라도 소용없다.

그때 문득 깨달았다. 적 카드들은 허둥지둥 도망쳤는데 나츠메를 비롯한 마스터 세 사람은 이 자리를 떠나지 않았다.

"……왜 그래? 소중한 카드잖아? 따라가지 않아도 되나. 네놈들이 원격조작 같은 게 가능하겠어?"

"쓸데없는 참견입니다. 훈수 두지 마시죠."

떠보기 위해 말을 건 그레고리오에게 멜리사가 대답했다.

흥. 그레고리오는 코웃음을 쳤으나 그 이유는 짐작이 갔다.

카드의 악력은 인간과 비할 바가 못 된다. 마스터에게 공격이 가능한 규칙이 있는 경우라면 몰라도, 이번 같은 카드만의 전투에서 기동력을 최대한 활용하려면 마스터는 빠지는 편이 낫다.

따라서 카드들만 행동하는 쪽을 선택했을 것이다. 그리고 또 하나.

'……자기들끼리 사령술사를 감시할 생각인가? 결국 저 녀석들이 이기기 위해서는 콤보의 핵심인 사령술사와 고블린을 어떻게든 하지 않으면 안 돼. 사용자인 자신들이 감시하면서 어떻게든 카드를 이용하여 다시 기습을 걸 셈인가.'

그러나 쓸데없는 짓이다. 그레고리오가 시선으로 신호를 보내자 샤미가 씩 웃으며 고블린을 조종했다. 고블린은 히죽 웃으며 등에 멘 바구니에서 폭탄 하나를 꺼내 아키토 일동을 노리고 힘껏 던졌다.

"으앗······!"

날아오는 폭탄에 놀란 아키토가 양팔로 자신의 얼굴을 가렸다. 폭탄은 공중에서 빛을 내더니 굉음과 함께 튕겨 날아갔다. 인간의 몸은 현재 데우스가 보호하고 있기에 다칠 우려는 없다. 그럼에도 반사적으로 몸이 움츠러들었다.

다시 폭발로 인해 흙먼지가 피어올라 시야가 차단되었다. 아키토는 위기감을 느꼈다.

시야의 차단. 그것이 아마 이 공격의 목적이다. 적은 아키토 팀의 시야로부터 숨어 무언가를 할 생각이다.

아키토가 조금이라도 정보를 얻으려 눈을 부릅뜨자 흙먼지 너머로 그레고리오의 모습이 흐릿하게 보였다. 그 손에는 두 장의 카드가 쥐어져 있었고, 무언가를 중얼거리는 소리가 들렸다.

"······어나더······."

'······어나더라고······?'

어나더. 어나더라고 했나. 어나더 스킬······ 그레고리오는 지금, 카드의 어나더 스킬을 사용하고 있나······?!

이윽고 흙먼지가 가라앉자 그레고리오 팀의 세 마스터만 남고 그들의 카드는 모두 어딘가로 모습을 감춘 것이 보였다.

"······큭. 당신들! 배틀 카드를 어디로 보냈죠?!"

"글쎄. 네놈들에게 가르쳐 줄 이유는 없지. 누님이 맞춰 봐."

멜리사의 물음에 키무가 히죽거리며 대답했다.

배틀 카드를 감췄다…… 달려서 골목길로 들여보냈을까, 아니면 어떤 스킬이나 매직으로 이동시켰을까. 어느 쪽이든 이래서는 쫓을 수가 없다.

"……어떡할래, 나츠메. 여기 있어도 소용이 없어. 지금부터 로미오 쪽을 쫓을까?!"

"아키토, 진정해. 이 상황은 예상한 바잖아."

아키토가 동요하여 무심코 뛰어가려고 했다. 그것을 나츠메가 냉정하게 제지했다.

"마스터가 뛰어다니면 어떻게든 조작이 둔해지기 마련이야. 이 규칙이라면 우리는 그저 방해만 돼. 지금은 카드를 믿고 최선을 다해 조종할 것만 생각해. 카드들의 힘을 최대한 이끌어내. 그게 승리로 이어질 거야, 알겠지?"

"……그래, 맞아. 미안해, 네 말이 옳아. 지금은 우리 카드들을 믿자."

나츠메의 말에 아키토는 냉정함을 되찾았다.

그렇다. 이날을 위해 훈련을 거듭해 왔다. 게다가.

"……게다가 놈들은 저 콤보를 무적이라고 했지만……. 알고 있으면 그만큼 대처하기 쉬운 상대도 없어……!"

"……우오오오오옷……!"

로미오가 거리를 달리다 점프하여 분수를 뛰어넘었다.

몇 초 뒤 죽은 짐승이 분수와 충돌하며 파편과 물줄기가 퍼졌다. 그러나 짐승은 전혀 개의치 않고 다시 돌진했다.

"젠장, 집요한 녀석이네……! 저거 토큰이지?! 너무 열심히 하는 거 아냐?"

에이브러햄이 쿵쾅쿵쾅 거대한 몸을 흔들며 뒤를 이었다. 그 뒤로 아니스가 달리며 비명과 같은 소리를 질렀다.

"너, 너무 빨라……. 으앗, 부딪히기 싫어!"

직선상으로는 죽은 짐승이 더 빠르다. 거리를 벌리려면 모퉁이를 활용해야 한다.

이윽고 T자로에 접어들어 세 장은 전력 질주를 하며 일제히 오른쪽으로 꺾었다. 추격하는 죽은 짐승은 앞발로 땅을 강하게 짚어 억지로 관성을 죽이며 드리프트를 하듯이 쫓아왔다. 그런데도 완전히 몸을 돌리지 못하여 부딪힌 집을 부수며 달렸다.

"으아아앙, 따라잡히겠어! 위험해, 위험해, 위험해애애애애애애!"

"포기하지 마, 달려! 조금만 더……."

아니스가 우는 소리를 하자 로미오가 격려했다.

그러나. 그 순간 세 카드의 진행 방향에 있는 집의 벽이 요란하게 무너졌고, 그곳에서 불쑥 무언가가 얼굴을 내밀었다.

거대한 몸에 묵직한 갑옷을 입은 카드. 파쇄의 오오요로이 아그님이다.

"앗……."

"미안하지만 여기서 끝이다. ……너희의 목숨이."

아키토 일동의 앞에서 모습을 감춘 적 팀의 배틀 카드. 그 중 하나인 아그님은 죽은 짐승이 요란하게 달리는 소리를 바탕으로 로미오 쪽의 경로를 예측하여 앞서서 기다리고 있었던 것이다.

그것도 건물 벽을 강인한 주먹으로 분쇄하여 가까운 길로 이동하면서.

그 말과 함께 아그님이 오른쪽 주먹으로 강하게 바닥을 때렸다.

"흐읍!"

파괴의 완력이 발휘된 순간 바닥이 터져 파편이 튀었다.

"우오옷……!"

몸으로 날아드는 파편을 막으며 세 카드의 움직임이 멈췄다.

무리하여 전진하면 아그님의 먹음직스러운 먹잇감이 될 뿐이다. 그 뒤로 죽은 짐승이 다가왔다.

"오오오오오……!"

"큭……."

이대로 가면 셋이 한꺼번에 당하고 만다. ……그렇다면.

잠깐 생각한 뒤, 로미오는 몸을 돌려 동료를 지키기 위해 죽은 짐승을 향해 뛰었다.

"이봐, 제정신이야?!"

에이브러햄이 외쳤다. 바보 같으니. 무모하다.

그러나 로미오는, 그리고 그를 조종하는 아키토는 그저 아무 생각 없이 달려든 것이 아니다.

『로미오!』

『알고 있어…… 타이밍을 맞춰줘, 마스터!』

아까의 일격으로 상대가 폭발하는 거리는 이미 파악했다.

아까는 그것을 몰라 너무 가까운 거리에서 대방패를 사용하고 말았다. 따라서 폭발력이 응집되어 방패에 흡수되기 전에 몸에도 영향을 받는 바람에 충격을 완전히 죽이지 못했다.

그러나 지금이라면……!

죽은 짐승이 로미오에게 도달하기 1미터 앞까지 다가왔다.

그 순간 짐승이 빛을 발했다.

"……지금이야! 마스터!"

그에 맞춰 로미오가 외치며 백 스텝으로 거리를 벌렸다.

그리고.

『간다, 로미오…… 〈아큐네이온의 대방패〉!』

아키토가 카드를 들어 그 힘을 멀리 있는 로미오에게 주입했다.

스킬의 효과는 서로 아무리 거리가 떨어져 있더라도 순식간에 발동된다.

커다란 소리와 함께 죽은 짐승이 폭발하자, 로미오의 몸 앞으로 단단히 내민 대방패가 그 폭발력을 모두 흡수했다.

주위의 공격을 일방적으로 자신의 방패로 모으는 로미오의 대방패. 그 대상이 폭발 등의 형태를 지니지 않은 것일 경우, 그것은 에너지로 변환되어 똑바로 날아가 로미오의 방패에 부딪힌 직후 원래 상태로 돌아간다.

"⋯⋯우오오오옷!"

범위 내의 폭발이 에너지 광선이 되어 방패에 직격했고, 곧 원래 형태로 돌아가 터졌다. 그 압도적인 힘은 로미오의 몸을 크게 뒤로 밀어냈으나, 로미오는 바닥에 주르륵 흔적을 남기면서도 혼신의 힘으로 버텨 부서지는 일도, 떠밀려 날아가는 일도 없이 완벽하게 막아냈다.

"⋯⋯해냈어⋯⋯!"

아키토가 무심코 환호했다. 타이밍을 잘못 맞추면 끝장이 날 어려운 조작이었으나, 아키토는 무사히 로미오를 잃지 않고 또한 동료를 지켜내보였다.

"아키토, 잘 막아냈어요!"

"아키토, 덕분에 살았어. 고마워."

멜리사와 나츠메가 감사를 표했다. 두 사람은 아키토의 방어 기술을 신뢰하고 있지만 그래도 어려운 국면이었다.

"흥, 뭘 서로 칭찬하고 있어?! 스킬을 써서 간신히 한 번 막아냈을 뿐인데 만족했나?! 자, 자, 바로 부활한다고!"

그들에게 찬물을 끼얹듯이 키무가 외쳤다.

그 말대로 죽은 짐승은 이미 부활을 시작하고 있었다. 또한 폭발을 막아내기는 했으나, 그 충격에 아직 몸을 가누지 못하는 로미오를 노리고 아그님이 돌진해왔다.

"성가신 녀석이군…… 그 자랑스러운 방패를 산산이 부숴주마!"

그러며 아그님이 팔을 힘껏 쳐들었다. 그러나 뜻대로 놔두지 않겠다는 듯 에이브러햄이 옆에서 발차기를 날렸다.

"받아랏!"

"윽……."

아그님이 얼른 팔로 공격을 막았다. 그에 맞춰 아니스의 수정구슬이 날아와 그 옆을 때렸다.

"에잇!"

"크……."

아니스의 공격력으로는 아그님을 상대로 충분한 대미지를 줄 수 없지만, 그럼에도 몸이 휘청거렸다.

그 틈을 타 로미오 등 세 카드가 그의 옆을 지나 파괴된 통로를 뛰어넘어 빠져나갔다.

"쳇, 쓸데없는 발악을……."

아그님은 바로 그 뒤를 쫓으려고 하였으나, 그때 부활을 마친 죽은 짐승이 다가왔다.

만에 하나 폭발에 휘말리면 끝장이다. 어쩔 수 없이 아그님은 길을 비켜 죽은 짐승을 먼저 보냈다. 그렇게 짐승과 거리가 멀어진 것을 확인하고 아그님은 일정한 거리를 유지하며 뒤를 쫓기 시작했다.

"언제까지고 도망칠 수 있을 거라 생각하지 마라! 필드는 그리 넓지 않아. 조만간 한계가……."

아그님이 외치며 따라가 모퉁이를 돈 순간, 놀라 멈추고 말았다.

그 앞. 사거리에서 적의 세 카드가 도망치기는커녕 기다리고 있었기 때문이다.

"흐음…… 체념한 것인가!"

아그님의 마스터인 키무가 아그님의 눈을 통해 그 사실을 확인하고 외쳤다. 그러나 로미오 일동은 상대도 하지 않고 서로 얼굴을 마주보았다.

"여기라면 괜찮겠지. 멜리사, 부탁해."

"그래요…… 아니스! 맡겨 두었던 카드를!"

마스터의 지시는 떨어져 있어도 즉시 카드들에게 전달되었다.

"좋았어, 마스터!"

지시를 받은 아니스가 품에서 몇 장의 카드를 꺼내 그것들을 바닥에 던지며 외쳤다.

"나와라, 아기 돼지야! 콜!"

순간 카드들이 거세게 연기를 내뿜었고, 그것이 가라앉자 그곳에는…… 몇 마리의 돼지가 서 있었다.

"……이게 뭐야……?"

키무는 놀란 소리를 냈다. 돼지. 어떻게 보아도 평범한 돼지다. 아마 지금 사용한 것은 아이템 카드일 것이다. 살아 있는 돼지가 담겨 있을 뿐인 아이템 카드. 꺼내기만 하는 아이템 카드라면 배틀 카드나 비서 카드라도 사용할 수 있다.

그런데 왜 이 자리에 그런 것을……?

미심쩍게 바라보는 사이 아니스는 다시 품에서 모래와 같은 것을 꺼내 돼지들에게 뿌리자, 그것을 확인한 마스터 멜리사가 스킬 카드를 사용했다.

"아니스, 어나더 스킬……!"

즉시 그 효과가 나타나 아니스의 주위에 떠 있는 수정구슬이 모두 흐릿한 빛을 내기 시작했다.

'뭐지? 여기서 어나더 스킬이라니, 대체 무슨 효과가……?'

키무가 고심하였으나 그런다고 효과를 알 수 있을 리가 없다. 사실 존재 자체도 몰랐던 카드이기 때문이다. 그런 카드의 어나더 스킬 역시 당연히 모른다.

보기에는 그저 구슬이 빛을 낼 뿐인 것으로 보이지만…….

"좋아……. 이걸로 준비 오케이! 언제든지 할 수 있어!"

아니스가 말하자 나머지 두 카드가 고개를 끄덕였다.

그러는 동안 그저 토큰인 죽은 짐승은 상황을 생각하지 않고 돌격하여 세 카드를 노리고 곧장 달려갔다.

"삐익?!"

이윽고 어딘지도 모르는 장소에 갑자기 나타나 무서운 것이 다가오는 것을 발견한 불쌍한 돼지들이 비통한 울음소리를 내며 엄청난 기세로 이리저리 흩어졌다.

반면 로미오 일동은 죽은 짐승이 달려오는 데도 긴장한 기색 없이 그 자리에서 움직이지 않았다.

그때 죽은 짐승이 접근했다.

당장이라도 폭파 범위인 1미터 거리에 도달한다……!

……그러나. 그 순간 죽은 짐승은 진로를 급격히 꺾어 로미오 일동에게는 눈길도 주지 않고 도망친 돼지들을 향해 돌진하기 시작했다.

"……아닛?!"

"엥, 뭐야? 어떻게 된 거야……? 무슨 일이야, 키무!"

키무가 놀라자 샤미가 상황 설명을 요구했다. 그녀의 카드는 현지에 없으므로 상황을 파악할 수 없다. 따라서 어떻게 되었는지 아그님의 시각을 공유하고 있는 키무에게 들을 수밖에 없다.

"그게…… 놈들이 갑자기 돼지를 꺼내더니, 죽은 짐승이 놈들의 카드가 아니라 돼지를 따라가기 시작했어! 이봐, 그레고리오……!"

"큭…….."

그레고리오가 경악했다. 설마. 이 녀석들……!

그런 그들을 바라보며 나츠메가 나직한 어조로 말했다.

"바로 그거야. 너희가 자랑하는 사령폭탄, [질주하는 죽은 짐승]은 자립행동형이야. 강력한 반면, 단점도 커…….
즉, 그것은 적이나 아군의 구별조차 하지 못해. 그저 주위의 열원을 탐지하여 가장 가까운 것을 노릴 뿐이야."

그렇다. 질주하는 죽은 짐승에는 약점이 있었다. 그 행동 원리는 매우 단순하여, 가장 가까운 열원을 향해 돌격할 뿐이다.

그 사실을 얻은 정보로부터 추측한 나츠메 일동은 대책을 세워두었다.

미끼가 될 동물을 풀어 놓아 추격 대상을 변경시키는 것이다. 돼지는 보기보다 훨씬 달리기가 빠르고, 또 교란하며 이동하는 것도 가능하다. 직선이라면 몰라도 거리를 돌아다니면 사고 능력이 없는 죽은 짐승으로서는 따라잡는 데 시간이 걸린다.

그리고 한 번 거리가 벌어지면 더는 위협적이지 않다.

"그러니 너희는 아군 카드가 죽은 짐승에게 공격당하지 않도록 먼저 매직을 걸어둘 필요가 있던 거고. ……처음 썼던 그것은 건 대상에게서 열원이 탐지되지 않도록 하는 매직, 〈밀림의 진흙〉이지?"

"……이 자식들……."

그레고리오가 화를 냈다. 모두 그의 말대로다.

죽은 짐승은 자신의 본체인 사령술사 이외의 모든 것을 구분하지 않고 공격한다. 따라서 먼저 매직을 쓰지 않으면 아군일 터인 아그님과 고블린을 습격하고 만다.

그러나 그 행동 원리만 알면 사용자의 의지가 개입하지 않는 토큰은 손쉽게 대처할 수 있다.

그 생각은 완전히 들어맞아, 지금 죽은 짐승은 돼지를 쫓아다닐 뿐인 무의미한 존재로 전락하고 말았다.

그리고.

"……이걸로 그쪽의 카드 한 장만 따로 격리했어. 그럼 봐주지 않고 잡도록 할게."

나츠메가 선언했다. 그렇게 죽은 짐승을 떼어놓고 고작 혼자 로미오 등 세 장의 앞에 선 꼴이 된 아그님을 향해 에이브러햄이 먼저 힘차게 돌격했다.

이런 상황이다. 사전 정보로부터 그레고리오 쪽은 사령술사와 고블린을 숨기고 아그님만 앞으로 내놓을 것임을 알고 있었다.

그 사실을 역으로 이용하여 아그님만 유도하여 이 상황을 만들기 위해 다 같이 죽은 짐승으로부터 필사적으로 카드들을 도망치도록 한 것이다.

"크으으……!"

"좋았어! 치사하다고 하지 마, 실컷 도망다니게 한 답례를 해줄 테니까!"

아그님이 당황하자 에이브러햄이 외치며 달려들었다. 그에 맞춰 나츠메가 스킬 카드를 사용했다.

"에이브러햄, 메인 스킬…… 〈웨폰랙〉!"

그 말과 함께 에이브러햄의 허리 언저리에 네모난 금속 상자가 나타났다. 에이브러햄이 상자에 불쑥 손을 넣어 그 안에서 장검을 꺼냈다.

[안드로이드 워리어 부대02 에이브러햄] 메인 스킬: 〈웨폰랙〉

사용 후, 전투 종료까지 이 카드의 허리에 무한히 무기를 꺼낼 수 있는 웨폰랙이 나타난다. 여기서 꺼낸 무기를 사용하는 경우, 이 카드의 AP는 본래 수치보다 500 상승한다.

"받아라!"

"……얕보지 마라!"

기합을 넣으며 장검을 휘둘렀다. 그러나 그 일격은 힘차게 내민 아그님의 오른손에 막혀 산산이 부서졌다.

"아직 멀었어!"

이어서 대형 곤봉을 꺼내 후려쳤다. 그것을 막아내며 아그님은 에이브러햄으로부터 거리를 벌리려고 하였지만, 바로 로미오가 연계하여 검으로 찔렀다.

"비겁하지만 어쩔 수 없지! 불평은 이곳에 없는 동료에게 해라!"

"큭……."

공격을 어떻게든 막아내며 아그님은 주위를 둘러보았다. 다른 한 장, 아마 이러한 상황에서 가장 성가실 터인 상대의 공격에 대처하기 위해서다.

예상대로 에이브러햄의 뒤에서 수정구슬이 모습을 드러내 아그님의 다리를 노리고 날아왔다.

"읍……!"

수정구슬의 일격이 아그님의 허벅지에 맞아 갑옷을 가르며 살에 닿았다. 피가 튀는 바람에 자세가 무너진 틈을 타에이브러햄과 로미오가 단숨에 공격했다.

삼 대 일. 아그님이 상당히 강력한 카드라고 해도 불리한 상황이다.

"쳇…… 이봐, 그레고리오!"

필사적으로 아그님을 조작하며 키무는 자신들의 보스를 바라보았다. 키무는 분명 실력 있는 마스터였으나, 그래도 나츠메 수준의 마스터를 세 사람이나 상대하기는 힘들다. 그의 이마에서 땀이 빛났다.

그 모습을 힐끗 보며 그레고리오가 냉정한 얼굴로 말했다.

"알고 있어. 이것 참…… 저 녀석들, 생각보다 더 준비를 철저히 해왔어. 이건 우리의 실책이야. 다음부터는 주의하도록 하지. 하지만……."

거기서 히죽 웃더니 적에게는 들리지 않을 만큼 작은 목소리로 중얼거렸다.

"그까짓 대비, 상관없어. 멍청한 놈들…… 그걸로 이길 셈이냐?"

"오오오옷!"

에이브러햄이 양손에 든 송곳으로 찌르려고 했다. 아그님이 하나를 피하고 나머지 하나를 부수면서 움직임에 빈틈이 생긴 순간, 에이브러햄이 이번에는 창을 꺼내 다시 공격했다.

숨 쉴 틈 없는 기세로 날아드는 연속 공격에 아그님이 버티지 못하고 뒤로 물러났다. 상대의 무기를 쉽게 파괴할 수 있는 것이 아그님이 지닌 스킬의 큰 장점이지만, 에이브러햄은 무기를 얼마든지 보충할 수 있기에 그 효과가 떨어진다. 이미 아그님은 에이브러햄의 무기를 몇 개나 부쉈지만, 차례차례 새로운 무기가 나와 끝이 나지 않았다.

또한 나츠메도 각각 특징이 다른 무기를 익숙하게 조종하여 당황하는 기색이 없다.

이미 나오는 무기의 종류를 파악하고 있고, 모두 사용할 수 있도록 연습을 마쳤다. 그 조작에 끊김이 없다.

반면 검을 하나 지녔을 뿐인 로미오 쪽은 상당히 조심하며 공격하고 있기에 생각처럼 파괴하지 못했다. 아그님의 장점을 알고, 이미 그것을 상정하여 연습을 거듭해 왔다. 그리고 밀려서 후퇴한 탓에 조금 자세가 무너진 아그님의 눈을 노리고 기다렸다는 듯 다시 아니스의 수정구슬이 날아와 어깨를 때렸다.

꽤 호흡이 잘 맞는 연계다. 에이브러햄이 공격, 로미오가 보조, 아니스가 틈을 노린다.

일주일 동안 세 사람이 연습한 연계가 지금 이 순간 환상적으로 발휘되고 있었다.

"으윽······."

여기저기 타격을 입어 상처가 나기 시작한 아그님의 등이 건물의 벽에 닿았다. 그것은 한층 커다란 마을회관 같은 건물이었다.

『아그님! 일단 그 안으로 들어가!』

키무가 지시를 내리며 아그님을 조작했다.

아그님이 오른손을 쳐들어 벽에 대자, 그 순간 벽이 와르르 무너졌다.

그렇게 뚫린 곳을 지나 안으로 뛰어들었다.

"쳇, 우리에게 '도망칠 수 있을 거라 생각하지 마라' 하고 실컷 떠들어 댄 주제에 자기가 도망치다니! 기다려라!"

에이브러햄이 외치며 그 뒤를 쫓았다. 조금 뒤늦게 로미오와 아니스가 뒤를 잇자, 체육관 같은 넓은 방에서 이미 에이브러햄과 아그님, 두 카드의 거대한 몸이 격렬하게 부딪히고 있었다.

"이야압!"

"흐읍!"

에이브러햄이 휘두른 무기를 아그님이 팔로 박살냈다.

그러나 에이브러햄은 이미 다음 무기를 꺼내 공격의 속도를 늦추지 않았다.

"받아라, 받아라! 이쪽은 아직 두 장을 더 쓰러뜨려야 해! 슬슬 꺼지라고!"

나츠메가 조작하는 에이브러햄의 공격은 강렬하여 한 장이라도 아그님을 크게 몰아붙이고 있었다. 막힘 없는 연계로 상대가 자랑하는 주먹을 휘두를 틈을 주지 않고 일방적으로 때리고 있다.

"…………."

그것을 어떻게든 넘기면서도 아그님은 로미오와 아니스를 뚫어져라 노려보았다.

상당히 위험한 상황일 터인데 아그님은 어쩐지 묘하게 침착했다.

로미오를 통해 그것을 본 아키토는 왠지 마음에 걸렸다.

'……뭐지? 뭔가 이상한데…….'

아그님의 움직임은 마치 무언가를 기다리는 듯했다. 설마 사령술사와 고블린이 모두가 싸우고 있는 이 건물로 향하고 있나?

그리고…… 자세히 보니 아그님의 시선은 로미오가 아니라 그곳에서 조금 어긋난 곳을 향한 듯한…….

'…………앗.'

……그것은 정말 우연이라고 할 수 있다. 어쩐지 미심쩍어진 아키토가 로미오의 시선을 아주 살짝 옆으로 향했다.

공격에 집중하고 있는 에이브러햄의 등 뒤.

그곳에 '그것'이 있었다.

거의 투명하지만 확실히 그곳에 있는 무언가. 흐릿한 그곳에 시선이 닿았다.

그것은…… 인간의 얼굴 같은 것이 붙은 구형의 무언가였다.

'……뭐지…….'

'그것'이 에이브러햄의 등에 도달하려고 했다. 그리고 '그것'이 살짝 빛을 발했다.

저것은……!

"……어이, 너! 피해!"

그것은 아키토의 조작이었을까, 아니면 로미오의 의사였을까. 로미오가 뛰어들었다.

동료를 구하기 위해서.

로미오의 손이 에이브러햄을 밀어낸 그 순간.

폭발이 일었다.

"……우오오오오오오!"

누군가의 절규가 울려 퍼졌으나, 폭발 소리가 그 목소리를 없애며 압도적인 폭발이 로미오가 있던 실내를 엉망으로 날려버렸다.

강력한 그 위력에 카드들의 시야가 순간 어두워졌다.

"앗……."

쾅. 묵직한 폭발 소리가 멀리 있을 터인 자신의 귀로 직접 들려와 멜리사가 놀란 소리를 냈다. 카드들과의 거리는 상당히 떨어졌을 터였다. 그런데도 이 소리는……!

"……이럴 수가……. 방금 그건……!"

그런 징조는 아무것도 없었을 터였다. 무언가 몰래 숨어 들어와 폭발을 일으켜 건물 내부를, 그리고 모두를 날려 버렸다는 말인가.

아니스는 조금 뒤에 있었기에 무사했다. 그러나 건물 내부는 뿌옇게 번진 연기로 시야가 나빠 아직 상황을 파악할 수 없었다. 다른 두 장은 어떻게 되었지……?

설마. 아키토와 나츠메는 손을 확인했다.

두 사람의 카드는 아직 부서지지 않았다. 그러나.

"로미오……!"

아키토가 비통하게 외쳤다. 나츠메도 말문이 막혔다.

나츠메가 에이브러햄을 통해 본 광경은 황폐해진 실내와 그리고 에이브러햄을 감싸고 폭발에 휘말여 엉망이 된 로미오의 모습이었다.

"……이봐! 형제…… 살아 있어? 정신 차려! 이봐!"

에이브러햄이 로미오의 몸을 흔들었다. 그러자 피투성이가 된 로미오가 슬쩍 눈을 뜨고 씩 웃었다.

"……괜, 찮나……? 지켜냈나……. 위험, 했어…… 너……."

"……바보 자식! 자기 걱정이나 해! 나를 감싸느라 이런 큰 부상을 입었으면서……! 너무 무모했어!"

말하면서 로미오를 부축하여 일으켰다. 쉬게 해주고 싶지만 그럴 때가 아니다. 왜냐하면 자신들은 싸우기 위한 존재이고, 지금도 눈앞에는 적이 존재하고 있기 때문이다.

쉬는 것은 용납되지 않는다. 승리하거나, 그 목숨이 다할 때까지.

로미오의 자랑스러운 갑옷은 심하게 망가져 여기저기가 부서지고 방패도 크게 깨졌다. 검은 폭발로 인한 연기로 더러워졌고, 몸 곳곳에서 피가 흘렀다.

그러나 그런 꼴이라도 로미오는 바로 자신의 발로 일어섰다.

"나이트는…… 자신이 다치는 것을 두려워하지 않는다. 왜냐하면 나이트는 사람의 고통을 대신 받아내는 것이 역할이기 때문이다……."

다시 한번 검과 방패를 들고 엄숙하게 선언했다. 로미오는 자신이 나이트인 것에 긍지를 가졌다. 그리고 그 방식에도.

그것이 자신의 역할이다. 그러나.

"대단한 녀석이군. 적이지만 존경스러워……. 허나…… 슬슬 끝장을 내볼까!"

여전히 연기가 자욱한 실내에서 아그님이 폭발로 엉망이 된 바닥을 더욱 짓밟으며 압도적인 기세로 돌격했다.

곧바로 요격 태세를 갖추었지만, 다친 로미오와 에이브러햄으로서는 그 강렬한 두 팔로부터 필사적으로 도망칠 수밖에 없었다. 모든 것을 파괴하는 팔이 날뛰며 대기가 흔들리고, 두 카드의 몸을 스친다. 정통으로 맞으면 끝이다.

간신히 떨쳐냈지만 섣불리 공격에 나설 수도 없다.

아까 일어난 폭발의 정체도 파악하지 못했다. 갑자기 무언가가 허공을 날아 죽은 짐승과 동등하거나 그 이상의 폭발을 일으켰기 때문이다.

또한 언제 그것이 올 것인가. 주위를 경계하며 싸우려면 공격하기가 매우 힘들어진다.

한마디로. 형세가 완전히 역전되었다.

"……당했다……!"

나츠메가 답지 않게 얼굴을 찌푸리고 탄식했다. 상대는 죽은 짐승을 폭파하는 콤보 외에도 수법을 감추고 있었다. 완전히 미지의 수법을.

그것을 이 타이밍에 드러냈다. 아그님은 건물 안으로 도망친 것이 아니다. 그곳으로 우리를 끌어들인 거다.

"큭…… 하하하하하하! 뭐냐, 그 낯짝은! 웃음만 나오는구나, 꼬마야! 안타깝게 됐네. 우리를 이겼다고 자신만만해졌을 텐데 수포로 돌아가서!"

그레고리오가 웃었다. 다른 동료 두 사람도 승리를 확신하고 히죽거리며 이쪽을 바라보았다.

위로 올라갔다고 생각했다. 그러나 상대는 더욱 높이 올라가 있었다.

그레고리오 팀은 몰래 연계를 취하여 아키토 팀을 완전히 함정으로 끌어들였다.

"나츠메, 지금 거 뭐예요……?! 갑자기 공기가 폭발한 것 같은……. 무슨 일이 벌어진 거죠?!"

멜리사가 적에게 들리지 않도록 하면서도 절박하게 물었다.

상대의 공격 수단을 알지 못하면 막을 방도가 없다.

"……생각할 수 있는 건…… 사령술사나 고블린의 어나더. 위력은 아마 죽은 짐승과 동등……. 그럼 아마 사령술사의 어나더를 폭탄화한 것일지도 몰라. …… 아키토. 넌 방금 적의 공격에 반응했지? 어떻게 폭발할 걸 알았어?"

"……우연이야. 불길한 예감이 들어서 조금 의식을 옆으로 보냈더니, 뭔가 거의 투명한 무언가가 에이브러햄을 향해 가는 것이 보였어. 얼굴이 달린 구슬 같은 무언가가…… 그래서 로미오가 위험하다고 생각하여 에이브러햄을 밀어낸 거야."

결과적으로 둘은 폭발의 중심에서 멀어질 수 있었다. 따라서 메인 스킬이 없이도 로미오는 부서지지 않았다.

상대의 폭발 위치가 완벽하지 않은 점도 크다.

"하핫, 저 녀석들 겁에 질렸는데. 뭐, 그야 그렇겠지. 바로 옆에서 갑자기 눈에 보이지 않는 폭탄이 터졌으니. 겁을 먹지 않는 게 이상해."

소곤소곤 대화를 나누는 아키토 팀을 우월감에 젖은 얼굴로 바라보며 키무가 말했다. 사실 이것이야말로 익스플로드 팀이 준비한 필살기이다.

그럼에도 그레고리오는 불만을 토로했다.

"흥…… 하지만 역시 익숙하지 않은 환경이라 폭파 거리가 어긋났어. 방금 걸로 끝장이 났어야 하는데. 이 내가 실수하는 바람에 적에게 정보를 주고 말았어."

"어쩔 수 없지. 원래 그건 조작이 어렵고 장소가 이런 동네니까. 그럼에도 한 방에 해낸 그레고리오는 대단해."

그런 그레고리오에게 몸을 딱 붙이고 황홀한 표정으로 샤미가 말했다. 그 머리를 쓰다듬고 나머지 손으로 옷의 먼지를 털며 그레고리오가 말했다.

"하지만 다음은 이렇게 하지 않아. 거리감은 파악했어. 상대의 탱커는 스킬을 쓰든 말든 더는 버티지 못해. 다음엔 근거리에서 터뜨려서 끝장을 내자."

그렇다. 확실히 정보는 주고 말았지만 그렇다고 해도 지금 공격의 정체를 한 번에 알아챌 수는 없다. 같은 공격을 반복하는 것은 카드 배틀에서 그리 권장되지 않지만 이 상황은 예외다.

압도적 우위. 그렇다면…… 그저 공격할 뿐이다.

반면 아키토 팀은 상대의 수법을 분석하려고 필사적이었다.

"정보를 정리하자. 먼저 '적은 아마 거의 투명한 무언가를 날리고 있다', 그리고 '그것은 가까이 가면 폭발한다', '그 위력은 죽은 짐승과 동등'. ……여기까지는 동의하지?"

에이브러햄을 조작하여 아그님의 맹공을 피하며 나츠메가 말했다. 그 이마에서 땀이 빛났다.

아키토와 멜리사가 고개를 끄덕이자 나츠메가 말을 이었다.

"좋아, 그럼 다음은 의문점이야. '적은 동시에 그것을 몇 개씩 쏠 수 있는가?' 이건 아마 대답이 정해져 있어. 몇 개씩 쏠 수 있다면 이미 연속으로 쏴서 승부가 났겠지. 아마 한 번에 한 개, 과신은 안 되겠지만 아마 맞을 거야. ……그럼 지금쯤 두 번째 폭탄이 이쪽을 향하고 있겠지."

두 번째 폭탄. 그렇다. 그 공격이 또 한 번 온다……!

아키토의 등줄기로 오싹 소름이 끼쳤다.

"그리고 다른 의문점. '적은 어떻게 그것을 이쪽에 맞추는가', '공격의 종류는 죽은 짐승과 같은 토큰인가 아니면 다른 무언가인가', '토큰이라면 그 색적 방법은 죽은 짐승과 같은 열원 탐지인가 아니면 다른 방식인가', 그리고…… '어디에서 그것이 발사되는가'."

바로 그것이다. 상대의 카드 중 고블린과 사령술사는 아직 모습을 감춘 채였다. 아마 어딘가에 몸을 숨기고 지금 공격을 꾀했을 것이다.

의문점은 많지만 그 중 몇 가지는 아키토에게도 생각하는 바가 있었다.

"아마 열원 탐지는 아니야. 로미오 쪽에는 아직 돼지들이 달리고 있어."

그 말대로 주위에는 돼지 울음소리가 들렸고, 그것을 쫓으며 죽은 짐승이 파괴하는 소리가 울리고 있다. 열원 탐지라면 로미오 일동의 바로 옆에 사령술사와 고블린이 있어서 거기서 발사되지 않는 한 먼저 돼지에게 갔을 터였다. 그리고.

"……그리고 지금 일격은 열원 탐지라고 하기에는 표적이 너무 빗나갔어. 기폭 거리를 아슬아슬하게 날아간 탓에 직격을 맞지 않고 넘어갈 수 있었다는 거야. 자동으로 움직인다면 더욱 정확하게 똑바로 다가와 폭발했을 터……. 아마 지금 건 상대가 직접 조작했을 거야. 또 그 녀석 자체는 시각을 지니지 못한 듯해."

아키토의 말에 나츠메가 동의했다. 나츠메도 그런 생각을 했다.

"맞아. 그 투명한 무언가로부터 적이 시야를 얻었다면 더욱 정확히 조종했을 거야. 아마 그것 자체는 시각을 지니지 않았어. 그러니 폭파 거리까지 완벽하게 가져가지 못한 거고. 그럼 '어떻게 이쪽의 위치를 파악하였는가'인데……."

"……둘 다, 거기까지! 파쇄의 오오요로이가……!"

세 사람이 필사적으로 해답을 찾는 동안에도 맹공을 거듭하던 아그님이 갑자기 뒤로 물러나 로미오 일동으로부터 거리를 벌렸다.

떨어진 위치에서 양팔을 교차하고 그 틈으로 가만히 앞을 바라보고 있다.

이것은……!

"……다음 폭탄이 왔어! 멜리사!"

나츠메가 다급하게 외쳤다. 거리를 벌린 까닭은 분명 자신이 폭탄에 휘말리지 않도록 하기 위해서다. 어딜까. 어디에서 오는 걸까. 위치를 파악하지 못하면 막을 수가 없다!

그에 호응하여 멜리사가 자신의 카드에 명령을 내렸다.

"알고 있어요…… 아니스!"

"그래! 다친 두 사람을 위해 내가 열심히 해야지. 가라, 나의 구슬들아!"

아니스가 명령하자 네 개밖에 남지 않은 구슬이 허공을 날아 넓은 방에서 세 카드를 뒤덮듯이 삼각뿔 모양으로 진형을 만들었다.

그것을 확인하고 멜리사가 스킬 카드를 사용했다.

"[황금향의 점성술사 아니스] 메인 스킬…… 〈반짝이는 수호의 황금추〉!"

그와 함께 아니스의 수정구슬들이 빛을 내뿜으며 각자 그 빛으로 선을 그렸다.

곧 피라미드와 같은 모양이 완성되어 세 카드의 주위를 감쌌다.

이것이 바로 [황금향의 점성술사 아니스]의 메인 스킬, 〈반짝이는 수호의 황금추〉이다.

[황금향의 점성술사 아니스] 메인 스킬: 〈반짝이는 수호의 황금추〉
이 스킬은 소지한 수정구슬이 네 개 이상이 아니면 사용할 수 없다. 사용 후, 주위에 장벽을 쳐서, 원거리 공격에 맞서 내부에 있는 아군의 DP를 1000 상승시킨다.

"……뭐야? 쟤네 저런 걸 방어라고 했나? 그리 대단한 스킬로 보이지 않는데!"

키무가 무시하며 말했다. 설마 저것으로 폭발을 막을 생각인가?

그러나 지금 막 공격을 가하려던 그레고리오는 무심코 탄식했다.

"아차……."

그 모습을 보며 아니스의 감각과 깊이 동조하고 있는 멜리사가 신경을 곤두세웠다. 아니스는 눈을 감고 그 감각에만 집중했다.

반드시 해내겠다. 여기서 자신이 두 사람에게 정보를 제공하지 않으면 안 된다.

부탁이야, 아니스……!

그때였다. 아니스의 감각에 무언가가 느껴졌다.

"……찾았어! 로미오의 오른쪽 대각선 뒤……!"

"큭……!"

멜리사의 목소리를 듣자마자 아키토가 로미오를 그쪽으로 돌아보게 했다. 수정구슬로 만들어진 삼각뿔. 그 경계선을 지금 그것이 분명 침입하고 있는 참이었다.

아까 본 것과 같은 모습이다. 공 같은 형상에 들러붙은 고통에 찬 표정. 눈을 부릅뜨지 않으면 도저히 알아챌 수 없는 그것은 조금씩 꿈틀거리며 느린 속도로 이쪽을 향하고 있었다.

그것이 바로 [암담한 사령술사]의 어나더 스킬 〈악의에 찬 방황하는 망령〉이었다.

[암담한 사령술사] 어나더 스킬: 〈악의에 찬 방황하는 망령〉

스킬 사용 후, 일정 시간 동안 자유롭게 조작할 수 있고, 눈으로 확인하기 어려운 악령탄 토큰을 한 번에 한 개씩 발사할 수 있게 된다. 이 토큰은 무언가에 닿은 경우 본체의 AP와 같은 대미지를 주며 자신은 파괴된다.

이 악령탄은 느린 속도로 이동하며 그 자체는 시각을 지니지 않는다.

본래 투명했을 터인 이것은 삼각뿔 안에 들어오자 그 모습이 점차 드러나 지금은 뚜렷하게 보였다. 아니스의 스킬은 그저 외부에서 오는 원거리 공격에 대해 방어력을 높이는 것만이 아니다. 내부로 침입한 자를 탐지하는 능력도 겸

비하고 있다.

"로미오 씨!"

"오오오오오오!!"

아니스가 외치자 로미오가 그 말에 부응하여 달려갔다. 저것에 대처하는 것은 자신의 임무다. 온몸에 느껴지는 고통도, 엉망이 된 장비도 개의치 않는다.

그저 지킨다. 단지 그것만을 위해 로미오는 달려갔다.

"…………."

반면 나츠메는 에이브러햄의 의식을 그쪽으로 돌리지 않고, 가만히 눈앞의 상대 아그님을 응시했다. 적이 이쪽을 정확하게 노리는 구조, 그 비밀이 그에게 있다고 판단했기 때문이다.

뒤를 돌아볼 필요는 없다. 동료가, 아키토가 지켜줄 것이라 믿는다.

그리고 거리를 두고 이쪽을 쳐다보는 아그님의 움직이는 시선을 보고 나츠메의 추측은 확신으로 변했다.

"……역시 그런 것이었나."

그동안에도 악령탄은 다가오고 있었고, 로미오가 그 앞을 막아섰다. 그레고리오가 히죽 웃었다. 위치는 들키고 말았지만 거리는 충분하다. 그렇다면.

"파악했더라도 결과는 똑같아! 빈사인 그 녀석이 막아 낼 수 있을 것 같냐?! 죽어라, 이 쓰레기 카드! ……기폭이다!"

"……로미오, 메인 스킬!"

그레고리오와 아키토가 동시에 외쳤다. 악령탄과 로미오의 방패, 양쪽이 강렬한 빛을 내뿜었고, 그리고…….

악령탄이 폭파 위치에 도달하여 다시 폭발이 일었다.

"꺄아앗……!"

아니스가 비명을 질렀다. 두 번째 폭발은 커다란 소음과 함께 아니스의 황금추를 안쪽에서 날려버려 이미 엉망이 된 실내를 더욱 어지럽혔다. 파편이 튀어 여기저기에 박혔다.

연기가 자욱하게 일어 실내의 시야가 완전히 차단되었다.

"큭…… 하하하…… 해냈어! 완벽한 거리였다…… 이제 끝장났겠지!"

승리를 확신한 그레고리오가 외쳤다. 이번에는 괜찮은 타이밍이었다.

방금 공격이라면 스킬을 썼든, 쓰지 않았든 그 나이트인 양 행세하는 멍청한 카드는 버텨내지 못했을 것이다.

한 장이 줄면 승부는 정해진 것이나 마찬가지. ……이겼다. 2천만을 차지했다.

"흥…… 어이, 그만 항복해. 결과는 뻔하잖아? 너희도 괜한 피해를 늘릴 바에는……."

여유로운 태도로 아키토 팀을 향해 그레고리오가 말을 걸었다.

그때 어떤 사실을 깨달았다.

……아키토의 손에 든 카드는 부서지지 않았다……!

상대를 노려보며 아키토가 입가를 비틀어 웃으면서 대답했다.

"무슨 착각을 하는 거야? 나의 카드는…… 나이트는…….'

"……그렇다, 나이트는…….'

실내의 연기가 걷혔다. 아그님의 시야에 그 광경이 비쳤다.

폭발의 중심 가까이에 있었을 터인 로미오. 폭발에 휘말렸을 터인 나이트가…… 자신의 방패를 들고 유유히 그곳에 서 있었다.

"……나이트는. 이 정도의 사악한 수단으로는…… 깨지지 않는다!"

"……말도 안 돼…….'

무심코 그레고리오의 입에서 목소리가 새어나왔다. 버틸 수 있을 리가 없다. 버틸 수 있을 리가 없단 말이다.

그런데 저 카드는 분명 그 자리에 서 있었다.

"말도 안 돼! 아무리 DP가 두 배가 되었다고 해서 이걸 버틸 리가 없어……!"

그레고리오가 아키토를 노려보았다.

"이 자식…… 무슨 짓을 한 거냐……!"

악령탄의 폭발 위력은 고블린의 스킬 효과를 더하여 8700. 반면 로미오의 DP는 스킬을 사용하는 중이라면 8000. 황금추의 DP 상승효과는 내부에서의 폭발에는 영향을 주지 못한다.

따라서 이미 너덜너덜해진 로미오가 폭발에 휘말리고도 무사할 리가 없다.

그런데……!

"……상대의 수법을 알아챘어. 역시 적의 공격에는 트릭이 있어……. 저건 아마 매직 〈시야의 공유〉를 사용했을 거야."

동요하는 상대에게는 눈길도 주지 않고 나츠메가 아키토와 멜리사의 얼굴을 보며 말했다.

매직 〈시야의 공유〉. 아군이 조종하는 배틀 카드 한 장을 지정하여 그 시야만을 공유할 수 있는 효과를 지닌 매직이다.

즉, 사령술사와 고블린이 모습을 감추었을 때, 그레고리오는 사령술사의 어나더 스킬과 함께 아그님에게 그 〈시야의 공유〉를 사용하여 그레고리오 자신도 아그님의 시각 정보를 얻을 수 있도록 한 것이다.

그리고 그 시각에 의존하여 악령탄을 조작하였다.

따라서 난전을 벌이느라 아그님의 시선이 격하게 흔들렸던 첫 번째 악령탄은 정밀도가 낮았고, 두 번째는 정밀도를 높이기 위해 크게 거리를 벌린 것이다.

모두 확실히 폭파시키기 위해, 시야를 넓게 보기 위해서.

"……저 녀석들 우리 작전을 알아챘나……!"

작전이 들킨 것을 눈치챈 그레고리오가 이를 빠득 갈았다.

진작 이겼어야 할 싸움이다.

그런데 녀석들은 차례로 대책을 세워 이쪽의 공격을 돌파하고 있다. ……잔챙이 주제에!

'그래도 이쪽의 우위는 변함없어! 한번 더 악령탄으로……!'

그러나 그 희망은 바로 깨지고 말았다.

"적의 연계 구조만 알면 대처할 수 있어. 에이브러햄…… 적의 시야를 가려."

"오케이!"

시키는 대로 에이브러햄이 뛰어올라 넓은 방의 천장을 손에 든 무기로 부쉈다.

이미 폭파로 약해진 천장은 단 일격에 무너져 내리며 실내를 먼지로 가득 채웠다. 파편이 아그님과 로미오 일동을 갈라놓았다.

"윽…….'

아그님이 당황한 소리를 냈다. 이래서는 시야가 차단되어 악령탄을 유도할 수 없다.

잠시 틈이 생긴 사이 멜리사가 두 사람에게 말을 걸었다.

"확실히 적의 수법은 알아냈어요. 하지만 파쇄의 오오요로이에게 시간을 주면 역시 승리하기 어려워요……. 나츠메, 적의 나머지 두 카드는…….'

"그래. 분명히 근처에 있어. 그것도 카드들이 있는 건물을 감시할 수 있는 위치에."

그렇다. 건물 내부에서 싸우는 카드들에게 악령탄을 보내려면 아그님의 시각을 이용해 조작할 수 있는 거리까지 다가가지 않으면 안 된다.

그리고 첫 번째 폭탄부터 두 번째 폭탄이 도달할 때까지의 시간과 저 악령탄의 속도를 가미하면 나머지 적 카드 두 장은 근처에 잠복하고 있다고 판단해도 좋다.

그것도 이 건물을 한눈에 볼 수 있는 높은 위치에.

"……알겠습니다. 그럼 로미오와 에이브러햄은 그쪽으로 보내요. 저 파쇄의 오오요로이는…… 저의 아니스로 막겠습니다."

"앗……."

멜리사의 말에 아키토가 놀란 소리를 냈다. 아그님과 아니스로는 능력의 차이가 확연하다. 사용자끼리 실력 차이가 상당히 나지 않는다면 이기기란 불가능하다. 그러나 상대 편에서 카드를 조작하는 키무는 대단한 실력자다.

따라서 원래는 세 장이 힘을 합쳐 어떻게든 이 카드를 처리하는 것이 아키토 팀의 작전이었다. 멜리사의 실력을 믿지 않는 것은 아니지만…….

"괜찮아요. 이기기 위해서는 아마 이럴 수밖에 없겠죠. 게다가 아직 쓰지 않은 기술도 있고요. 이대로 여기 모여 있어서는 이길 것도 이기지 못해요. 그러니…… 어서 결단을."

멜리사가 눈에 강한 빛을 담고 말했다. 본래 멜리사는 이처럼 자신의 카드를 위험하게 만드는 것을 선호하지 않는 마스터다.

그런데 이런 말을 먼저 꺼냈다. ……멜리사도 이기고 싶은 것이다. 이 싸움에서.

아마 셋이서 도전하는 마지막 승부에.

"……알겠어. 부탁할게, 멜리사."

"……반드시 이기자. 우리 셋이서."

나츠메와 아키토가 고개를 끄덕이며 차례로 말했다. 멜리사는 어딘가 씁쓸하게 미소를 짓고는 같이 고개를 끄덕였다.

그리고 마스터들이 명령하는 대로 카드들이 움직이기 시작했다.

"미안해, 아가씨, 위험한 곳을 맡기고 가게 돼서! ……이기고 올게."

"무리는 하지 마라. 나이트가 바로 구하러 올 테니."

"네…… 둘 다 조심해요!"

에이브러햄과 로미오가 말하자, 아니스가 기쁘게 미소 지었다.

너무나 짧은 시간을 함께 한 팀이지만 아니스는 이 두 카드가 정말 좋았다.

가능하면 좀 더 같이 싸우고 싶을 정도로.

"……제 구슬을 하나 가져가요. 사령술사에게는 부서진 제 구슬의 파편이 묻어 있거든요. 저의 구슬은 서로 이끄는 속성을 지녔으니……. 가까이 다가가면 이것이 적의 위치를 알려줄 거예요."

사실 그 기습은 단순한 기습이 아니었다. 나중에 사령술사의 위치를 찾아 공격하기 위한 포석이었다. 서로 탐지되는 거리는 한정되어 있지만, 대략 위치를 알고 있는 상대를 찾는다면 충분히 효과를 기대할 수 있다.

"알겠다. 나중에 만나자, 아니스!"

아니스가 내민 수정구슬을 방패 안쪽으로 들고 로미오가 달려갔다. 아니스에게 작게 손을 흔든 뒤에 그를 따라 에이브러햄이 나갔고, 아니스는 그들을 웃으면서 배웅했다.

그 순간, 큰 소리가 나더니 파편을 헤치고 아그님이 모습을 드러냈다.

거대한 몸을 흔들어 강자로서의 관록을 과시하며 아그님이 걸어왔다.

"……동료를 보냈나. 설마 너 혼자 나를 상대할 셈이냐?"

"……네. 그것이 팀이 이길 가능성이 가장 높다고 생각했거든요."

그 거대한 존재 앞에 의연하게 서서 아니스가 말했다. 두 개의 수정구슬이 감싸듯이 그 앞을 떠다니고 있다.

"팀의 승리를 위해 자신을 희생할 각오를 하였는가. 좋은 카드로군, 너. ……다음에 배출될 때에는 내 동료로 와라."

아그님이 계속 걸어왔다. 이윽고 점차 속도가 붙어 돌진하며 압도적으로 거대한 갑옷이 모든 것을 쓰러뜨리는 폭풍

처럼 덮쳐왔다.

"아까까지는 귀찮은 지시 때문에 꽤 움직임이 제한되었으나, 더는 망설일 것이 없다. 그저 나의 파괴하는 힘을 모두 해방할 뿐!"

"벌써 이겼다고 생각하지 말아요! 하나 예언하죠…… 이 싸움의 끝에 당신을 기다리는 것은 파멸이라고!"

그렇게 외치며 아니스가 가볍게 몸을 움직여 일제히 수정 구슬을 날렸다.

연계를 취하기 위해 움직임이 제한되어 있던 것은 아니스도 마찬가지다. 무용수처럼 화려하게 허공을 날아 그 변화무쌍한 공격이 아그님을 덮쳤다.

"……어디지, 바로 근처에 있을 터인데……!"

그 무렵 아니스와 헤어진 로미오와 에이브러햄은 건물에서 나와 주위를 둘러보고 있었다.

서두르지 않으면 안 된다. 다시 그 악령탄이 발사되면 위태로워진다.

상대는 분명 이 부근을 감시하고 있으니, 먼저 공격당할 수도…….

그때 로미오의 손에 든 수정구슬이 빛을 발했다. 그 빛이 똑바로 한 곳을 가리켰다.

그곳은 이 건물에서 조금 떨어진 위치에 있는 교회의 종탑이었다.

"……봐! 저 뒤에…… 놈들이야, 틀림없어!"

종이 달린 부분, 그 뒤에 무언가가 몸을 감추고 있는 것이 살짝 보였다.

찰나였으나, 로브를 입은 것이 분명 사령술사였다.

'쳇, 벌써 들켰나……! 너무 빠른데. 뭔가 색적 수단을 갖고 있었구나……! 하지만…….'

재빨리 그레고리오가 눈치채고, 속으로 혀를 차며 사령술사를 조종했다. 이미 악령탄은 쏜 상태이므로, 저들이 알아채지 못하면 끝낼 수 있다!

그러나 그보다 빨리 웨폰랙에서 커다란 도끼를 꺼낸 에이브러햄이 혼신의 힘을 다해 그것을 내던졌다.

"이야아아아앗!"

"앗……."

도끼가 대기를 가르고 똑바로 날아가 종탑으로 향했다.

원래 AP 4800에서 스킬 효과로 500이 상승된 에이브러햄이 가한 투척이다. R등급 카드 중에서 DP가 최저 수준인 사령술사와 고블린 폭탄제조가가 정통으로 맞으면 단숨에 부서지고 만다.

두 카드는 얼른 종탑에서 뛰어내려 도끼를 피했다. 그 직후 도끼가 종탑에 직격하여 종이 산산이 부서졌다.

"젠장!"

그레고리오가 혀를 차고, 착지한 두 카드를 달리게 했다.

그 탓에 로미오와 에이브러햄을 노렸을 터인 악령탄은 사령술사의 시야에서 벗어나 조작이 불가능해졌기에 흐느적흐느적 나아가 가까이에 있던 집에 부딪혀 벽을 와르르 무너뜨리고 사라졌다.

"기다려라! 슬슬 승부를 내자고!"

그 뒤를 에이브러햄과 만신창이가 된 로미오가 쫓았다. 원래는 아그님을 단숨에 정리하고 셋이 쫓을 예정이었다. 그러나 이제 그럴 여유는 없다.

자신들에게는 더는 물러날 곳이 없다. 여기서 끝장을 내야 한다!

로미오의 손에서 수정구슬이 빛을 발하여 항상 상대의 위치를 알려주었다.

거리가 점점 좁혀지고 있다. 달리는 속도는 이쪽이 훨씬 빠르다. 승부를 낼 때가 다가온다.

"젠장, 빌어먹을, 어떻게 된 거야! 어째서 나의 위치를 정확히 알고 쫓아오는 거야……?!"

사령술사와 고블린이 숨을 헐떡이며 달렸다. 그 몸 여기저기에서 수정구슬의 파편이 반짝반짝 빛나고 있는 것은 알아채지 못했다.

그러는 사이 점점 거리가 좁혀져 갔다. 사령술사도, 고블린도 특수한 유형의 카드이기에 신체 능력은 그리 뛰어나지 않다.

도망칠 수 없다. 틀림없이.

『……이제 됐어, 사령술사! 이대로는 따라잡힐 뿐이다. 어쩔 수 없지, 여기서 결판을 내자!』

그레고리오가 결심하고 사령술사를 넓은 도로 한가운데에 정지시켰다.

고블린도 그를 따라 언제든지 폭탄화 능력을 쓸 수 있도록 준비하고 기다렸다.

이윽고 에이브러햄과 로미오가 모습을 드러냈다.

"이제야 포기했구나. 배틀 카드답게 제대로 싸울 마음이 든 모양이야!"

에이브러햄이 외치자 사령술사가 사악하게 웃으며 맞이했다.

"키히히…… 아무래도 그런 것 같아……. 바보 같네. 정정당당히 싸워야 하다니……. 이런 바보 같은 짓은 너희같이 싸움박질을 좋아하는 녀석끼리 하면 될 텐데……!"

그렇게 말하면서도 사령술사가 손에 든 해골 석장을 거머쥐었다.

격투는 약하지만 그래도 AP는 훨씬 높다. 때린다면 로미오와 에이브러햄을 일격에 분쇄하기에 충분한 위력을 지녔다.

"그레고리오……."

샤미가 불안한 얼굴로 자신들의 리더를 바라보았다.

흥. 그레고리오는 코웃음을 치고 단언했다.

"좋아, 네놈들의 노력은 칭찬해 주마. 잘도 뭐, 여기까지 버텼어. ……하지만 말이다. 뒤는 알지?"

그리 말하며 사령술사를 조종했다. 석장을 휘두르자 부웅 하는 나직한 소리와 함께 눈앞에 반투명한 악령탄이 만들어졌다.

고블린이 바로 그것을 건드려 폭탄으로 바꾸었다.

"……이 일격을 넘기고 우리 카드 앞까지 오면 네놈들의 승리다. 하지만…… 감당할 수 있을까?! 네놈들의 그 엉망진창이 된 카드로!"

그레고리오가 외쳤다. 이 싸움의 마지막 공방이 시작되려고 하고 있었다.

그 무렵. 멜리사가 조작하는 [황금향의 점성술사 아니스]와 키무가 조작하는 [파쇄의 오오요로이 아그님]의 싸움도 끝이 보이고 있었다.

"야아앗……!"

아니스가 기합을 넣으며 수정구슬 두 개를 동시에 날렸다.

각각 호를 그리며 날아갔으나, 아그님은 가볍게 몸을 움직여 피하고는 그대로 아니스 본체와의 거리를 좁혔다.

그리고 타격이 닿는 거리에 들어가자 폭발적인 기세로 오른쪽 주먹을 날렸다.

"으앗……!"

아니스는 아슬아슬하게 주먹을 피했으나, 뒤에 있던 벽돌이 아그님의 스킬 효과로 부서져 파편이 튀면서 아니스의 몸을 때렸다. 자세가 무너진 순간 아그님의 발차기가 날아왔다.

"커헉……!"

배를 맞는 바람에 폐에서 공기가 밀려나왔다. 소녀처럼 가녀린 아니스의 몸이 날아가 난장판이 된 바닥을 데굴데굴 굴렀다.

『아니스……!』

멜리사가 마스터와 카드, 서로에게만 들리는 목소리로 비명처럼 이름을 불렀다.

"아…… 아직 괜찮아…….."

휘청거리며 일어난 아니스를 향해 아그님이 거침없이 달려들었다.

모든 것을 파괴하는 양손으로부터 간신히 피했으나, 연속된 동작으로 날아든 발차기가 옆구리를 치는 바람에 몸이 다시 허공을 날았다.

"우아악!"

"항복하겠는가. 나의 파괴의 팔에만 정신이 팔려 다른 공격을 피하지 못하게 되지 않았는가. 그만큼 파괴되는 것이 무서운가!"

간신히 착지한 순간 다시 아그님이 주먹을 뻗었다.

그것을 점프하여 피하고, 허둥지둥 수정구슬을 날렸지만 모두 손쉽게 막히고 말았다.

"하아…… 하아……. ……가, 강해……!"

숨을 헐떡이며 아니스가 중얼거렸다. 믿기지 않을 만큼 강하다. 설마 이만큼 능력에 차이가 날 줄은 몰랐다.

바닥에 무릎을 꿇고, 아니스가 비통하게 통신을 보냈다.

『……미안해, 마스터. 나…… 못 이길지도 모르겠어.』

『무슨 소리를…… 마음 단단히 먹어요, 아니스!』

약한 소리를 내뱉는 아니스를 멜리사가 질타했다. 그러나 동시에 자신의 부족함을 느꼈다.

키무의 조작 기술은 대단하다. 그래도 동등한 카드, 자신의 주특기인 마스라오를 조종했다면 질 거라고는 생각할 수 없지만, 이번에는 두 사람을 지원하기 위해 아니스를 선택했다. 지원 타입인 아니스로는 일대일로 싸우기가 힘들다.

그러나 아니스가 없었다면 여기까지 버티는 것 자체가 불가능했을지도 모른다.

팀을 위해 어쩔 수 없었다고 해도, 자신의 카드를 절망적인 상황에 몰아넣고 말았다.

그 사실이 멜리사의 마음을 아프게 했다.

『……미안해. 하지만…… 그래도 이 사람만은 쓰러뜨릴 거야. 그러지 않으면 나, 믿고 여기를 맡겨준 두 사람과 마주할 면목이 없어. 그러니까…….』

아니스가 힘겹게 일어났다. 여기저기 상처투성이에 옷도 엉망이 되었다.

그러나 그 눈에는 무서울 만큼 의지가 담겨 있었다.

『……부탁이야. 나에게 저 카드를 쓰러뜨리게 해줘……!』

『으…….』

그 말에 멜리사가 숨을 들이켰다.

아니스가 한 말의 의미를 이해했기 때문이다.

『……알겠어요. 아니스. 당신과 내가. ……저 녀석을 쓰러뜨리자고요……!』

『응!』

멜리사의 말과 함께 아니스가 뛰었다.

토끼처럼 파편 사이로 뛰어 아그님의 주위를 맴돌았다.

아그님은 침착한 얼굴로 그 모습을 좇으면서 뒤를 빼앗기지 않도록 조금씩 위치를 조정했다.

『켁, 최후의 발버둥인가. 이봐, 아그님! 저 망할 카드, 마지막에 무언갈 할 생각이야. 방심하지 마라!』

『알고 있다. 하지만…… 소용없겠지.』

아그님의 등이 무너지지 않은 건물의 일부에 닿았다. 이것으로 배후를 찔릴 염려는 없다. 이제 남은 것은…….

"……갑니다……. 하아압!"

아니스가 기합을 넣으며 자신의 주위에 남은 두 개의 수정구슬을 쏘았다.

먼저 하나가 커브를 그리며 아그님의 발을 노렸다. 그것을 아그님은 무릎을 들어 막았다.

수정구슬이 요란한 소리를 내며 튕겨나갔다. 그와 타이밍을 맞춰 다른 하나의 구슬이 아그님의 얼굴을 향해 날아갔다.

"흠!"

그러나 아그님이 기합을 넣으며 주먹을 뻗어 그 구슬을 어려움 없이 요격했다. 주먹이 닿은 순간 구슬은 순식간에 가루가 되어 이리저리 흩어졌다.

빛의 입자와 같은 파편이 반짝이며 아그님의 주위에 떠다녔다.

순간 맞은편에서 아니스 본체가 달려들었다.

"야아압!!"

강렬한 발차기였다. 자신의 몸을 화살처럼 하여 똑바로 뛰었다. 그 몸짓에는 더이상 방어를 위한 움직임이 없었다. 모든 힘을 다한 일격이다.

그리고 그 옆에는 아까 튕겨 날아간 수정구슬이 따라오고 있었다.

본체와 구슬에 의한 동시 공격. 그러나.

"……소용없다!"

자세를 가다듬은 아그님이 소리치며 주먹을 뻗었다.

그 순간 아니스의 온힘을 다한 발차기와 아그님의 강력한 주먹이 공중에서 교차하였고…….

그리고 결과가 나왔다.

"……커헉……."

아니스가 괴로워하며 신음했다.

온힘을 다한 발차기는 아그님에 의해 가로막히고, 대신 그의 주먹이 아니스의 배를 힘껏 때렸다.

아니스가 동시에 가한 다른 공격 수단인 수정구슬은 아그님의 볼을 스쳤을 뿐 별다른 타격을 입히지 못한 채 끝나버렸고, 나머지 잔해는 그 뒤에 있는 나무 기둥에 박혔다.

……파쇄의 일격이 아니스의 배를 절반쯤 날려버려 그 기능을 완전히 파괴했다.

그리고 멜리사의 손에 든 카드가 큰 소리를 내며 산산이 부서졌다.

"……아니스……!"

멜리사가 비통하게 외쳤다. 간신히 남아 있던 아니스의 몸이 바닥에 털썩 쓰러졌다.

그 몸이 부서진 부분부터 빛의 입자로 변하여 조금씩 사라지기 시작했다.

"……뭔가 작전이 있을까 생각했는데…… 그냥 최후의 발악이었나. 불쌍하군……. 잘 가라, 점성술사. 여신의 곁에서 안식을 취하기를."

그 모습을 내려다보며 아그님이 말했다. 동정하는 말을 남기고, 바로 그 자리를 떠나려고 했다. 아직 싸움은 끝나지 않았다. 마음에 들지 않는 자들이기는 하지만 그래도 아군의 원호에 나서지 않으면 안 된다.

그런데. 그의 발을 사라져가던 아니스의 손이 붙잡았다.

"……무슨 짓이냐?"

본체인 카드가 부서진 자에게 더는 싸울 힘은 없다. 이런 짓을 해도 아무런 의미가 없다.

그럼에도 아그님이 묻자, 아니스가 생긋 미소를 지었다.

"……아직 가기엔 일러요……. 비밀을, 듣고 싶지, 않아요……? 이, 이상하지 않았어요……? 왜 내가 마지막에 사용한 구슬이…… 두 개였는지…….."

"…………"

그 말에 깨달았다. 그러고 보니 이 카드는 구슬을 네 개 남겨두고 있지 않았던가.

그런데 둘이 싸우기 시작할 때에는 두 개가 되어 있었다. 하지만 그것이 어쨌단 말인가?

"하나는…… 동료에게 맡겼습니다. 그럼…… 사라진 다른 하나는 어디에 있을까요……? ……정답은…….."

중간에 쾅 하고 부서지는 소리가 울렸다.

소리가 난 방향을 보니 건물 벽을 뚫고 죽은 짐승이 이쪽을 향해 달려오고 있었다. 그 앞에는…… 공중을 나는 아니스의 수정구슬에서 나온 빛나는 끈 같은 것에 묶인 한 마리의 돼지가 있었다.

꽥꽥 비명을 지르며 수정구슬이 이끄는 대로 헐레벌떡 뛰어 이쪽을 향하고 있다.

그렇다. 아니스는 사전에 깨둔 수정구슬의 가루를 돼지들에게 뿌려 어나더 스킬의 효과로 언제든지 그 위치를 파악할 수 있도록 하였고, 바로 지금 도망치던 돼지 한 마리를 잡아 달리게 하여 그를 쫓는 죽은 짐승을 이쪽으로 유도한 것이다.

[황금향의 점성술사 아니스] 어나더 스킬: 〈수정의 인도〉
사용 후 일정 시간, 이 카드의 수정구슬끼리 서로 끌어당기며 각각 정확한 위치를 찾을 수 있게 된다. 끌어당기는 대상의 수정구슬이 손상되어 있어도 효과를 발휘한다.

깨지기 전에 명령해둔 행동만은 이 배틀 카드가 완전히 사라질 때까지 이어진다.

수정구슬은 변함없이 그 명령에 따라 반짝반짝 입자로 변해 사라지면서도 주인의 마지막 명령을 애써 수행하려고 했다.

"······말도 안 돼. 설마 돼지와 함께 나에게 부딪히게 할 셈인가? 시시하군."

그러며 아그님이 바닥에 있는 주먹 크기의 벽돌을 걸어찼다. 돌이 힘차게 날아가 돼지를 이끄는 수정구슬에 맞았다.

이미 사라지고 있던 수정구슬이 바로 깨지며, 거기서 뻗어 나온 빛나는 끈이 사라지면서 해방된 돼지가 서둘러 다른 방향으로 달려갔다.

"이것으로 죽은 짐승은 이쪽으로 오지 못해. 그리고 나의 몸은 매직으로 열이 탐지되지 않아. 다가오더라도 죽은 짐승이 폭발할 리가 없다. 최후의 발악치고는 멍청했군."

카드가 부서진 아니스도 마찬가지다. 그 몸은 이미 아무런 대상이 되지 못한다.

어리석다. 그렇게 생각했지만, 그때 아그님은 문득 깨달았다.

소리. 소리다. 무언가가 스치는 소리. 그것이 뒤에서 들려왔다.

그렇다. 구슬이다. 수정구슬. 수정구슬 하나가 자신을 지나 뒤에 있는 나무 기둥에 박혀 있었다.

나무 기둥. 나무를 깎아 만든 가연성 기둥. 거기에 박혀 있던 마지막 수정구슬은 본체가 부서지며 반짝반짝 빛나는 입자로 변하여 사라지려고 함에도 마지막 명령을 수행하고 있었다.

수정구슬은 아직도 고속으로 빙글빙글 돌고 있다. 계속 마찰하며…… 기둥에 불을 붙이기 위해서.

아그님의 몸에 오싹하고 무언가가 지나갔다.

"……이런…… 마스터어어어어! 나를 이 자리에서 떨어뜨려 놔아아아아!"

『뭐……? 아그님, 무슨 말을…….』

절박하게 외치는 아그님과 달리 그 자리에 없는 키무는 판단력이 순간 늦어지고 말았다.

그것이 운명을 결정했다.

기둥에서 큰불이 일었다.

"오오오오오오……!"

돼지로부터 불꽃으로 목표를 바꾼 죽은 짐승이 똑바로 돌진하여 불타는 기둥과 충돌했다.

건물이 깨지며…… 그 몸이 눈부신 빛을 발했다.

"……미안해, 갑옷 형……. 이건 치사했을지도 모르겠네. 하지만 점괘…… 들어맞았지…….."

"……안 돼애애애애애애!"

아니스의 몸이 완전히 사라졌다. 죽은 짐승에 의한 맹렬한 폭발이 일어나 아그님도, 아니스가 있던 그 어렴풋한 흔적마저 날려 버렸다.

커다란 소리가 울렸다.

"아아아아아앗!"

키무가 절규했다. 그의 손에서 아그님의 카드가 소리를 내며 부서졌다.

"……이 자식들……!"

키무가 살의가 담긴 눈으로 중얼거렸다. 아군의 공격을 유도하여 폭파되는 굴욕적인 방법으로 [파쇄의 오오요로이 아그님]이 파괴되었다.

모두 만약을 위해 준비해 둔 아키토 팀의 작전이었다.

"이 자식들…… 이걸 위해 일부러 죽은 짐승을 저렇게 번거로운 방법으로 공략한 건가……! 바로 이걸 노렸어……!"

이를 빠득 갈며 키무가 말했다.

아키토 팀은 죽은 짐승의 존재를 알고 있었기에 언제든지 그것을 무효화할 수 있었다. 상대와 마찬가지로 매직 〈밀림의 진흙〉을 사용하면 되기 때문이다.

그러나 일부러 돼지를 이용한다는 에두른 방법을 썼다. 하나는 아그님을 유도하여 고립시키기 위해서, 그리고 또 하나는 죽은 짐승의 폭발을 반대로 이쪽이 이용할 수 있을지도 모른다고 생각했기 때문이다. 아니스의 스킬을 파악하고 있던 멜리사가 고안한 방법이다.

결국 그 생각대로 되었다.

"……멜리사."

아키토가 동료를 배려하는 시선을 보냈다.

나츠메도 무표정한 얼굴로 바라보고 있다.

그러나 멜리사는 의연한 얼굴로 말했다.

"……아니스는 자신의 역할을 수행했습니다. 당신들도 보여주시죠……. 아키토, 나츠메."

본래는 쓰고 싶지 않은 방법이었다. 쓰더라도 나머지 카드들과 연계하여 하고 싶었다. 그러나 이 상황에서는 이처럼 자폭과 같은 방식을 쓸 수밖에 없었다. 아그님을 원군으로 보낼 수는 없었기 때문이다.

……이기기 위해 최선의 방법을 택했다. 아니스도, 멜리사도.

'……멜리사는 대단해.'

그만큼 힘든 상황에서 하고 싶지 않은 방법을 써서 자신의 역할을 제대로 수행했다. 그녀도, 그녀의 카드도.

그녀가 평소 태도보다 훨씬, 훨씬 더 자신의 카드를 소중하게 여기는 것을 아는 아키토는 오히려 자신들을 격려하는 멜리사가 진심으로 대단하다고 생각했다.

자신이 같은 상황이라면 과연 이렇게 행동하는 것이 가능할까.

"큭……."

그 무렵. 로미오의 손에서도 아니스의 수정구슬이 스르륵 사라졌다.

로미오는 그 이유를 모를 만큼 어리석지 않다.

동료인 아니스가 소임을 다한 것이다.

"먼저…… 가버렸나. 하지만…… 형제, 부탁해. 싸움은 아직 끝나지 않았어. 나를…… 저놈 옆으로 데려가 줘……."

슬픈 표정이지만 단호한 의지를 담아 에이브러햄이 말했다. 로미오는 손에 희미하게 남은 수정구슬의 흔적을 잡으려 하면서 고개를 끄덕이고 한 걸음 앞으로 내디뎠다.

"물론이다…… 길을 열어 주마, 이 나이트가!"

서로 남은 카드는 둘. 승부가 나기까지 얼마 남지 않았다.

로미오가 슬금슬금 거리를 좁혔다. 사령술사가 언제든지 눈앞의 악령탄을 발사할 수 있도록 대기했다.

거리는 상당히 가깝다. 두 번째 악령탄을 준비할 시간은 없을 것이다.

로미오와 에이브러햄이 단숨에 날아가든가, 혹은 그전에 거리를 좁혀 상대를 끝장내든가.

승부는 거기서 결정된다.

"……가자, 나츠메."

"……언제든지."

마스터 두 사람이 짧게 대화를 주고받고 카드를 준비했다.

반면 그레고리오 쪽은 필사적인 얼굴로 상대의 움직임을 응시하고 있었다.

'젠장, 아그님의 원호를 받지 못하게 되었나……. 하지만 저 망할 나이트는 죽어 가고 있어……! 더는 폭발에 버티지 못해! 이번에야말로 한꺼번에 없애 버리겠어……!'

나이트는 몇 번이나 폭발에 휘말렸기에 이 이상 공격에 버틸 수 있을 리가 없다.

압도적인 위력의 폭발은 반드시 그 방어를 꿰뚫을 것이다. 그렇게 두 장을 한꺼번에 없애 주겠다…… 그리고 승리한다. 틀림없다.

　서로 긴장감이 극한까지 높아지며, 좁힐 수 있을 만큼 거리가 좁혀졌다.

　그리고.

　"……오오오오오!"

　기합을 넣으며 로미오가 달렸다. 단단한 도로를 짓밟아 부수며 힘껏 달렸다.

　그의 조금 뒤에서 에이브러햄이 딱 달라붙듯이 쫓았다.

　"키히이이이잇!"

　사령술사가 외치며 악령탄을 발사했다. 역시 느린 속도지만 이 거리라면 상관없다.

　'온다…….'

　그 움직임을 로미오는 완전히 포착하고 있었다. 이렇게 발사되는 모습을 보니 눈으로도 직접 확인할 수 있었다.

　그것이 다가온다. 폭발하는 거리는 이제 싫을 만큼 몸으로 확인했다.

　찰나가 길어지며 세계가 슬로모션처럼 느리게 움직였다.

　이윽고 폭발의 경계선을 넘어 악령탄이 빛을 발하며 부풀어 오르는 순간까지 똑똑히 눈으로 보았다. 폭발한다…… 폭발한다…….

　……지금이다!

　"로미오! 메인 스킬…… 〈아큐네이온의 대방패〉!"

오늘 몇 번째인지 모를 로미오의 메인 스킬이 발동되었다.

순간 로미오의 방패가 빛을 발했다. 지금까지 몇 번이고 동료를 지켜온 대방패. 그러나 지금 상태로는 도저히 저 맹렬한 폭발에 버틸 수 있을 리가 없었다.

로미오는 이미 빈사 상태이기 때문이다. 방패도 타격을 입어 금이 가고 말았다. 이제 한 번을 제대로 막을 수 있을지도 의심스럽다. 이대로는 로미오가 버티지 못해 사라지고, 그를 믿고 뒤에 딱 붙어 있는 에이브러햄도 산산이 부서질 터였다.

그렇다…… 이대로라면.

'……로미오…….'

──아키토에게는 로미오의 스킬 〈아큐네이온의 대방패〉를 쓸 때마다 생각하는 바가 있었다.

즉, '정말 이 스킬의 본질은 공격을 끌어모아 아군을 지키는 것뿐인가?'라는 것이었다.

이 스킬을 일단 사용하면 주위의 공격이 하나가 되어 로미오의 방패로 똑바로 모여든다.

그렇다 '하나가 되는 것'이다.

말하자면 힘의 결속이다. 본래 폭발하는 듯한 힘은 전방위로 확산되어 흩어진다. 그러나 이 스킬을 사용한 순간 범위 내의 모든 것이 하나의 힘으로 뭉쳐져 방패를 향해 똑바로 날아온다.

똑바로. 마치 창처럼.

그렇다면. 그것을 하나의 공격으로 본다면.

──그것을 옆에서 힘을 더하여 비스듬히 흘려넘기는 것도 가능하지 않을까?

마치 혼신의 힘을 담아 창으로 가한 일격을 방패로 받아 넘기듯이.

폭발이 확산되는 것을 멈추고, 그 힘이 에너지로 변환되어 움직이기 시작했다. 그것을 정통으로 받으면 방패에 닿을 순간 그 힘이 폭발로 돌아가 로미오의 몸을 산산이 부술 것이다.

'…놓치지 마…… 타이밍을…… 완벽한 기회를!'

결속된 힘이 로미오의 방패를 향해 똑바로 다가왔다.

빛보다 빠르게 압도적인 파괴력을 지니고. 인간의 눈으로는 제대로 보는 것조차 어려운 기세로.

그것이 닿는 바로 그 순간.

『……지금이야! 로미오!!』

"오오오오오오오오오오오!"

아키토가 외치고, 로미오가 부르짖은 그 순간, 두 사람의 모든 것이 겹쳐졌다.

로미오가 방패를 살짝 비틀어 모든 힘이 응집된 공격을 비스듬히 받아쳤다.

힘과 힘의 격돌. 곧 주위가 온통 빛으로 물들었고…… 요란한 소리가 울려 퍼졌다.

시야가 폭발했다.

"······키힛히히히히힛힛······ 해냈어······ 날려 버렸다고! 이번에야말로! 꼴좋다······ 키히히히히히히!"

승리를 확신한 사령술사가 외쳤다. 악령탄은 예정대로 폭발하여 적의 스킬에 이끌렸으나, 그 뒤에 문제없이 다시 폭발했다.

압도적인 위력을 지닌 폭발은 두 카드를 산산이 부숴 버렸을 터였다.

폭발로 일어난 흙먼지 때문에 아직 모습은 보이지 않지만 확실히 느낌이 왔다. 상대는 직격을 맞았다. 이것으로 끝이다.

내가 이겼다. 히히, 잘 죽었다!

갈라진 목소리로 내뱉는 환희에 찬 목소리가 길게 울려 퍼졌다.

그러나.

"······엇······?"

이윽고 연기가 걷히며 시야가 트이자······.

그곳에 다시 그 녀석이 서 있었다.

"··········이럴 수가······."

사령술사는 아연실색했다. 말도 안 된다. 있을 수 없다.

그러나 분명 그곳에는 검과 방패를 들고 태연히 서 있는 자가 있었다.

그것은…….

"……어째서…… 어째서, 대체 왜, 왜, 왜! ……대체 왜 죽질 않아아아!"

──그곳에 나이트가 서 있었다.

"……해냈다……!"

아키토가 뛸 듯이 기뻐하며 외쳤다. 이번에도…… 이번에도 성공했다!

아키토와 로미오는 결속된 폭발력을 받아넘기는 것에 다시 성공했다.

똑바로 향하여 폭발했을 터인 힘은 방패에 직격하기 직전에 옆에서 힘을 더하여 각도를 바꿔 그대로 로미오와 에이브러햄을 지나쳐 더 먼 뒤쪽을 때리고 거기서 폭발하였다.

아까 실내에서의 일격에 이어 다시 성공해 냈다.

『……마스터! 해내셨군요, 이 중요한 순간에…… 그것을!』

『그래, 캐롤…… 네 덕분이야!』

자신의 마스터를 방해하지 않도록 마른 침을 삼키며 시합을 지켜보던 캐롤이 여기서 참지 못하고 통신을 보냈다.

아키토가 이 기술의 가능성을 깨달은 것은 지난 '팀 배틀 로얄'에서 싸웠을 때였다.

그때 많은 카드로부터 공격을 당하던 로미오. 그 위기에 아키토는 바로 방패를 살짝 비스듬히 들었다. 본래는 방패를 조금이라도 움직이면 힘이 그쪽 방향으로 전환되는 바람에 아무런 대책이 없었을 터였다.

그러나 대방패 스킬에는 사실 명중하려는 그 아슬아슬한 순간에 힘의 유도가 잠깐 끊기는 틈이 존재했다.

그렇게 공격은 각도에 따라 로미오의 방패를 미끄러지듯이 흘러가 시합장의 벽을 때렸다.

혹시 방패를 움직이는 타이밍이 조금이라도 빨랐다면 힘이 유도되어 방패 쪽으로 향하고, 반대로 늦었다면 직격을 맞았을 것이다.

그야말로 완벽한 타이밍, 완벽한 기회를 노려 모든 동작을 끝내지 않으면 불가능한 기술이다. 우연히 그것을 해낸 아키토와 로미오는 캐롤의 지원을 받아, 실전에서 쓸 수 있는 기술로 승화시키기 위해 훈련을 거듭했다.

──생과 사가 뒤섞인, 찰나보다 짧은 한순간. 자칫하면 돌이킬 수 없을 만큼 아슬아슬하게 생존한 상황. 아키토와 로미오는 바로 그런 타이밍에 완벽하게 해낸 것이다.

카드의 스킬이란 쓰여 있는 문장을 우직하게 따르는 것이 아니라, 문장을 뛰어넘었을 때 본질이 드러난다……. 그 사실을 아키토는 서서히 깨닫고 있었다.

"나츠메!"

아키토가 친구의 이름을 불렀다.

나츠메는 크게 고개를 끄덕이고 자신의 손에 든 카드의 힘을 해방했다.

"……대단한 녀석이야, 넌. 뒤는…… 나와 에이브러햄에게 맡겨."

나츠메가 묘하게 느릿한 동작으로 자신의 홀더에서 한 장의 카드를 꺼냈다.

카드가 주인의 의사에 호응하여 강한 빛을 내뿜기 시작했다.

"에이브러햄, 어나더 스킬…… 〈헌드레드 암〉."

"오오옷!"

순간 에이브러햄의 등쪽 장갑이 열리며 그 안에서 무수한 팔이 튀어나왔다.

그리고 그 안에는 붉게 빛나는 에이브러햄의 코어가 빛나고 있다.

"고마워, 형제! 여기까지면 충분해! 저놈은……!"

로미오를 향해 웃으며 에이브러햄이 달렸다. 적은 이제 눈앞에 있다.

"내가 끝장낼게! 우오오오오옷!"

"히익…….."

겁에 질린 사령술사가 허겁지겁 도망치려고 했다. 그 밑에서 고블린이 동요한 얼굴로 양손을 파닥거렸다.

드디어 서로 공격이 가능한 거리까지 몰아넣었다. 이제 손을 뻗으면 닿을 정도로 가까워진다.

앞으로 몇 걸음.

승부가 날 때까지 앞으로 몇 걸음.

……그러나.

"……바아아아아아보. 누가 너희 같은 것과 정정당당히 싸울까 보냐!"

그 순간 사령술사가 표정을 바꾸어 석장을 휘둘렀다. 그러자 돌바닥을 깨고 땅속에서 해골 손이 몇 개나 튀어나와 에이브러햄의 발을 잡았다.

"앗……."

에이브러햄은 깜짝 놀랐다.

바로 그때였다.

지면이 폭발했다.

"……으아아아아아아앗!"

"……에이브러햄!!"

밑에서 터진 강력한 폭발에 떠밀려 에이브러햄의 몸이 허공을 날았다.

로미오가 비통하게 이름을 부르는 가운데 공중에 떠올랐던 에이브러햄의 몸이 바닥으로 추락하여 묵직한 소리를 냈다.

……그 거대한 몸이 폭발한 충격으로 우그러지고, 다리며 팔 등 여기저기가 날아갔다.

"……쿨럭……."

"큭…… 큭큭큭……. 히, 히히히히……. 하아아핫핫!"

그 모습을 사령술사의 눈을 통해 본 그레고리오가 더는

참지 못하고 미친 듯이 웃음을 터뜨렸다. 나머지 두 사람도 그에 이끌려 함께 웃었다.

"아하하하하하하하! 걸려들었네, 걸려들었어! 바보들. 정말 악령탄밖에 안 쓸 줄 알았어?! 바아아아보, 그런 건 방심하게 만들기 위한 속임수라고!"

"크하하하하…… 유감이네! 아쉽게 됐어! 사령술사의 능력은 스킬이 다라고 생각했냐! 땅속에서 뚫고 나오는 건 말이야……! 지금까지 시합에서 쓰지 않았었으니 몰랐겠지!"

샤미와 키무는 노골적으로 깔깔거리며 말했다.

그 말에는 안도감이 내포되어 있었다. 자신들의 작전을 차례차례 극복하는 아키토 팀의 모습에 익스플로드의 세 사람은 자신도 모르게 두려움을 느끼고 있었기 때문이다.

그러나 그것도 끝났다. 이번에야말로 이겼다.

미리 폭탄으로 만들어 땅속에 지뢰처럼 대기시켜 둔 스켈레톤 폭파로 승부가 났다.

"……이럴 수가…….."

"…………."

아키토와 멜리사는 그저 멍하니 지켜보기만 했다.

"……에이브러햄!"

로미오가 동료를 구하기 위해 달려가려고 하였지만 발이 휘청거려 넘어지고 말았다. 얼른 일어나려고 했지만, 다리가 말을 듣지 않았다.

이미 한계였기 때문이다.

로미오는 지금까지 정신력으로 버티며 서 있었다.

아까 대방패를 쓰면서 모든 힘을 쏟아부었다. 더 이상 움직이기란 불가능하다. 홀더로 돌아가 휴식을 취하지 않으면 언제 부서지더라도 이상하지 않을 정도다.

"키히히히히! 꼴좋다, 이 멍청한 놈! 키히히히히히!"

에이브러햄을 내려다보며 조소하는 사령술사. 고블린도 기뻐하며 춤을 추고 있다. 그것을 보며 로미오는 빠드득 이를 갈며 쓰러진 자세 그대로 자신의 검을 쳐들었다.

"하아압!"

"으앗?!"

그대로 자신의 소중한 검을 던졌다. 목표는 사령술사다.

피할 수 없다고 직감한 사령술사는 자신의 밑에서 춤을 추는 고블린의 머리를 꽉 쥐어 자신의 눈앞에 들었다.

"……갸아아아아아아아아아악!"

영문을 몰라 놀란 얼굴을 한 고블린의 몸을 로미오의 검이 꿰뚫었다. 고블린이 절규하며 움찔움찔 몸을 떤 직후, 본체인 카드가 부서졌다.

"……위험했어. 쓸데없는 발악을 하고……. 키히히, 하지만 이것으로 마지막 무기도 없어졌구나……!"

"큭…….."

사라져가는 고블린의 잔해를 내던지고 사령술사가 웃자

로미오는 분한 표정을 지었다.

"앗! 너무해, 그레고리오! 내 카드를 방패로 삼다니!"

"흥, 뭐 어때. 저건 슬슬 기간도 다 되었고, 이번에 능력이 너무 드러나고 말았어. 이 콤보도 이제 끝낼 때가 온 거다. 게다가 이제 없어도 승리한 거나 다름없으니까."

샤미가 비난하자 그레고리오가 실실 웃으며 대답했다.

"다음에 더 좋은 카드를 사줄게. 그리고 우리도 슬슬 CVC로 돌아갈 시기……. 혹시 다음엔 SR카드일지도 모르니 기뻐하라고."

"정말?! 그럼 됐어! 와, 기대된다!"

샤미가 기쁜 얼굴로 말했다. 이미 파괴된 고블린 따위는 아무래도 좋다는 식이다. 그들에게 카드는 그저 소모품에 지나지 않는다.

"키히히, 그럼 마무리를 지을까……."

『아차, 기다려. 자폭할지도 모르니 섣불리 다가가지 마.』

히죽거리며 에이브러햄에게 걸어가려던 사령술사를 그레고리오가 제지했다.

얼른 사령술사가 뒤로 물러났다.

"이런, 큰일날 뻔했네…… 그런 게 있었나?"

『그래, 넌 몰랐나? 매직 카드에는 〈지옥으로 가는 길동무〉라는 자폭 매직이 있어. 하지만 그 폭파 범위는 끌어안을 정도로 가까운 거리여야 해. 그 정도라면 문제없어.』

히죽거리며 그레고리오가 대답했다. 이어서 나츠메 쪽을 향해 말을 걸었다.

"안타깝게 됐구나. 조금만 더 하면 이겼을 텐데. 흥, 하지만 이것으로 끝이다. 결국 네놈들은 우리보다 약했군…… 미안하지만 돈은 우리가 가져가도록 하지."

"……꽤 여유롭네. 벌써 승리를 확신한 거야?"

나츠메가 그 눈을 지그시 바라보며 말했다. 이 상황에서도 여전히 냉정하다.

묘하게 느낀 그레고리오는 약간 짜증스럽게 대답했다.

"당연하지 않나. 저기 엎어진 빌어먹을 나이트는 무기를 잃었고, 네놈의 카드는 다 부서진 거나 마찬가지다. 지금부터 다시 고칠 수 있는 스킬이 있다면 이야기가 달라지겠지만……."

그레고리오가 큭큭 웃었다.

"네놈의 쓰레기 카드의 스킬은 모두 밝혀져 있거든! 무기를 꺼내는 것뿐인 허접한 메인 스킬에 팔이 늘어날 뿐인 더 허접한 어나더 스킬! 쓰레기에 쓰레기를 더했을 뿐이지 않나! 잘도 저런 약해 빠진 카드로 우리에게 도전하려고 했구나! 네가 좀 더 괜찮은 카드를 썼다면 너희가 이겼을 텐데……. 너희가 진 이유는 바로 네놈 탓이다, 멍청한 마스터 같으니!"

완전히 깔보는 얼굴로 그레고리오가 나츠메를 바라보았다.

267

그 모습을 조용히 마주보며 나츠메는 자신의 홀더에서 자연스럽게 한 장의 카드를 꺼냈다.

이 순간을 위한 카드. 모든 것의 기점이 된 카드를.

"……그거야."

"……뭐라고……?"

그레고리오의 몸에 오싹하고 서늘한 기운이 느껴졌다.

이 녀석 대체 무슨 짓을──.

"메인도 판명되었고, 어나더도 판명되었어. 상대는 이 상황에서 더 이상 아무것도 하지 못해. ……그거야……. 바로 그거."

나츠메가 카드를 들었다.

"알고 있기에 방심하는 것. 그걸 원했어. ……에이브러햄 어나더 스킬 제2단계……."

카드가 빛을 발하기 시작했다.

"……〈자폭〉."

"앗……."

로미오의 위치로부터 그것이 똑똑히 보였다. 노출되어 있는 에이브러햄의 등. 그곳에서 보이는 붉은 코어가 점멸을 반복하더니 이윽고 강렬한 빛을 내뿜었다.

"어이……."

무심코 말을 걸었다. 에이브러햄이 로미오를 돌아보았다. 화면과 같은 그 얼굴에 웃음이 띄워져 있었다.

"……잘 있어…… 형제. 즐거웠어……. 언젠가…… 다시 함께……."

순간.

그 몸이 사라졌다.

[안드로이드 워리어 부대02 에이브러햄]: 어나더 스킬 제2단계 〈자폭〉 사용 후, 이 카드는 AP의 1.5배의 위력을 지닌 광범위한 폭발을 일으키며 자신도 파괴된다.

"……가아아아아아아아아아아악!"

섬광이 거리를 불태우고, 사령술사가 절규하였으나 그것을 가리듯이 폭발 소리가 울려 퍼졌다.

거대한 폭발이 주위의 건물을 날려 버리고 땅을 파헤쳤으며 또한 그레고리오의 손에 남아 있던 익스플로드 팀의 마지막 한 장을 부서뜨리며…… 승패가 결정되었다.

《거기까지. 카드 전멸로 인해 시합을 종료합니다.》

여전히 폭발 소리가 울리는 와중에 아무런 감정이 담기지 않은 차가운 목소리가 가상공간에 흘러나오며 벨이 울렸다.

자리에 남겨진 것은 아키토의 카드인 로미오뿐이다.

이겼다. 아키토 팀이. ……많은 희생을 내고.

폭파 콤보가 특기인 익스플로드 팀이 오히려 폭발에 이용되었고, 나아가 적의 자폭으로 패배하였다. 아이러니하다고 말하지 않을 수 없다.

그러나 승리를 확정 지은 나츠메는 웃지 않았다.

그냥 조용히 승패를 받아들였다.

"……말도 안 돼……."

키무가 멍하니 중얼거렸다. 샤미는 창백한 얼굴로 입을 다물고 있었다.

"어떻게…… 이럴 수가……. 스킬의 제2단계, 라고……?! 그런 건 본 적도, 들은 적도 없어……! 이, 이 자식……."

"그렇겠지."

몸을 부들부들 떨며 말을 쥐어짜내는 그레고리오에게 나츠메가 태연하게 대꾸했다.

"보통은 그렇겠지. 일단 어나더 스킬이라는 비밀이 풀리면 거기서 더 무언가가 있을 거라고는 생각하지 않아. 그건 지극히 당연하고, 지극히 상식적이지……."

나츠메의 눈이 강한 빛을 내뿜으며 상대를 똑바로 응시했다.

"……범인(凡人)의 사고방식이야."

"……범인……? 이 내가…… 평범하다고……?!"

그레고리오가 털썩 무릎을 꿇고 말했다.

이 나를…… 이 그레고리오를 그저 범인이라니……!

……잘도…… 잘도!

"네 이놈……! 이름이 분명 나츠메라고 했지! 네놈의 얼굴

과 이름, 똑똑히 기억해 주마! 언젠가 죽이고 말겠어…… 꼭 죽여주마! 반드시! 기억해…….”

《시합이 종료되었으므로 패배한 팀을 에어리어에서 강제로 퇴거시키겠습니다.》

그레고리오의 외침은 시스템 메시지에 가로막혔고, 곧 익스플로드 팀의 세 사람은 그 자리에서 사라졌다.

강제로 데우스의 밖으로 이동된 것이다. 데우스는 패자에게 관심이 없다.

이미 그들에게는 눈길도 주지 않고 눈을 감은 나츠메가 말했다.

“……에이브러햄. 끝까지 네가 적의 폭파에 버틸 수 있을지 그것만이 불안했어. 하지만 넌 임무를 완벽히 수행했어. 정말 대단한 카드야…… 넌.”

자신이 폭파한 카드를 찬사하는 내용이었다.

그 얼굴을 아키토와 멜리사는 멍하니 바라보았다.

“당신……. 이게 반드시 이긴다는 말의 실체였나요……? 처음부터 자신의 카드를 자폭시킬 생각으로? 그래서 다가가지만 하면 반드시 이긴다고……. 그걸…… 자신의 카드에게 자폭시킬 것을 염두에 두고 시합을 받아들인 거냐고요?! 당신…….”

“맞아.”

멜리사의 말에 나츠메가 태연히 대답했다.

"그걸 깨달은 건 보름 전이야. 난 에이브러햄의 그 나약한 어나더가 사실은 무언가의 준비단계가 아닐까 계속 생각했 거든. 많은 팔이 나오며 드러난 그의 코어를 보았을 때부터."

앞머리를 매만지며 나츠메가 말했다.

아키토는 이제 알고 있다. 그것이 그가 스트레스를 받았 을 때 보이는 몸짓이라는 사실을.

"그리고…… 나의 예상이 맞았어. 훈련하던 중에 스킬 카 드 중에서 '혹시 이걸 쓸 수 있다면 필살기가 되겠어'라고 생 각한 스킬 카드를 일일이 어나더를 사용 중인 에이브러햄에 게 적용하다가 찾아내고 만 거야…… 즉, 저 자폭을 말이지."

"……그럼……. 당신 이미 자신의 카드를 한 번 자폭시켰 다는 건가요……!"

"맞아. 에이브러햄은 전과 달랐잖아? 그는 한 번 나에게 자폭된 뒤, 다시 한번 가챠에서 배출되었어. 그리고 그걸 뽑 은 사람에게서 내가 다시 샀고."

"……그럴 수가…….."

아키토는 아연실색했다. 듣고 보니 확실히 에이브러햄은 로미오를 모르는 것처럼 보였다.

왜냐하면 오늘 함께 싸운 그는 예전 이야기가 나오면 잘 기억하지 못했기 때문이다.

에이브러햄이 일찍이 함께 싸웠던 그와 다른 존재라면 앞 뒤가 맞는다.

부서진 카드는 예전 기억을 모두 잃고 가챠로 돌아가기 때문이다.

"……아마 에이브러햄은 처음부터 그런 콘셉트의 카드였을 거야. 무수한 팔을 이용해 스스로 자신을 옮겨 적진에 잠입하여 거기서 자폭하기 위한 자주식 폭탄…… 그것이 그의 역할이었겠지."

동료들로부터 눈을 피하며 나츠메가 말을 이었다.

"이 시합 이야기를 들었을 때 쓸 수 있겠다고 생각했어. 스킬에 제2단계가 있다는 말은 들은 적도 없고. 따라서 여러 가지를 아는 상대일수록, 그리고 경험자일수록 이 함정에 걸리기 쉬울 거라고. 실제로 '들키지 않은 자폭'의 효과는 굉장했잖아. 이득은 충분해. ……만에 하나 상대가 제2단계를 알고 있었다면 위험했겠지만……. 역시 CVC 경험자라고 해서 다 아는 건 아니었어. 이건 내가 CVC에서 위를 노릴 때 커다란 이점이 되겠지."

"……잘도 태연하게 말하는군요!"

담담하게 말하는 나츠메에게 멜리사가 따졌다.

"당신…… 카드가 불쌍하다고 생각하지 않나요?! 희생된 에이브러햄이 어떻게 생각할지……."

"쓰고 버려지는 것도 카드의 역할 중 하나야."

"뭐……."

멜리사가 말문을 잃었다.

"전에도 말했잖아. 배틀 카드는 죽지 않아. 부서져도 기억을 잃을 뿐이야. 사람 대신 싸우고, 또 대신 쓰러지는 게 그들의 역할. 마음을 갖고 있지만, 그들은 소모품이야. 너무 소중하게 여기는 게 더 이상해. ……특히 CVC는 카드를 소비하여 돈을 서로 뺏는 전쟁터잖아. 그런 도덕적인 척하는 태도가 통할 리 없어."

"……CVC, CVC…… 그렇게 CVC가 중요해요?!"

"중요해."

멜리사의 물음에 나츠메가 똑바로 응시하며 대답했다.

"나에게는…… 목적이 있어. 하고 싶은 것이 있거든. 그걸 위해 CVC에서 위로 올라가지 않으면 안 돼. 그걸 위해서라면 카드는 얼마든지 희생하겠어. 원망을 받더라도…… 경멸당하더라도."

나츠메가 다시 두 사람을 쳐다보았다.

그 눈에는 망설임이 없었다.

"……하지만 콜로세움이라면 그래도 괜찮겠지. 선량한 방식이 좋다면 계속 콜로세움에 있으면 돼. 너희라면 할 수 있겠지."

"안 그래도 그럴 거예요!"

나츠메의 말에 멜리사가 단언했다.

두 사람은 이 시합에서 모두 카드를 잃었다. 그것도 똑같이 상대와 함께 죽는 형식이었다.

다만 멜리사는 아니스를 잃은 것을 바라지 않았다. 아니스가 먼저 제안한 것이지 멜리사가 원한 일이 아니다.

하지만 그들은 동료를 위해 그 길을 함께 선택했다.

그런데 나츠메는 다르다. 나츠메는 처음부터 자신의 카드를 폭탄으로 '사용'할 계획이었다. 또한 그 사실을 당사자인 에이브러햄에게도 전달해 두었다.

모두 자신들의 승리, 그리고 자신의 이익을 위해서다.

결과는 같더라도 두 사람 사이에는 무서울 만큼 깊은 골이 패어 있었다.

결정적이다. 두 사람의 카드에 대한 사고방식이 아니, 삶의 방식이 다르다는 것이 극한의 상태에서 똑똑히 확인되고 말았다.

이제 두 사람은 무슨 일이 있어도 함께 싸울 수 없을 것이다.

"CVC든 어디든 마음대로 가요! 당신과는 이제 만나고 싶지 않아요! ……예정대로 오늘로 팀은 해산하겠어요."

"……그래. 마지막으로 크게 벌었어. 이걸로 난 CVC에 도전할 수 있어. 둘 다 함께 해줘서 고마워. ……그럼 안녕."

"앗…….

아키토는 등을 돌린 나츠메에게 무언가 말을 걸려고 했다.

……그런데 무슨 말을 하면 좋을까?

고민하는 동안 나츠메는 잠깐 아키토 쪽을 돌아본 뒤, 홀더를 조작하여 스르륵 모습을 감췄다.

이 공간에서 어딘가로 이동한 것이다.

"…………."

아키토의 마음이 무거워졌다.

이럴 리가 없었다. 마지막으로 기분 좋게 이기고 끝날 터였다. 서로 건투를 빌며 승리를 축하하면서 즐겁게 나츠메를 보내주었어야 한다.

그러나 결과는 결코 밝지 않았다.

멜리사를 바라보았다. 그러나 그녀는 말을 걸지 말라는 듯 딴청을 피우며 고개를 숙이고 있었다.

"…………."

결국 아키토는 말을 거는 것을 포기하고 가상의 거리를 걷기 시작했다. 이들이 싸운 배틀 필드는 일정 시간이 지나거나 두 사람이 나갈 때까지는 유지된다.

로미오를, 파트너를 데리러 가야 한다.

발소리가 멀어지는 것을 들으며 멜리사는 생각했다.

'……역시 남과 얽히는 게 아니었어. 이렇게…….'

……이렇게 괴로운 것이라면.

역시 동료 따위는 필요 없었다.

"……그 녀석은…… 좋은 녀석이었다."

아키토가 로미오의 곁으로 다가가자 로미오가 몸을 웅크

린 채 혼잣말처럼 말하기 시작했다. 그 시선은 에이브러햄이 폭발한 장소를 향하고 있다.

"……로미오."

"……우리는 카드다. 확실히 소모품에 지나지 않을지도 몰라. 쓰고 버려지는 것도 어쩔 수 없을지도 모르지. 부서지는 것은 두렵지 않고, 싸우는 것이 싫지도 않다. ……하지만 우리에게는 마음이 있어. 소중하다고 생각하는 일도, 기쁘다고 생각하는 일도 있는 법. 다만……."

아키토가 어깨를 빌려주자, 로미오는 힘이 빠진 다리에 힘을 주어 간신히 일어섰다.

"……나는 그 녀석을 자폭시키기 위해 필사적으로 지킨 게 아니야. ……부서지면 우리는 모두 잊고 말아. 좋은 일도, 나쁜 일도. ……그 녀석은…… 이미 나도, 아니스도 잊고 말았어. 더는 슬픔도, 괴로움도 없다. 그러나…… 지금 내가 그 녀석을 아직 기억하고 있으니까…… 그 사실이 괴롭고 슬프군."

"……로미오."

쓰러질 듯한 그의 몸을 부축하며 아키토는 파트너의 이름을 불렀다. 표현이 서툰 로미오가 자신의 마음을 어떻게든 전달하려는 것이 느껴졌다.

그렇다. 부서지면 이 최고의 파트너도 나를 잊고 만다.

"……로미오, 오늘은 일단 쉬어. 지금은 홀더 안에서 상처를 치료해 줘. ……'캐치'."

명령에 따라 로미오의 몸이 사라져 카드로 돌아갔다.

이윽고 표시된 카드 화면 속의 로미오는 평소보다 왠지 슬퍼 보였다.

아키토는 카드를 사랑스럽게 쓰다듬은 뒤 소중하게 자신의 홀더에 넣었다. 잘 싸웠어, 고마워 라고 말하며.

홀더 안에 있으면 점차 상처는 낫는다. 부디 그 효과가 마음에까지 미치기를 바라 마지않는다.

'……힘드네.'

좋아하는 카드들을 싸우게 하는 행위. 그것은 역시 죄를 짓는 일일까.

이런 인간의 욕망을 위해 그들을 싸우게 하는 것이 정말 용납되는 일일까?

모르겠다. 지금 자신은 그 질문에 대답할 수 없다.

아키토가 그런 생각을 하는 동안, 갑자기 뒤에서 누군가 말을 걸었다.

"마스터."

"……캐로구나."

돌아보니 비서 카드 캐롤이 서 있었다.

지금까지 고액이 걸린 시합을 조마조마하게 지켜보던 그녀가 일부러 마중을 나와주었다.

"해내셨네요, 좋은 시합이었어요! 돈도 엄청 벌었고요!

특히 중요한 순간에 대방패로 받아넘기는 것을 해낸 마스터가 승리를 불러왔다고 할 수 있겠죠! 음, 그런 너를 치하하겠노라!"

그러며 캐롤이 아키토의 머리를 부드럽게 쓰다듬었다. 어디서 꺼냈는지 발판 위에 올라 까치발까지 들고.

그것을 아키토가 조금 어색한 얼굴로 바라보는 것을 발견한 캐롤이 싱긋 웃으며 말했다.

"아쉬움이 남나 보네요. 납득이 가지 않는 시합이었나요?"

"그런 건 아니야. 다만…… 정리가 되질 않아. ……나츠메의 말은 지당하다고 생각해. 중요한 순간, 그야말로 큰돈이나 자신, 혹은 소중한 사람의 목숨이 걸렸을 때 카드를 희생하는 게 올바른 일일지도 몰라. 하지만……."

말하면서 고개를 가로저었다.

"그건…… 난 생각해 본 적 없는 말이었어. 나는……."

"아직 자신의 의견이 정해지지 않은 거네요. 그럼 그 마음을 나츠메 씨에게 직접 말하는 게 어때요?"

캐롤이 아무렇지도 않게 대답했다. 아키토는 놀란 표정을 지었다.

"……하지만 나츠메는 이미 가버려서 더는 만날 일도……."

"나츠메 씨 지금 팀용 방에 있어요. 짐을 가지러 간 모양이에요."

"앗……."

"뭐, 아마 그런 식으로 끝나지 않을까 생각해서요. 빅토리아에게 확인해 두었어요. 끝까지 응어리가 남아 있어도 싫잖아요. ……게다가."

캐롤이 생긋 미소를 짓고 아키토의 가슴을 툭 때렸다.

"친구잖아요? 그럼…… 이런 식으로 헤어지는 것도 싫겠죠. 그러니 제대로 대화해 봐요."

"……그래, 네 말이 맞아."

캐롤의 눈을 바라보며 아키토가 대답했다. 이 비서 카드는 평소에는 쓸데없는 소리만 하지만, 중요한 순간에는 제대로 된 조언을 해준다.

지금 이 자리에 혼자가 아니라는 사실이 기쁘다. 캐롤이 함께 있어주는 것이 기뻤다.

"고마워, 캐로. 다녀올게."

아키토의 손이 홀더를 조작하더니 곧 사라졌다.

그 모습을 지켜보던 캐롤은 한 번 한숨을 쉬고 에이브러햄이 폭발한 자리로 다가가 그 자리에 쪼그려 앉고는 손으로 땅을 살며시 쓸었다.

"……우리는 카드니까. 이런 일도 있겠지……. 둘 다 수고했어. 정말 열심히 싸웠어……. 이제 편히 쉬어."

"…………."

너무나 조용한 아키토 팀의 방에 나츠메가 있었다.

손에는 방에 놔두었던 짐이 들려 있다. 이것을 가지러 왔다.

방을 한 번 둘러보았다. 멜리사가 골라 선택한 남국풍의 방.

이곳을 이용한 것은 겨우 두 달 정도지만, 왠지 더 오래 있었던 기분이 든다.

'……끝났나.'

속으로 중얼거렸다. 즐거운 시간은 끝나고, 힘들고 괴로운 도전의 시간이 시작된다.

이런 마무리가 돼서 두 사람에게 미안하다고 생각한다.

그러나 자신의 결단이 부끄럽지는 않았다.

『아쉽지는 않으십니까?』

그때 비서 카드 빅토리아가 통신을 보냈다.

나츠메는 그 말에 고개를 살짝 저으며 대답했다.

"……아니. 여기까지야. 원래 돈을 벌기 위해 이용하려고 들어간 팀이야. 후회는 없어."

그렇다. 원래 그들과 팀을 짠 이유는 그들의 뒤에서 눈에 띄지 않고 돈을 벌기 위해서였다.

CVC에 올라가면 거기서 대전하는 상대가 자신의 콜로세움 시절의 시합을 체크하더라도 이상하지 않다. 가능한 한 자신의 방식을 숨기고 위로 가야 한다. 그를 위해서는 그들과 같은 상대가 딱 적당했다.

단지 그것뿐이다. 편승하기에 좋은, 아무도 모르는 타인. 자신과는 상관이 없는 누군가. 단지 그것뿐이었을 터였다.

'……나도 바보 같네. 정 따위는 들지 않았을 텐데.'

카드 바보인 아키토와 고집스러운 멜리사. 함께 시간을 보낸 그들을 나츠메는 동료로 받아들이고 말았다. 말하지 않아도 될 말까지 하고, 하지 않아도 될 일까지 실컷 해버렸다. 그것은 그들과의 시간이 그냥 즐거웠기 때문이다.

……그렇다. 즐거웠다.

이 세상에 청춘이라는 것이 실제로 존재한다면 아마 나츠메의 청춘은 이 두 달간이라고 할 수 있다.

그러나 그것도 끝났다. 자신이 끝내고 말았다.

"……괜찮아. 괜히 섭섭함을 남기느니 미움받고 끝내는 편이 깔끔해."

허세를 부리며 홀더를 꺼냈다.

과거는 이미 필요 없다. 이제 앞으로 나아갈 뿐이다.

그때 빅토리아가 말을 걸었다.

『나츠메 님, 결심이 서신 듯하여 다행입니다. 그런데…….』

그 순간 문에서 우당탕탕 하는 소리가 울렸다.

『저쪽 분은 그렇지 않은 듯합니다. 제대로 대화를 나눠 보십시오. 중요한 일이니까요.』

"……나츠메!"

거실의 문이 벌컥 열리며 아키토가 뛰어 들어왔다.

갑작스러운 일에 나츠메가 놀란 얼굴로 돌아보았다.

"……아키토? ……놀랐어…… 쫓아온 거야? ……무슨 용

건인데?"

그러며 나츠메가 고개를 돌렸다.

어색하여 시선을 마주치지 않는다. 익숙한 나츠메의 모습이다.

"나츠메. 너에게 꼭 하고 싶은 말이 있어."

말하면서 거실을 성큼성큼 걸어가 나츠메에게 다가갔다. 나츠메가 이쪽으로 시선을 보냈다.

"⋯⋯불평? 좋아, 말해봐. 너희에게는 언질도 없이 그런 짓을 저지른 나에게 불만을 표할 권리가⋯⋯."

그 얼굴을 앞에 두고 아키토는 손을 슥 내밀며 말했다.

"⋯⋯지금까지 고마웠어. 너와 만나고, 같이 여러 가지를 하면서⋯⋯ 정말 즐거웠어. 넌 어떻게 생각하고 있을지 모르고⋯⋯ 나이도 꽤 차이가 나지만⋯⋯. 난 너를 친구라고 생각해."

"아⋯⋯⋯⋯."

나츠메가 놀란 얼굴을 했다. 그만큼 격렬한 전투를 벌인 뒤인데도, 오늘 가장 크게 놀란 얼굴이었다.

"처음이었어. 이렇게 누군가와 함께 카드에 대해 즐겁게 이야기하며 보낸 게. ⋯⋯꿈만 같은 시간이었지. 정말 고마워. 평생 잊지 않을게."

"⋯⋯⋯⋯. ⋯⋯그건⋯⋯ 나도."

나츠메가 입을 어물거리며 시선을 피했다. 악수는 받아주지 않는 것을 깨닫고 아키토는 슬쩍 손을 내렸다.

"……내 방식에 불평하고 싶었던 거 아냐?"

"그런 말 안 해. 생각하는 바는 있지만…… 나츠메의 방식은 아마 일반적일 거야. 너의 말대로 위로 올라가기 위해 필요한 사고방식이라고 생각해. 내가 누군가의 카드 운용 방식을 제한하는 것도 이상하잖아. 하지만."

아키토는 거기서 일단 말을 끊은 뒤, 다시 입을 열었다.

"하지만 방식이 그것만 있다고는 생각하지 않아. 그것은 방식 중 하나…… 쓰고 버리는 것만이 최선이 아니라고 생각해! 카드를 소중히 여기고, 그 목숨을 아끼고, 크게 사랑하여 한 장을 무엇보다 빛나게 하는 방식도 가능하다고 생각해! 그리고…… 그러더라도 위로 갈 수 있다고 믿어!"

아키토는 씩 웃고 말을 이었다.

"나는…… 카드를 좋아해! 좋아하고, 좋아해서 참을 수가 없어! 좀 더 그들을 알고 싶고, 더욱 하나가 되고 싶어. 좋아하는 마음만으로 위로 올라가는 건 허황된 꿈일지도 모르지만, 그래도 난 시험해 보고 싶어. 난 이렇게 위를 노리겠어! 그야……."

"……그야?"

"……그야 이게 바로 내가 '하고 싶은 것'이니까."

아키토가 말을 끝내자 방이 고요해졌다.

그러나 거북한 침묵은 아니었다.

아키토는 웃고 있었다. 나츠메도 웃고 있었다.

친구와 보내는 마지막 시간을 두 사람 모두 분명 즐기고 있었다.

"여전히 변함이 없구나, 넌. 그러다 언젠가 한계가 오겠지. 하지만……."

나츠메가 걸어와 아키토의 가슴에 손을 탁 올렸다.

거기에는 한 장의 카드가 끼워져 있었다. 나츠메가 손을 떼자 떨어질 뻔한 카드를 아키토가 서둘러 잡았다.

그것은 [붉은 눈의 흡혈 소녀] 카드였다.

"줄게. 뭐, 열심히 해. 그러다 언젠가……."

옆을 지나쳐 가던 나츠메가 몸을 돌려 마지막으로 한 번 더 웃었다.

"……언젠가 우리가 아주 높은 곳까지 가서 다시 만난다면, 그때는 너의 여행 이야기를 들려줘."

"……그래, 너도. 약속이야."

그렇게 아키토와 나츠메는 헤어졌다.

과연 그들의 길이 다시 만나는 날이 올까.

그것은 아직 아무도 모른다.

그렇다…… 설령 그것이 운명을 관장하는 여신일지라도.

현실 세계의, 아키토의 자택 겸 사무실.

그곳의 의자에 앉으며 아키토는 멍하니 밖을 바라보았다.

팀은 해산했다. 나츠메는 CVC로 갔고, 멜리사는 '해산입니다'라는 말만 남기고 가버렸다.

'둘이서 하지 않을래?'라며 미련이 남아 멜리사에게 연락을 하였으나 답장은 없었다.

"……후우."

두 사람과 함께 했던 시간을 떠올렸다. 요란스럽기도 하고 즐거웠던 그때를.

그러나 그것은 이미 끝나고 말았다.

"언제까지 그렇게 멍하니 있을 거예요, 마스터. 그러고 있을 때가 아니잖아요."

조금 퉁명스럽게 캐롤이 말을 걸었다.

"이렇게 그냥 막연히 시간을 보내는 동안에도 세상은 계속 움직이고 있고, 살아 있기만 해도 돈은 피처럼 흘러가고 있다고요. 멍하니 있을 시간이 있으면 움직이자고요!"

"……맞아. 그런데…… 무엇부터 하면 좋을지 모르겠네."

캐롤에게 시선을 보내며 아키토는 턱을 괴고 그렇게 대답했다.

두 사람과 팀을 짜기 전에는 어떻게 했던가. 다시 한번 혼자 벌이를 시작해야 하나.

그러더라도 어떻게 해야 할지……. 그런 아키토에게 캐롤이 말했다.

"뭐예요, 마스터. 고민할 일이 뭐가 있어요. 초기 목표였던 목돈 모으기가 어느 정도 이뤄졌잖아요. 그럼 다음에 할 일은 뻔하지 않습니까. 그래요……."

무슨 말인가 하여 바라보는 아키토에게 캐롤이 양팔을 크게 벌리고 씩 웃고는 대답했다.

"……가챠를 돌리러 가야죠. 가챠를 돌려서…… 동료를 늘리자고요."

"어서 오십시오, 고객님! 기다리고 있었습니다. 자, 어서 안으로 들어오십시오!"

"어어, 네……."

다음 날. 캐롤이 이끄는 대로 아키토는 이웃 도시에 있는 어떤 빌딩을 방문했다. '사카키바라 인재 파견 서비스'라는 사명이 들어간 간판이 큼직하게 걸린 그 빌딩의 정문에서 정장을 입은, 아키토와 동년배인 남자가 상냥한 미소를 짓고 이쪽을 맞이하였다.

"이번에 본사의 '가챠 무제한 사용 서비스'를 이용해 주셔서 진심으로 감사드립니다! 아시겠습니다만 일단 설명해 드리겠습니다. 시설 이용 금액은 한 시간 무제한 가챠에 겨우 10만GP! 다만 본사의 가챠는 한 번에 10만GP가 필요한 CVC의 E급 가챠입니다. 물론 그 가챠 비용은 고객님의 부담이므로 양해해 주십시오. 그럼 모쪼록 마음껏 가챠를 즐겨 주십시오……!"

내부를 걸으며 남자가 설명을 하였고, 말을 마무리함과 동시에 문을 열었다. 그 앞에는 살풍경한 작은 방이 있었는데, 그 중앙에 한 대의 기계…… 'E급 가챠'라는 표시가 뜬 CVC 가챠가 설치되어 있었다.

"이게 CVC 가챠인가! 통상 가챠와 그리 다르지 않네."

안내를 해준 남자가 떠난 방에서 아키토는 가챠를 신기하게 바라보았다. 그 옆에서 진지한 얼굴을 한 캐롤이 아키토에게 충고했다.

"잘 들으세요, 마스터. 이게 한 번에 10만 가챠인 것을 잊지 마시라고요. 이 가챠에서는 매우 낮은 확률이지만 SR등급 카드까지 나와요. 뽑으면 크게 벌겠지만…… 부디 지나치게 빠지지 않도록 하세요. 10만인 걸 잊으시면 안 돼요!"

"그래, 알고 있어, 캐로. 그럼……."

그러며 아키토는 가챠 자리에 앉아 환한 미소를 지으며 말했다.

"자…… 새로운 동료를 맞이하러 갈까!"

그리고── 아키토는 다시, 카드를 뽑았다.

∞ 붉은 눈의 흡혈 소녀

붉은 달이 뜨는 밤, 그녀는 "그것"과 만났다. 비명과 선혈이 밤을 메우고 이윽고 그녀는 눈을 떴다. 암흑 속, 오직 홀로 달라지고 만 자기 자신에게 두려움을 느끼며. ──붉은 눈의 흡혈 소녀

메인 스킬: ???
어나더 스킬: ???

흡혈귀 / 여성

AP4500

DP3800

후기

 1권부터 쭉 읽어주신 분들 감사드립니다. 갑자기 2권을 읽어주신 분은 처음 뵙겠습니다. 카와타 료우고라고 합니다. 어떤 분이든 이 책을 읽어주셔서 감사합니다.

 이 시리즈는 독특한 설정이 있으며 그 대부분은 1권에 쓰여 있으므로 2권부터 구입하신 분이 있다면 먼저 그쪽부터 읽으시기를 추천드립니다. 그러나 저도 시리즈물은 아무것도 모르는 상태로 중간부터 읽는 경우가 종종 있으므로 그것은 그것대로 괜찮을지 모르겠습니다.

 아무튼 전제가 길어졌습니다. 아키토가 카드를 뽑으려고 합니다 2권입니다. 두 권 연속 간행은 처음부터 정해져 있었으므로 나오는 것은 당연합니다만 그래도 어떻게든 나와서 안심했습니다. 동료를 맞이하고, 쭉 허망한 눈으로 땅을 파던 아키토가 즐겁게 인생을 구가하면서 그럼에도 승부의 때를 맞이하는 2권, 어떠셨습니까? 재미있게 읽으셨다면 좋겠습니다.

 1권 때는 설명도 많고, 저 자신도 익숙하지 않은 집필 작업을 하느라 힘을 주고 썼습니다만, 2권이 되니 다소 어깨의 힘도 빠지지 않았나 생각됩니다. 그리고 이 후기의 딱딱한 문장을 어떻게든 해결하고 싶네요. 그러나 이게 꽤 어렵습니다.

더욱 편안하면서 재미있는 후기를 써야 할지도 모릅니다만, 신인에게는 이것이 꽤나 용기가 필요한 작업이라 이 부분은 스스로 캐릭터를 만들어 극복하고자 합니다. 현재 나온 안으로 이런 것이 있습니다.

· 힙합계 작가로서 일일이 라임을 맞춰 후기를 쓴다.

· 셰프계 작가로서 매번 요리 레시피를 공개한다.

· 유ㅇ버계 작가로서 후기에는 인터넷 주소만 남기고 동영상으로 후기를 공개하거나 혹은 모두 합쳐서 후기 동영상에 요리며 노래에 도전하는 것도 좋을지도 모르겠네요. 의견 부탁드립니다.

이번에도 많은 분이 도와주셨습니다. 특히 아름다운 일러스트로 늘 이야기를 화사하게 장식해주시는 요우타 선생님께 감사드립니다. 그리고 이 책을 구입해 주신 분에게 무엇보다 감사드립니다. 정말 감사합니다.

……그나저나 요우타 선생님의 코멘트가 무척 재미있어서 저의 재미없는 코멘트가 한층 눈에 띄네요.

아무튼 마지막으로 이 다음을 낼 수 있을지는 책의 판매량에 달려 있습니다. 가능하면 뒷권을 얼마든지 전해드리고 싶습니다만, 현실이 그것을 용납할지 모르겠습니다. 카드 배틀과 마찬가지로 출판도 승부의 세계니까요.

다만 아키토와 캐롤의 모험은 이제부터 시작이므로 부디

외면하지 마시고 앞으로도 읽어주시면 좋겠습니다.

그럼 다음 권에 다시 만날 수 있기를 바랍니다. 카와타 료우고였습니다.

AKITO WA CARD O HIKUYO DESU Vol.2
©Ryogo Kawata 2019
First published in Japan in 2019 by KADOKAWA CORPORATION, Tokyo.
Korean translation rights arranged with KADOKAWA CORPORATION, Tokyo.

아키토가 카드를 뽑으려고 합니다 2

2023년 11월 15일 1판 1쇄 발행

저   자 | 카와타 료우고
일 러 스 트 | 요우타
옮 긴 이 | 이서연
발 행 인 | 유재옥
이   사 | 조병권
출판본부장 | 박광운
담 당 편 집 | 정지원
편 집 1 팀 | 박광운
편 집 2 팀 | 정영길 조찬희 박치우 정지원
편 집 3 팀 | 오준영 이해빈 이소의
디자인랩팀 | 김보라 박민솔
디지털사업팀 | 박상섭 김지연 윤희진
라이츠사업팀 | 김정미 맹미영 이윤서
영업마케팅팀 | 최원석 박수진 박소연
물 류 팀 | 허석용 백철기
경영지원팀 | 최정연
발 행 처 | (주)소미미디어
인쇄제작처 | 코리아피앤피
등   록 | 제2015-000008호
주   소 | 서울시 마포구 토정로 222, 403호(신수동, 한국출판콘텐츠센터)
판   매 | (주)소미미디어
전   화 | 편집부 (070)4164-3962, 3963 기획실 (02)567-3388
            판매 및 마케팅 (070)8822-2301, Fax (02)322-7665

ISBN 979-11-384-8055-0 04830
ISBN 979-11-384-7813-7 (세트)